DIE WURZEL ALLER ÜBEL

Die Fälle des Major Joschi Bernauer
Band 6

Autorin:
Ingeborg Mistlberger ist Verfassungsjuristin und begeisterte Bridgespielerin. Sie studierte Rechtswissenschaft und Katholische Theologie in Linz/Donau. Bekannt wurde sie mit der Vorstellung ihres ersten Romans „Mörderischer Kontrakt, Die Fälle des Major Joschi Bernauer" auf der Leipziger Buchmesse 2016, die das Interesse von Fernsehen und Presse nach sich zog.

Ingeborg Mistlberger

DIE WURZEL ALLER ÜBEL

Die Fälle des Major Joschi Bernauer
Band 6

Kriminalroman

Bibliographische Information der Deutschen Nationalbibliothek
Die Deutsche Nationalbibliothek verzeichnet diese Publikation in
der Deutschen Nationalbibliografie, detaillierte bibliografische
Daten sind im Internet über http://dnb.dnb.de abrufbar.

© 2021 Ingeborg Mistlberger
Herstellung und Verlag
BoD - Books on Demand, Norderstedt
ISBN 9783752684209

Personen der Handlung:

Major Dr. Joschi Bernauer	Leiter der Mordkommission Salzburg
Hofrat Dr. Sassmann	Polizeidirektor Salzburg
Major Dr. Markovsky	Leiter der Mordkommission Linz

Dr. Iris Adler, Freundin Joschi Bernauers, Primaria im LKH Salzburg

Dr. Gundula (Gundi) Rehberg	Bridgespielerin
Isabella (Bella) Weiden	Bridgespielerin
Nora von Weinhaus	Bridgespielerin
Anne Prager	Bridgespielerin

Johann Mahler, alias Rabbi Joe, Barkeeper in Wien

Heinrich Rosner, alias der schöne Heinz, Nachtclubbesitzer

Christian Söderbaum	Teppichhändler
Dr. Ulrich Böhm	Bridgespieler
Fredrik van Veen	Botschaftssekretär
Dr. Heidrun Kronlachner	Augenärztin in Linz
Albert Mandl	Barkeeper (Bar Rosner)
Amanda Dostal	Geschäftsführerin (Betrieb Rosner)
Paul Reiter	Casinospieler
Adolf Bert	Inhaber eines Fitnessstudios

„Hallo! Hier spricht Edgar Wallace."
Plötzlich schrillte störend und unangenehm Bernauers Handy. Eine Sekunde lang hatte er das Gefühl, Edgar Wallace sei tatsächlich am anderen Ende der Leitung. Dann stellte er ärgerlich fest, dass es beinahe ein Uhr früh war, und da er in aller Ruhe den Anfang des Films „Die Toten Augen von London" mit Adi Berber sehen wollte, den er seinerzeit irgendwie versäumt hatte, zögerte er, das Gespräch überhaupt anzunehmen.

Ein Blick auf das Display zeigte, dass der Anruf von Bella, einer Bekannten aus seinem Bridgeclub, kam. Seufzend schaltete er den Ton des Fernsehers zurück und nahm ab.

„Joschi", schrie Bella förmlich in ihr Handy, „Gott sei Dank. Hier liegt ein Toter, was soll ich tun?"

„Ein Toter? Wo bist Du, Bella?"

„Auf der Straße, im Wald. Nicht sehr weit vor meinem Haus, kannst Du kommen?"

„War es ein Unfall, ein Autounfall meine ich?"

„Ich sehe nirgendwo ein Auto, er liegt nur am Straßenrand, sonst gar nichts."

„Du hast ihn nicht angefahren?"

„Aber wo, ich sage Dir doch, er liegt einfach so am Boden."

„Bist Du allein?"

„Nein, ein Freund bringt mich eben im Wagen nach Hause. Oh Gott, mir ist so schlecht."

„Bella", sagte er begütigend, „setz Dich ins Auto und beruhige Dich, in Kürze wird die Polizei erscheinen."

Paul Reiter, der Begleiter Bellas, war es dann auch, der die erste Schilderung vom Auffinden der Leiche gab, denn Bella hatte sich in den Wagen geflüchtet und weigerte sich auszusteigen.

Reiter und Bella waren von einem Spielcasinobesuch gekommen, wo Bella und ihre drei Freundinnen einen beträchtlichen Bargeldverlust durch entsprechende Sektrunden zu beschönigen versucht hatten.

Nach ihrem Telefonat mit Bernauer und ehe die Polizei kam, geleitete Paul Bella noch kurz einige Schritte in den Wald, denn Alkohol und Aufregung forderten ihren Tribut, Bella musste sich übergeben.

Also wurde die Protokollaufnahme auf den nächsten Tag verschoben.

Im Wachzimmer schilderte Bella Weiden die Situation vom Vortag so, dass Paul Reiter, ein Bekannter aus dem Spielcasino, sich angeboten habe, sie nach Hause zu bringen, da sie an der Bar mit ihren Freundinnen Sekt getrunken hatte und sich daher nicht mehr hinter das Steuer setzen durfte.

Auf der kurvenreichen Bundesstraße in der Nähe ihres Grundstücks hatte dann das Scheinwerferlicht plötzlich eine am Bankett liegende Gestalt erfasst. Reiter hielt den Wagen an, aber beide erkannten sofort, dass dieser Mann tot war. In ihrem Schreck sei ihr nichts anderes eingefallen, als Dr. Bernauer, einen Bekannten aus dem Bridgeclub, anzurufen.

Dann sei ihr aber fürchterlich schlecht geworden und sie hätte sich einige Schritte in den Wald begeben. Dabei habe sie trotz der Dunkelheit in der Waldschneise, die ungefähr fünfzig Meter entfernt lag, einen Mercedes, vermutlich schwarz oder dunkelblau, gesehen, aber natürlich nicht sonderlich darauf geachtet. Paul Reiter hatte eine idente Schilderung abgegeben, aber einen geparkten Mercedes habe er ganz sicher nicht wahrgenommen.

Ein Taxifahrer, der hinter Reiters Wagen angehalten hatte, konnte nicht einvernommen werden, da er nach einigen Minuten den Unfallort verlassen hatte und zu seinem Auftraggeber weitergefahren sei. Weder Bella noch Reiter hatten auf das Kennzeichen geachtet.

Als die Obduktion ergab, dass der Mann, der keinerlei Papiere bei sich trug, aller Wahrscheinlichkeit nach mit einem Holzknüppel oder Ähnlichem erschlagen worden war, übergab man den Fall der Mordkommission.

Der erste Erfolg konnte bereits verzeichnet werden, als der rätselhafte Fall durch die Medien gegangen war. Das Hotel Mozart am Gaisberg hatte einen Gast abgängig gemeldet, der das Haus mit seinem dunkelblauen Mercedes verlassen und den Koffer samt seinen weiteren Utensilien zurückgelassen habe. Allerdings sei kurz darauf ein Taxifahrer gekommen, der das Golf-Set, welches der Gast vergessen hatte mitzunehmen, abholen sollte.

Bei dem vermissten Gast handelte es sich um einen Mann namens Johann Mahler aus Wien. Von Beruf sollte er Barkeeper sein, so sagte es jedenfalls das Stubenmädchen, mit dem er sich gelegentlich unterhalten hatte.

Die Hotelleitung sandte entgegenkommenderweise diese junge Frau sofort in die Gerichtsmedizin, wo sie einwandfrei den verschwundenen Gast des Hauses identifizierte.

Mahlers Adresse in Wien lag mitten im eleganten Tuchlaubenviertel und so rief Bernauer hoffnungsvoll bei der zuständigen Polizeiwachstube an.

„Ja", sagte der Wiener Kollege, „der Mann war sogar eine Institution in diesem Viertel, wir kannten ihn auch persönlich."

„Sehr gut", bekräftigte Bernauer, „ist er womöglich schon mit dem Gesetz in Konflikt gekommen?"

„Nein, offiziell nicht, obwohl er einmal verpfiffen wurde, man hatte ihn anonym des Dealens verdächtigt. Es wurden aber weder Drogen gefunden, noch gab es diesbezügliche Anzeichen."

„Sonst weiß man nichts über ihn?"

„Doch, doch, denn er war ziemlich bekannt in der Szene der Seitenblicke und auch sonst hier im Bezirk.

Sommer wie Winter trug er einen langen schwarzen Ledermantel und seine dunklen Haare waren streng zu einem Pferdeschwanz gebürstet.

Er sah aber auch mit dem weißen Hemd und dem schwarzen Gilet hinter dem Tresen noch sehr interessant aus. Der Mann war Barkeeper."

„Und wo beschäftigt?"

„Im Whisky-Rock hinter dem Stephansdom, ein verdammt teurer Schuppen."

„Er fuhr auch einen verdammt teuren Wagen", warf Bernauer ein.

„Sie wissen wohl nicht, wieviel ein guter Barkeeper verdient?", lachte der Wiener, „so einer fährt einen Ferrari, wenn er das möchte."

„Sind in Wien die Gäste so spendabel?", fragte Bernauer ungläubig, denn keiner seiner zum Teil überaus begüterten Freunde hatten je einen Cent freiwillig herausgerückt, wenn er sich davor drücken konnte.

„Die Wiener Gesellschaft kennt einander natürlich durch und durch, also würde sich niemand die Blöße geben, vor Zeugen mit dem Trinkgeld zu knausern. Manche haben zwar ihre eigene Whiskyflasche im Depot der Bar, würden es aber nie wagen, den Barkeeper um den üblichen Schmattes zu bescheißen."

„Trotzdem, einen Ferrari?"

„Und Trinkgeld ist beileibe nicht alles", lachte der Wiener, „ein tüchtiger Mann hat seine Gäste im Blick. Nach kluger Abschätzung der Kunden wirft er einen oder mehrere Eiswürfel zusätzlich in den Whisky. Wissen Sie, wie viele Gläser dann so eine Flasche hergibt? Und das rechnen Sie hoch für einen ganzen Abend."

„Ich habe eindeutig den falschen Beruf gewählt", grinste Bernauer. „Aber ein Joschi als Barkeeper wäre in diesen Kreisen wohl auch schon etwas zu uncool."
„Joschi klingt doch gar nicht schlecht, für Wien sogar recht passend, und den Mahler kannte sowieso jeder nur als Rabbi Joe."
„Wieso denn, war er praktizierender Jude?"
Der Kollege lachte meckernd.
„Der? Nein, er muss nur irgendwann in seiner Vergangenheit als Barkeeper oder Kellner in einem Lokal mit Madonna zusammengetroffen sein, allerdings nachdem sie konvertiert hatte und ihr Leben nach den Regeln der Kabbala zu führen begann. Mit den Jahren hat sich dann in Joes Erinnerung die Intensität dieser Begegnung mit Madonna derart gesteigert, dass er zwischendurch nur mehr mit bedeutungsvollem Lächeln von ihr und natürlich den fachkundigen Gesprächen, die sie zusammen über die Geheimnisse der Kabbala geführt hatten, sprach. Das brachte ihm dann in Kürze neben Joe auch den Spitznamen Rabbi ein und er war sichtlich stolz darauf, aber diesen Anlass kennt hier ohnehin niemand mehr, so lange ist das her. Auch ich weiß es nur noch von meinem Vater, der in seiner Jugend in diesem Schuppen Klavier gespielt hat."
„Fragt sich nur, was dieser Rabbi Joe hier in Salzburg vorhatte."
„Pilze sammeln", lachte der Wiener, „wer verzieht sich denn sonst freiwillig auf den Gaisberg? Ausnahmen

wären vielleicht dann noch Exerzitien oder ein lauschiges Rendezvous."

„Vergissmeinnicht in Milch gekocht", lachte Bernauer, „natürlich auch eine Möglichkeit. Aber der Gedanke an sich ist gar nicht so weit hergeholt. Die Zweisamkeit müsste ja nicht unbedingt lauschig sein, man hätte sich auch in Geschäften treffen können."

„Sie denken an die alte Geschichte mit dem Dealen?"

„Na ja, der Kuss mit dem Holzknüppel passt doch viel besser zu einem Rendezvous mit african black, als zu einem Stelldichein mit Madonna. Für einen solchen Handel wäre dann Bergheim der zuständige Stadtteil in Salzburg."

„Also mit Haschisch hatte die Sache seinerzeit nichts zu tun, es ging um Amphetamine und Baseball, das ist hochwertiges Crack. Dass man unter seinem Tresen eine der kleinen Pfeifen gefunden hat, mit denen das Zeug geraucht wird, war die einzig mögliche Untermauerung dieser Anschuldigung, hat aber natürlich nicht ausgereicht."

„Wäre es noch möglich, diesen Akt auszuheben?"

„Ich werde es versuchen und dann bekommen Sie ihn per E-Mail", versprach der freundliche Wiener Kollege.

„Und hatte Rabbi Joe Familie?"

„Soweit bekannt ist, nein, er lebte allein. Näheren Kontakt dürfte er aber zu seiner Kollegin Martina, der Klavierspielerin im Lokal, gehabt haben, zumindest war es ein freundschaftliches Verhältnis."

„Wurde sie schon befragt?"

„Ja, aber sie konnte nichts Nützliches beitragen, Rabbi Joe hat nie eine diesbezügliche Andeutung gemacht."
„Also kannte sie den Grund für seine Reise nach Salzburg nicht?"
„Nein, zumindest sagt sie das."

„Joschi", fragte Bella abends im Bridge-Club, „was ist denn da nun wirklich mitten in der Nacht im Wald geschehen? Weiß man schon, wer der Mann war und was passiert ist?"
„Bis jetzt hat sich noch gar nichts ergeben", sagte er, „was Du uns sagen konntest, war ja auch nicht gerade aufschlussreich."
„Als Kronzeugin wäre sie ohnehin ein typischer Versager", mischte sich Anne ein, „mit einer Flasche Sekt intus."
„Es waren schon noch etliche Gläschen mehr", sagte Gundula, „aber Du", sie zeigte dabei auf Anne, „wirf nicht mit Steinen, Du warst doch in einem ähnlichen Zustand."
„Und auch wieder einmal der eigentliche Loser in dieser verräterischen Partie. Wir haben zwar beide hoch verloren, aber nur ich musste alleine das Schlüsselloch an meiner Wohnungstür finden. Bella hat sich natürlich einen scharfen Knackarsch für die Heimreise gesichert."
„Die alte Leier", grinste Bernauer, „aber Du, Gundula, hattest wie immer kein Problem?"

14

„Weißt Du doch, ich bin der aufrechte Turm in dieser unsittlichen Brandung."

Das Kleeblatt Bella, Anne, Nora und Gundula, vier Witwen zwischen Fünfundvierzig und Fünfundfünfzig, war das Enfant terrible des eleganten privaten Bridgeclubs in der Salzburger Innenstadt und erfreute sich der besonderen Gunst des Clubpräsidenten Hubertus von Haugsdorf, der weibliche Gesellschaft überaus zu schätzen wusste.

Nachdem sich Bella Weidens nächtliches Erlebnis bereits herumgesprochen hatte, interessierte sich Haugsdorf brennend für die Vorgänge in besagter Nacht, anstatt, wie seit zwanzig Minuten fällig, das abendliche Turnier zu eröffnen.

„Also, so viel gibt es ja gar nicht zu sagen", erklärte Gundula Rehberg, „wir haben im Casino Roulette gespielt, Bella und Anne haben so an die zweitausend Euro am Pokertisch verloren, glaube ich, dann haben sie sich an der Bar beim Suff gegenseitig bedauert, während Nora und ich ihnen mitfühlend die unschuldigen Patschhändchen gehalten haben.

Jedenfalls waren wir alle fahruntüchtig und haben uns als Innenstadtbewohner zu dritt ein Taxi genommen. Bella wollte unbedingt mit dem Wagen nach Hause fahren und das sind immerhin gut fünfzehn Kilometer. Gott sei Dank hat sich ein Spieler, dem wir immer wieder im Casino begegnen, erbötig gemacht, sie heim-

zubringen. Wir hätten sie sonst nämlich nicht zurückhalten können."

„Und nachdem sie psychisch so schwer angeschlagen
war, hat das Ganze dann sicher in einem schweren
Fall von #me too geendet", flüsterte Anne Bernauer
grinsend zu.

Nach drei Tagen gab es eine weitere Überraschung.
Den Kollegen aus Wien, als beteiligte Ermittlungsbe-
hörde im Mordfall Johann Mahler, war vom Nachlass-
gericht ein Schreiben eines Autohauses in Wien zuge-
gangen, in dem Mahler angekündigt wurde, dass der
von ihm bestellte Wagen abholbereit sei. Gleichzeitig
wurde um fixe Zeitvereinbarung gebeten, da der Versi-
cherungsvertreter des Käufers von Mahlers derzeiti-
gem Fahrzeug, einem SL Roadster, die Papiere übernehmen wolle, um seinerseits diesen Wagen anmel-
den zu können.
Die Krux in der Sache war, dass der Käufer von Mahlers Roadster bereits eine Anzahlung geleistet hatte
und auf die Einhaltung des gültigen Kaufvertrags bestand. Also erging die Anfrage an die Mordkommission
Salzburg, ob besagtes Fahrzeug sichergestellt worden
sei.

Nun gewann ein Teil der Aussage Bella Weidens an
Gewicht. Sie hatte damals angegeben, ihr sei in der
Mordnacht ein dunkler Mercedes in der Waldschneise

aufgefallen. Da aber der Zeuge Paul Reiter behauptete, dieses Fahrzeug nicht gesehen zu haben und außerdem Bella unter erheblichem Alkoholeinfluss gestanden war, wurde diesem Punkt zuerst kein besonderer Wert beigemessen. Zwar hatte die Spurensicherung später die bezeichnete Stelle untersucht, aber auf dem trockenen Sandboden nur Reifenspuren eines Traktors, sowie die einiger anderer Fahrzeuge, gefunden.

Als die Beamten die Wohnung Mahlers in Wien geöffnet hatten, mussten sie feststellen, dass ihnen jemand zuvorgekommen war und dies auch nicht zu verbergen versucht hatte. Mahlers Schreibtisch war vor das Fenster gerückt worden und sämtliche Schriftstücke auseinandergerissen, sodass sie jetzt den Fußboden über die Hälfte des Raumes hin bedeckten. In einer der Laden befand sich dann noch eine kleinere Menge von Amphetaminen. Entweder hatte er also doch gedealt, nahm die Droge selbst oder sie war ihm untergeschoben worden.
Bernauer setzte sich daraufhin mit der Gerichtsmedizin in Verbindung, erhielt jedoch die Auskunft, die Leiche Mahlers hätte keinerlei Drogenspuren aufgewiesen.
Der ans Fenster geschobene Schreibtisch deutete wohl darauf hin, dass die Verwüstung der Wohnung bei Tageslicht stattgefunden hatte, wahrscheinlich sogar am Tag unmittelbar nach seinem Tod. Die unbe-

rührt gebliebenen Amphetamine ließen jedenfalls vermuten, dass es sich, falls die Plastiksäckchen nicht ohnehin nachträglich dort platziert worden waren, nicht um die Suche nach Dopingmitteln oder Rauschgift gehandelt habe.

Außerdem könnten der oder die Täter einen Schlüssel besessen haben, da die Wohnung nicht gewaltsam geöffnet worden war.

„Der Mann hat also möglicherweise gedealt. Jedenfalls ist etwas in seiner Wohnung gesucht worden", stellte Bernauer fest. In Frage kamen da in erster Linie Unterlagen, die nicht unbedingt in die Hände der Polizei fallen sollten oder in diejenigen der Konkurrenz.

Eigentlich, überlegte Bernauer, musste doch der Mörder noch in der Nähe gewesen sein, als Rabbis Leiche auf der Straße im Wald gefunden worden war, wer hätte denn sonst den Wagen weggefahren, den Bella behauptete gesehen zu haben? Befand sich jetzt nicht auch Bella als Zeugin in Gefahr?

Kopfschüttelnd holte er sein Handy heraus, um sich mit ihr im urgemütlichen „Café in der Getreidegasse" zum Frühstück zu verabreden.

Bei Ei, Lachs und Käse begann er vorsichtig das Thema anzusprechen, denn Bella war in Sachen Vernunft etwas unzugänglich.

„Bella", sagte er, „ich muss ernsthaft mit Dir reden."

„Wenn es Dich nicht stört, dass ich mich dabei weiter stärke, dann nur zu. Ein zweites Glas Prosecco wäre allerdings auch sehr hilfreich, denn wie ich fürchte, willst Du mir Angst machen."

Diese Mutmaßung war aber ziemlich aus der Luft gegriffen, denn Bella war in Bezug auf Warnungen ein echter Holzklotz. Sie lebte ausschließlich im Hier und Heute und hatte dabei immer unverschämtes Glück gehabt. Das Wort Angst kannte sie sicher nur aus Film und Fernsehen.

Ihr Haus lag am Ende eines längeren Güterwegs im Grünen und den oberen Rand ihres Fahnengrundstückes begrenzte ein Nadelwäldchen bis steil über den Hang hinauf. Nach vorne fiel der Garten stark ab und war an den restlichen drei Seiten mit riesigen Zedernhecken gesäumt. Sogar innerhalb des Gartens gab es noch einige Buschreihen in Form eines Labyrinths und alles arrangierte sich perfekt und harmonisch zu einem Paradies der vollkommenen Unübersichtlichkeit. Sogar vor dem Maschenzaun zum Wald hinauf hatte Bella bereits begonnen, eine weitere Baumreihe zu pflanzen.

Hier hätten sich sogar Menschenhorden problemlos verstecken können, trotzdem wäre Bella niemals auf die Idee gekommen, ihre Haustüren abzusperren, weil doch, wie sie meinte, in einiger Entfernung ein Bauernhof stünde, an den etliche kleinere Wohnhäuser grenzten. Außerdem, wer sollte hier schon vorbeikommen.

„Mädchen", sagte Bernauer, „es geht mir nicht darum, Dir Angst zu machen, aber Deine schlechte Angewohnheit, die Haustüren unversperrt zu lassen, solltest Du wenigstens jetzt, nachdem Du in der Sache mit dem Toten zur Zeugin geworden bist, vernünftigerweise ablegen. Du musst einfach die Türen abschließen, wie jeder andere normale Mensch auch."

Bella beschäftigte sich unbeeindruckt mit ihrem Frühstück.

„Es wäre nämlich absolut denkbar, dass sich der Mörder noch in unmittelbarer Nähe des Tatortes aufgehalten hat, als ihr den Toten gefunden habt und daher weiß, dass Du Zeugin bist. Letztlich muss doch auch jemand den Wagen weggefahren haben, den Du im Wald gesehen hast."

Dass die Wohnung Mahlers in Wien durchsucht worden war, verschwieg er.

Bella überlegte.

„Weißt Du", sagte sie, „es ist ja sehr lieb von Dir, dass Du Dir meinetwegen Gedanken machst, aber wie Du weißt, bin ich ohnehin dabei, auch vor dem Gitterzaun gegen den Wald hin eine Zedernhecke zu pflanzen, damit man nicht ins Küchenfenster, beziehungsweise Arbeitszimmer, hereinsehen kann, und wenn Du es für nötig hältst, sperre ich auch in Zukunft meine Türen ab."

Sie grinste unsicher.

„Und wegen des Wagens, da bin ich eigentlich gar kein richtiger Zeuge mehr, vielleicht habe ich mir das auch nur eingebildet, weil ihn Paul nämlich überhaupt nicht gesehen haben will, meine ich. Immerhin war ich schon ganz schön blau."

„Du hast Dich nicht geirrt, Bella, das kannst Du mir glauben", erwiderte Bernauer, „aber wenn Du versprichst, meinen Rat zu befolgen, bin ich schon beruhigt."

„Na ja, die nächsten zehn Tage bin ich ohnehin aus der Schusslinie", lachte sie, „morgen fliegen wir wieder auf unsere übliche Bridgereise nach Antalya. Bis in die Türkei wird man mich sicher nicht verfolgen."

„Gunda, Nora, Anne und Du?", fragte er.

Bella nickte. „Wie immer die Witwenrunde", stellte sie fest.

„Die lustige Witwenrunde", verbesserte er grinsend.

„Was heißt lustig?", sagte Bella hoheitsvoll, „man tut, was man kann. Wir zum Beispiel halten es streng mit Ulrichs Philosophie: Die wahre Bestimmung der Frau ist die Witwenschaft."

Beide brachen in fröhliches Gelächter aus und wie durch Zauberhand nahmen die gleichmütigen Gesichter der Gäste an den zwei anderen Tischen heitere Züge an.

Dr. Ulrich Böhm, den Bella zitiert hatte, war ein erfahrener Bridgespieler und guter Freund, der immer zu Späßen aufgelegt war und nie die steife Würde des Mathematikprofessors vor sich her trug. Seine geistreichen und humorvollen Sprüche waren in Bridgekreisen geradezu legendär und besonders gerne witzelte er in veralteten Ausdrücken wie Eidam und Oheim. Die Anrede Wittib für eine Witwe war im Club zum Running Gag geworden und hatte in Bridgekreisen bereits Kultstatus.

Für Bernauer brachte die Bemerkung über die Unterhaltungsfreudigkeit der Witwen allerdings eine Rüge ein.

„Chauvinist", grinste Bella, „Euch Männern schwebt natürlich eher die Witwenverbrennung vor."

„Aber nein", lachte er, „ein Mann ist nicht naturbedingt auch ein Unmensch. Also, verbringt einen schönen Urlaub."

Bella marschierte daraufhin zwar in Richtung Garage unter dem Mönchsberg, aber wie er schmunzelnd bemerkte, war sie auch noch bereit für einige kleine „Seitensprünge" in die Geschäfte der Getreidegasse.

Die Erhebungen der Wiener Polizei in Sachen Johann Mahler, alias Rabbi Joe, hatten sich bisher als ziemlich unergiebig erwiesen, aber Tage später kontaktierte ein Fitness-Studio an der Kärntnerstraße, bei dem Rabbi Joe Mitglied gewesen war, die Polizei. Mahlers verschlossener Spind in der Garderobe des Clubs sollte geöffnet werden, aber aufgrund der bekanntlich schlimmen Umstände, unter denen er ums Leben gekommen war, fühle man sich bemüßigt, die Polizei einzuschalten, erklärte man dem Beamten.

Im Spind Rabbi Joes fand sich außer Badeutensilien auch noch eine Sporttasche mit Anabolika. Allerdings handelte es sich dabei um ein Präparat, dass man um dreiundsiebzig Euro auch über einen Versand beziehen konnte.

Wie weit dies legal war, musste erst erhoben werden, aber vielleicht hatte Mahler nur den Endverkauf im Fitnessstudio betrieben. Kenntnis davon wollte aber niemand gehabt haben, wofür wiederum sprach, dass man zur Öffnung des Kästchens die Polizei zugezogen hatte. Allerdings konnte die Tasche dort auch absichtlich von anderer Seite für die offizielle Durchsuchung platziert worden sein, um Rabbi Joe in Misskredit zu bringen.

Wie es schien, war Bernauer bei der Klärung des Mordes an Rabbi Joe jetzt einzig und allein auf die Ermittlungen des Suchtgiftdezernates angewiesen. Keine erfreuliche Aussicht, denn die Kollegen waren nie wirklich bereit in ihre Tätigkeiten Einsicht zu gewähren, da sie hauptsächlich verdeckt und auf längere Sicht hin ermittelten, aber zumindest im gegenständlichen Fall schien es tatsächlich keine Spur zu geben, der nachgegangen werden konnte.

„Bernauer", sagte Hofrat Sassmann einige Tage später, „gibt es denn keine Möglichkeit, diesen Fall der Dienststelle in Wien anzuhängen, die Hintergründe scheinen doch überwiegend in deren Bereich zu liegen? Dass sich der Mord hier in Salzburg zugetragen hat, ist wohl eher Zufall, die echten Verbindungen liegen ohnehin in Wien."

Bevor Joschi Bernauer antworten konnte, klingelte sein Handy.

„Entschuldigung, Hofrat", begann er, doch dann sah er auf das Display, der Anruf kam von Bella Weiden.

Woher rief sie an? Aus der Türkei?

Aber Hofrat Sassmann bedeutete ihm bereits, das Gespräch anzunehmen und Bernauer trat auf den Gang, um zu telefonieren.

Er hatte sich kaum gemeldet, als ihn Bella in schrillem, hysterischen Ton überfiel.

„Joschi", hechelte sie, „bei mir wurde eingebrochen."

„Eingebrochen? Wo bist Du?"

„Zu Hause, ich bin eben vom Flugplatz gekommen, jemand hat das Haus verwüstet und die Hintertür aufgebrochen, Du weist schon, diejenige, die zum Wald hinauf führt."

„Und Du bist im Haus?"

„Ja, genau. Man muss etwas gesucht haben und scheint dabei ziemlich gründlich vorgegangen zu sein. Es ist zum Heulen."

„Beruhige Dich, ich schicke Dir die Kollegen, aber lass alles wie es ist. Du darfst keine Spuren verwischen."

„Na ja", sagte sie, „vermutlich habe ich inzwischen bereits eine Menge neuer gelegt. Während wir miteinander telefonieren war ich bemüht, einiges aufzuheben und die Türe habe ich auch untersucht."

„Dann lass das um Gottes Himmels Willen jetzt sein und fange nicht auch noch an, auszupacken."

„Ist ein Sturzachtel genehmigt?"

„Alles, was Deine Nerven beruhigt, ist genehmigt", sagte er. Die Frau war wirklich ein Unding.

Als Bernauer wieder ins „Allerheiligste" kam, saß Hofrat Sassmann unbewegt an seinem Schreibtisch. „Ich habe mir das Ganze überlegt", meinte er, „außer der nicht bezahlten Hotelrechnung gibt es in unserem Bereich doch wirklich keinen Bezug zum Tod dieses Mannes."

„Wenn man von der Leiche absieht, wenig."

Sassmann schwieg.

„Dazu kommt", wehrte Bernauer dessen Plädoyer für die Abgabe des Falles nach Wien ab, „dass ich eben eine weitere beunruhigende Nachricht erhalten habe. Das Haus der Zeugin, die diese Leiche gefunden hat, wurde während ihrer Abwesenheit gründlich auf den Kopf gestellt."

Hofrat Sassmann war aber offensichtlich nicht gewillt, so schnell aufzugeben.

„Ein Einbruch, wie er immer wieder vorkommt, vermutlich. Die Menschen gehen eben immer zu sorglos mit ihrem Eigentum um, trotz aller Warnungen der Fachleute."

„Kann sein", sagte Bernauer, „aber es steht auch im Raum, dass der Tote im Besitz einer Sache war, die für den Täter wichtig ist und die er jetzt sucht. Wo sollte er sonst beginnen, als bei der Person, die den Toten gefunden hat."

Sassmann überlegte.

„Dann muss man ja sogar froh sein, das der Einbruch in Abwesenheit dieser Frau geschehen ist."

„Ja, das denke ich auch. So zufällig erscheint nämlich die Anwesenheit Johann Mahlers in Salzburg bei Gott nicht mehr."

„Also wenn wir ausschließen, dass er nicht nur ein schönes Wochenende verbringen wollte, wo könnten Sie dann einhaken?"

„Im Überall und Nirgendwo", antwortete Bernauer unfroh.

„Genau so, wie Sie es gerne mögen", lächelte Sassmann, „ich setze natürlich hundert zu eins auf Sie."

Das Ergebnis der Spurensicherung in Bellas Haus ließ Bernauer zu Vergleichszwecken vorerst nach Wien senden, vielleicht gab es eine Übereinstimmung zu Spuren in der Wohnung Rabbi Joes.

Am Spielabend tags darauf war Bella die Sensation des Abends.

„Ihr könnt Euch nicht vorstellen, wie erschrocken ich war", betonte sie, „aber dann sah ich die Bescherung und wurde wütend, obwohl mir die aufgebrochene hintere Türe bis dahin noch gar nicht aufgefallen war. Ich habe also einen meiner Golfschläger genommen und das Haus gründlich durchsucht, natürlich auch den

Keller und dann noch das Grundstück dazu. Na, der Kerl hätte mir unter die Hände kommen sollen!"

Turnierleiter und Spieler hatten schaudernd zugehört, bewunderten den Mut Bellas und stellten Fragen, wobei die Dramatik der Angelegenheit in Bellas Schilderungen immer heftiger wurde und das Turnier wieder mit einer halbstündigen Verspätung begann.

Anne hatte zwar sofort nach dem Abzug der Spurensicherung mitgeholfen, das Chaos in Bellas Haus zu beseitigen, sodass diese eigentlich nur noch die Reparatur der Türe veranlassen musste, aber Bellas schaurige Geschichte war und blieb der Clou des Abends.

„Fühlst Du Dich auch wirklich sicher, oder möchtest Du nicht einige Tage bei Gundula wohnen?", hatte sie Bernauer gefragt.

„Also ganz wohl ist mir nicht, aber ich lasse mich nicht aus meinem eigenen Haus vertreiben und Paul Reiter hat sich außerdem bereit erklärt, einige Tage bei mir zu wohnen", hatte sie geantwortet.

„Das wird dann wohl auch am besten so sein."

Bella räkelte sich im Liegestuhl vor dem blauschimmernden Pool und telefonierte.

Paul Reiter wohnte nicht mehr bei ihr im Haus und Andreas, der Sohn des Bauern in der Nähe, der auch Bellas Garten betreute, mähte den Rasen.

„Andi", sagte sie, „hast Du nachher noch etwas Zeit für mich, ich hätte ein ganz dringendes Anliegen?"

„Was soll es denn sein?", fragte er.

„Würdest Du mir in gut einem Meter Abstand zur Zeder neben den Stufen, die zum Wald hinaufführen, ein Loch ausheben. Gerade so groß, dass ich, das heißt wir, einen weiteren Baum pflanzen können. Ich gebe morgen eine kleine Pool-Party und meine Freundinnen werden mir als Gastgeschenk die dritte Zeder für den lebenden Zaun mitbringen, den ich hinter dem Haus anlege. Ich möchte das ganze morgen mit gebührendem Trara über die Bühne bringen. Eine Gemeinschaftspflanzung sozusagen."

Andi lachte.

„Aber sicher", sagte er ernst, „macht das nur, im Notfall kann ich ja anschließend eine kleine Nachpflanzung vornehmen."

„Das wäre süß von Dir", säuselte Bella.

Am nächsten Tage startete sie ihre Poolparty, zu der in erster Linie die Mitglieder des Bridge-Clubs geladen waren.

Rund um das Bassin konnte man an weißgedeckten Stehtischen Prosecco, verborgen in mexikanischen Tonkühlern, genießen und schmackhafte Häppchen und Kuchen standen am blütengeschmückten Holztisch auf der Terrasse bereit. Liegestühle und Gartensessel luden zu gemütlichem Plaudern ein.

Natürlich fanden auch Führungen zu den Stätten der Verwüstungen im Haus statt. Nur die Türe war bereits erneuert worden, stand aber trotzdem im Mittelpunkt des Interesses.

Als die Sonne schon tiefer stand und die Hitze etwas zurückgegangen war, kam die Überraschung des Nachmittags.

Bella und ihre Freundinnen hatten eine Show vorbereitet, um ihre Einkäufe aus der Türkei zu präsentieren. Sogar der rote Läufer aus dem Gästezimmer diente als Laufsteg über die Terrasse.

Bella hatte zwei Ledermäntel, ein Lederkostüm und Stiefel mitgebracht, aber auch die Ausbeute ihrer drei Freundinnen konnte sich sehen lassen.

„Wie seid Ihr denn mit all den Schätzen durch den Zoll gekommen?", fragten einige Türkeierfahrene unter den Gästen.

„Das ist das Geheimnis der schwarzen Witwen", lachte Gundula.

Ulrich Böhm, der ganz gegen seine Profession als Beamter jederzeit bereit war, gesetzliche Bestimmungen völlig legal als dehnungsmöglich zu betrachten, nickte bestätigend: „Kein Geheimnis, Freunde, in solchen Fällen geht es lediglich um Selbstsicherheit. Wenn ich ins Planquadrat fahre und man mich fragt, ob ich etwas getrunken habe, sage ich schlicht und bestimmt: Nein! Seit 35 Jahren sage ich: Nein! Und bleibe immer ungeschoren."

Grinsend fügte er hinzu: „Natürlich trinke ich grundsätzlich niemals beim Fahren."

Dafür erntete er donnerndes Gelächter.

Als später die Sonne schon so schräg stand, dass sie nicht mehr auf den Wurzelballen der Zeder, der immerhin bereits beachtliche Ausmaße zeigte, fiel, begann das gemeinsame Werk.

„Ich weiß nicht", sagte Bella nach ungefähr zehn Minuten beängstigender Anstrengungen, „soll ich nicht doch Andi zu Hilfe holen?"

„Wir haben die Sache begonnen, wir führen sie auch zu Ende. Es ist schließlich unser aller Baum", nahm sich Professor Böhm der Sache an.

„Selbst ist der Mann", trompetete er, „es braucht dazu nur einiger statischer Überlegungen und etwas praktischen Geschicks."

Andi selbst hätte den Baum nicht besser setzen können, als Dr. Ulrich Böhm es tat.

Bernauer und Iris Adler saßen im Cafè Tomaselli unter einem Sonnenschirm auf der Terrasse im ersten Stock und betrachteten, an kühlen Eisbechern löffelnd, den vor Hitze flirrenden Platz unter ihnen. Menschen krabbelten wie Ameisen in ununterbrochenem Gewirr über die heißen Steinplatten und bedauernswerte Kutschpferde zogen gaffende Touristen durch die Hitze.

Als sich langsam vom Domplatz her ein schwarzer Mercedes durch die zähe Menschenmenge schob, begann sich eine noch undefinierbare Assoziation in Bernauers Bewusstsein zu drängen.

Der Taxifahrer hielt an, stieg aus dem Wagen, nahm durch die Tür im Fond Krücken entgegen und half dann einem älteren Mann beim Aussteigen.

„Siehst Du", sagte Iris philosophisch, „nach der Zeit der Golfschläger kommt die Zeit der Krücken."

Golfschläger? Das war die Verbindung, die er gesucht hatte. Ein Taxifahrer hatte beim Hotel Mozart am Gaisberg die Golfschläger in den Wagen geladen, die Rabbi Joe angeblich vergessen hatte. Wieso eigentlich? Rabbi Joe trug weder Golfkleidung noch befand er sich in der Nähe eines Golfplatzes, als er getötet wurde. Wer war dieser Taxifahrer gewesen?

Bernauer griff nach dem Handy und ließ sich die Nummer des Hotels geben.

Der Portier hatte kaum das Wort Polizei gehört, als er schon in die Direktion durchstellte.

Ob man in der Sache des verstorbenen Gastes schon weitergekommen sei, fragte der Geschäftsführer.

„Wir verfolgen mehrere Spuren", sagte Bernauer, „allerdings könnte es sehr hilfreich sein, wenn feststünde, wann ungefähr dieser Taxifahrer gekommen ist um das Golf-Set für Johann Mahler abzuholen. Außerdem wäre es vorteilhaft zu wissen, wer damals den Mann in das Zimmer des Gastes geführt hat."

Der Manager versprach, sich zu erkundigen und dann Bescheid zu geben.

Zehn Minuten später kam sein Rückruf. Der Fahrer sei von den orangen Taxis gewesen und sei gegen fünfzehn Uhr gekommen, um die Golfschläger zu holen. In das Zimmer des Gastes wäre er von einem der Pagen geführt worden.

„Heute", sagte der Manager, „hat der Bursche zwar nicht mehr Dienst, aber wenn Sie ihn sprechen wollen, werde ich ihn gleich morgen Früh ins Präsidium schicken, er wohnt nämlich ganz in Ihrer Nähe."

Das war mehr, als Bernauer zu hoffen gewagt hatte und er gab den Auftrag in der Taxizentrale zu recherchieren, wer um diese Zeit eine Fahrt zum Hotel Mozart am Gaisberg übernommen hatte.

Am Nachmittag bekam Bernauer einen ungewöhnlichen Anruf aus der Polizeiwachstube im Nonntal. Ein Geschäftsführer des nahen Golfhotels war erschienen, um Anzeige zu erstatten, da ein Gast des Hauses seit einigen Tagen nicht mehr im Hotel erschienen sei. Er musste in seinem Wagen, einem Lamborghini mit italienischem Kennzeichen, unterwegs sein, hatte aber einen teuren Koffer sowie Bekleidung und Golfausrüstung zurückgelassen. Außerdem hätten im Kasten einige leere Kartons gestanden, auf denen die Adresse einer Linzer Augenordination gedruckt gewesen sei und die Aufschrift „Fragile".

Ein ähnlicher Fall vom Verschwinden einer Person habe doch erst kürzlich mit einem Mord geendet, erinnerte sich der Wachebeamte, also wollte er wissen, ob er speziellere Vorkehrungen zu treffen habe.

„Sichern Sie das Zimmer des Verschwundenen ..."

„Zimmerflucht", verbesserte ihn der Beamte, „es handelt sich um eine Suite."

„Wurde sie inzwischen gereinigt?", fragte Bernauer.

Leises Tuscheln am Ende der Leitung.

„Ja, bevor man wusste, dass der Gast nicht zurückkommen würde", war die unerfreuliche Antwort.

„Handelt es sich um eine offizielle Anzeige?"

„Der Herr vom Hotel ist eben gekommen, ich dachte nur, dass Sie informiert werden sollten. Ich bin nämlich im Moment die einzige Besetzung hier am Posten."

„Es ist gut", versicherte ihm Bernauer, „nehmen Sie das Protokoll auf, ich werde mich dann selbst weiter um die Sache kümmern."

Bernauer hoffte nur dringlich, dass man nicht auch diesen Gast umgebracht hatte, denn die Parallele zu dem noch nicht gelösten ersten Fall schien erschreckend genug.

Dass sich allerdings leere Kartons einer Augenärztin aus Linz unter den Utensilien des Mannes befanden, konnte von Bedeutung sein. Wahrscheinlich handelte er mit optischen Instrumenten.

Bernauer griff zum Hörer und ließ sich mit Dr. Markovsky, dem Leiter der Mordkommission in Linz, verbinden.

Nachdem er ihm einen kurzen Überblick gegeben hatte, erinnerte sich Markovsky, dass er den Namen der Augenärztin Dr. Kronlachner schon einmal gehört hatte.

„Warte", sagte er, „ich gehe kurz in den Computer."

„Joschi", kam er wieder, „es gab da im vorigen Jahr einen Fall, bei dem ein Patient nach der Untersuchung in dieser Augenarztpraxis tot auf den Stufen des Treppenhauses gefunden wurde. Es war aber reiner Zufall, dass die Vorzimmerkraft der Ärztin etwas später in die nebenliegende Apotheke wollte und die Leiche entdeckte, als sie die Treppe hinunterlief. Es handelt sich nämlich um eine Art Ärztezentrum, in dem von den Besuchern lediglich der Lift genutzt wird."

„Wieso war der Mann tot, ein Mord?"

„Nein, ganz offensichtlich nicht. Die Obduktion hat ergeben, dass der Patient heroinsüchtig war und sich eine Überdosis gespritzt hat. Anscheinend war er in seiner Sehkraft beeinträchtigt gewesen, denn eines seiner Augen tränte und war gerötet."

„Der Kerl muss es ja sehr eilig gehabt haben, dass er sich noch im Stiegenhaus einen Schuss gesetzt hat."

„Womöglich benötigte er bereits dringend eine Auffrischung und es blieb nur mehr wenig Zeit, er könnte also unkonzentriert gewesen sein, vielleicht hat auch die Anstrengung der Behandlung dazu beigetragen."

„Und wer war dieser Patient?"

„Ja, wer war er? Jedenfalls ein Schmerzpatient auf Urlaub, der eingeschoben wurde. Ob seine Angaben zur Person den Tatsachen entsprachen, ist nicht geklärt, denn es handelt sich um eine Wahlarztpraxis und die Patienten zahlen bar. Die Rechnung wurde auf einen gewissen Otto Schürz aus Passau ausgestellt, das ist nicht sehr ergiebig, ich weiß.

Da sich bei der Untersuchung herausgestellt hatte, dass es sich um eine Herpeserkrankung im Auge handelte, wies ihn die Ärztin darauf hin, dass er auch weiterhin ärztlicher Hilfe bedürfe. Vielleicht hat ihn auch die Diagnose geschockt, jedenfalls sind die Erhebungen im Sand verlaufen und eingestellt worden, als sich herausstellte, dass die Adresse unvollständig und der

Mann unbekannt war. Ein weiterer Drogentoter auf der Liste der beziehungslosen Unbekannten, mehr nicht. Wenn Du möchtest, schicke ich Dir gerne das ganze per E-Mail."

„Das könnte tatsächlich hilfreich sein. Und könntest Du feststellen, was die Augenärztin in diesen Kartons transportieren lässt? Der aus dem Nonntal verschwundene Golfer ist ja zweifellos in Geschäftsbeziehung mit ihr, wie käme er sonst zu diesen Verpackungen?"

Als der Page aus dem Hotel Mozart am nächsten Tag bei Bernauer eintraf, schien er merkwürdig nervös zu sein.

„Ich habe heute eigentlich Frühdienst", quetschte er hervor.

„Setzen Sie sich nur", sagte Bernauer beruhigend und wies auf den Stuhl vor seinem Schreibtisch. „Es wird auch nicht lange dauern."

Dass der Bursche in gespannter Haltung kaum mehr als die Vorderkante der Sitzfläche belegte, machte Bernauer deutlich, wie wörtlich er ‚kurz dauern' genommen hatte, beziehungsweise wie sehr er sich wünschte, schnell wieder verschwinden zu können.

„Ist es üblich, dass Taxifahrer im Hotel erscheinen, um Gepäckstücke eines Gastes aus seinem Zimmer zu holen?", fragte Bernauer.

„Üblich nicht", antwortete der Junge, „aber es kommt schon manchmal vor, schließlich ist es ärgerlich, wenn ein Gast extra wieder ins Hotel zurück muss, nur weil er etwas vergessen hat."

„Verlorene Urlaubszeit", sagte Bernauer.

Der Junge nickte heftig, blickte aber misstrauisch auf seine Hände.

„Sie wissen ja, dass Herr Mahler, der Euer Gast war, tot ist?"

Wieder nickte der Junge.

„Waren Sie es, der den Taxifahrer auf das Zimmer Herrn Mahlers begleitet hat?"

„Ja, mit der Schlüsselkarte."

„Sie haben aufgesperrt, was war dann, sind Sie mit ins Zimmer gegangen?"

„Ja."

„Hat er das Golf-Set sofort gefunden?"

„Das Golf-Set schon, aber die Golfschuhe, die musste er erst suchen."

„Wie lange hat das gedauert?"

Der Junge zuckte verlegen mit den Schultern.

„Zehn Minuten vielleicht, ja, so ungefähr."

„Er wird doch nicht zehn Minuten gebraucht haben, um in einem Hotelzimmer ein Paar Golfschuhe zu finden?"

„Ich kann es nicht genau sagen", kam es jetzt zerknirscht, „ich habe mich am Gang mit einem der Zimmermädchen unterhalten und als der Taxifahrer dann heraus kam, habe ich mir nichts dabei gedacht."

„Hatte er die gesuchten Schuhe dabei?"

„Ja, bestimmt", antwortete der Junge, „er hat sie sicherlich in die Golftasche gesteckt."

„Gesehen haben Sie die Schuhe also nicht?"

„Ich weiß es nicht, eigentlich habe ich auch nicht darauf geachtet."

Trotzig hob er den Kopf: „Das ist doch alltäglicher Kram, wer achtet denn schon auf so etwas?"

„Der Mann hätte alles Mögliche mitnehmen können, ist Ihnen das nicht klar?"

Der Junge zuckte die Schultern: „Ja, vielleicht, schließlich war er nur eine Aushilfe, das hätte dann schon peinlich werden können, aber trotzdem, jeder von den Fahrern weiß, dass er seine Stelle sofort verliert, wenn bei ihm Dinge wegkommen. Die Zentralen sind da sehr rigoros."

„Woher wissen Sie, dass es sich hier um eine Vertretung gehandelt hat?"

„Weil ich den Mann kenne, der normalerweise dieses Taxi fährt, der war es nämlich ganz bestimmt nicht. Erst habe ich ja geglaubt, ich hätte mich geirrt, als der Lenker ausgestiegen ist, aber dann habe ich noch einmal auf die Nummerntafel geschaut und festgestellt, das war nicht derjenige, der sonst den Wagen fährt."

„Ich brauche nur das Kennzeichen des Taxis, dann sind Sie entlassen."

Als der Bursche bereits aus der Tür getreten war, stockte er, kam wieder zurück und sagte leise: „Wird man im Hotel jetzt erfahren, dass ich nicht mit im Zimmer geblieben bin?"

„Ich denke, das lässt sich vermeiden, aber es soll Ihnen für die Zukunft eine Lehre sein."

„Danke", sagte der junge Mann eifrig und verschwand.

In der Taxizentrale erfuhr Bernauer, welcher Fahrer seinerzeit die Tour zum Mozarthotel gemacht hatte.
„Ich schick Ihnen den Mann vorbei", sagte die Angestellte, „wird es lange dauern?"
„Nicht sehr, denke ich."

Edmund Aigner, der Taxichauffeur, saß unbehaglich auf dem hölzernen Stuhl vor Bernauers Schreibtisch. Knapp und abweisend beantwortete er die Fragen zur Person, während seine starren Augen durch Bernauer hindurch zu blicken schienen.
„Wie kam es dazu, dass Sie beauftragt wurden, die Golftasche Herrn Mahlers aus dem Hotel zu holen?", fragte Bernauer.
„Ich wurde von einem Mann angesprochen, nachdem ich einen Fahrgast am Bahnhof abgeliefert hatte", war die knappe Antwort.
„Werden Sie nicht über die Taxizentrale von einem Auftrag verständigt?"
„Manchmal und manchmal wieder werde ich auch persönlich angesprochen. Ich brauche es nur zu melden."
„Wie in diesem Fall?"
„Ja."
„Und dieser Mann hat Ihnen lediglich gesagt, dass Sie aus dem Zimmer Herrn Mahlers seine Golfausrüstung holen sollten?"
„Ja."

„Hatten Sie denn keine Bedenken, dass man Ihnen die Sachen vielleicht gar nicht aushändigen würde?"

„Das wäre alles kein Problem, sagte er mir, Herr Mahler habe telefonisch alles geregelt. Und so war es dann auch."

„Und warum ist dieser Mann nicht einfach bei Ihnen eingestiegen, warum mussten Sie die Sachen holen?"

„Weiß ich nicht, vielleicht hatte er inzwischen anderes zu tun, ich habe die Tasche jedenfalls bei ihm wieder abgeliefert."

„Am Bahnhof?"

„Ja."

Bernauer legte eine längere Pause ein.

„Sie sind also zur Rezeption gegangen und hatten keine Probleme, die Golfausrüstung zu bekommen, weil man dort ohnehin Bescheid wusste?"

„Ja."

„Hat man Sie dann ins Zimmer des Gastes begleitet oder wurden Ihnen die gewünschten Dinge gebracht? Wie ist denn das ganze vor sich gegangen?"

Der Taxifahrer wand sich sichtlich, als er die Antwort überlegte.

„Ich habe in der Halle gewartet und dann hat man mir die Sachen gebracht."

„Herr Aigner", sagte Bernauer tadelnd, „Sie haben das Taxi überhaupt nicht gefahren, zumindest nicht bis vor das Hotel. Und tischen Sie mir jetzt ja nicht eine weitere für mich erfundene Geschichte auf, das könnte nämlich sehr unangenehm für Sie werden."

Aigner erstarrte förmlich und erweckte den Eindruck, als hätte er zu atmen aufgehört.

„Werden Sie mich meinem Chef melden, wenn ich Ihnen jetzt die Wahrheit erzähle?", fragte er bedrückt.

„Das kommt ganz auf die Wahrheit an. Wenn Sie sich nicht straffällig gemacht haben, brauchen mich Ihre privaten Verpflichtungen nicht zu interessieren."

„Gut", sagte Aigner, „eigentlich habe ich überhaupt nichts Ungesetzliches getan, denke ich."

Er gab sich sichtlich einen Ruck.

„Tatsächlich war es nämlich so, dass mich der Mann gefragt hat, ob ich frei sei."

„Ja", sagte ich, „wohin soll es gehen?"

„Zum Hotel Mozart."

„Da habe ich Meldung an die Zentrale erstattet und bin abgefahren. Knapp vor dem Hotel hat mich der Mann dann gefragt, ob ich kurz anhalten könnte. Ich hatte zwar kein gutes Gefühl dabei, aber er sagte, er könnte mir ein Geschäft vorschlagen.

Tatsächlich wollte er mir zweihundert Euro geben, wenn ich ihn mit dem Wagen direkt vor dem Hotel vorfahren lassen würde. Ich fragte noch, wozu das gut sein sollte, aber er drückte mir das Geld in die Hand und meinte, es handle sich lediglich um eine Wette.

Ich konnte das Geld ziemlich gut gebrauchen, habe also zugestimmt und stieg aus dem Wagen. Der Mann fuhr die letzten hundert Meter bis direkt vor den Eingang des Hotels und verschwand dann in der Halle.

Ich habe natürlich das Ganze genau beobachtet und das Taxi ständig im Auge behalten. Nach ungefähr zwanzig Minuten kam er mit einem Golfsack aus dem Hotel, stieg ins Taxi und kam damit zu mir zurück."

„Und wohin haben Sie ihn dann gebracht?"

„Wieder zum Bahnhof."

„Was war dann?"

„Er ist ausgestiegen, hat mit zwei Fingern gegrüßt und ist weggegangen."

Überlegend sah er jetzt auf Bernauer.

„Noch etwas?"

„Na ja", sagte Aigner gedehnt, „vielleicht hat das auch gar nichts zu bedeuten."

„Alles ist wichtig", versicherte Bernauer.

„Also es war so: Ganz kurz, nachdem ich weggefahren bin, habe ich noch einmal in den Rückspiegel geschaut und gesehen, wie der Mann den Golfsack in einen Müllcontainer gesteckt hat. Das war doch merkwürdig, oder nicht?"

„Sehr merkwürdig sogar."

„Ich bin natürlich neugierig geworden und aus dem Wagen gestiegen um zu sehen, was jetzt weiter passieren wird. Er ist über den Platz zu den Parkflächen hinüber gewechselt und in einen schwarzen BMW SUV eingestiegen und weggefahren."

„Und das Kennzeichen?"

„Habe ich mir notiert."

Es war der Wagen eines ziemlich bekannten Salzburger Nachtclubs.

41

„Es ist zum Auswachsen", tobte Hofrat Sassmann. „Jedes Mal, wenn sich eine heiße Spur aufgetan hat, stellt sich ein noch unangenehmeres Hindernis in den Weg."

Bernauer nickte vielsagend. Noch schlimmer würde es kommen, wenn jetzt auch die Recherchen zu dem neuerlichen Verschwinden eines Hotelgastes im Nonntal begannen, was allerdings nicht unbedingt als Fall für das Morddezernat enden musste. Ein gutes Gefühl hatte er jedenfalls nicht.

„Es muss sich schon um ein ziemlich heißes Eisen handeln, wenn der Besitzer eines überaus populären Nachtclubs eine so dubiose Taxigeschichte persönlich durchführt. Vermutlich wird er es ohnehin bestreiten und behaupten, er habe den SUV seit Mittag nicht gefahren. Schließlich stünde er unbeobachtet in der Garage des Nachtclubs und beinahe jeder der Angestellten hätte ihn wegfahren können, während er selbst die Vorbereitungen für das Nachtgeschäft getätigt hätte."

„Das wird ihm zwar sein Personal bestätigen, andererseits, der Portier im Hotel und der Taxifahrer erkennen ihn ganz sicher wieder. Man wird sich auch an das Telefonat erinnern, auf Grund dessen das Golfset ausgehändigt wurde und eventuell auch auf die Stimme des Anrufers. Vermutlich war es sogar dieser Kerl selbst, der sich beim Portier als Johann Mahler gemeldet hat."

„Ganz sicher kann ihn der Taxifahrer identifizieren", sagte Sassmann. „Allerdings können wir nur hoffen, dass sich in diesem Paradies der Nachtschatten nicht wieder einige Politiker und Promis undercover verlus-

tieren und daher schützend ihre Hände über ihn halten. Das wäre im letzten Monat der zweite Skandal, der der Öffentlichkeit verschwiegen werden müsste."
„Ja", meinte Bernauer philosophisch, „die Welt ist eben korrupt."
„Anrüchig und korrupt, Bernauer, und ungerecht. Ein Liebeskasperl in gehobener Position muss immer und überall geschont werden, der kleine Mann steuert in solchen Fällen sofort der Öffentlichkeit und dem Nudelholz seiner Gattin zu."
„Hofrat", lachte Bernauer erstaunt, „woher wissen Sie Bescheid über die Gepflogenheiten der kleinen Leute?"
„Was denken Sie", dozierte Sassmann, „ich hatte früher mehr als genug Einblick in die Höhen und Tiefen der menschliche Seele, habe mich daher auch von Fall zu Fall umfassend darauf eingestellt. Nur Ihnen, Bernauer, Ihnen fehlt jedes Verständnis für die Erhabenheit der bevorrechteten Klassen", bemerkte Sassmann lächelnd.
Bernauer nickte.
„Richtig, daher ziehe ich es auch vor, die verlorenen Seelen zwischen Dosenbier und Leberkäsesemmeln zu retten."
„Sie wären jedenfalls ein fabelhafter Volkstribun", schmunzelte Sassmann.
„Wie man's nimmt, Hofrat", sagte Bernauer skeptisch, „zwischen einem Heiligen und einem Trottel liegt leider nur ein schmaler Grat."

Nachtclubbesitzer Heinrich Rosner, alias „der schöne Heinz", saß gelassen in Bernauers Büro.

„Sie wollen doch nicht allen Ernstes behaupten, ich hätte mit der Sache zu tun", grinste er, „wer soll mich denn gesehen und erkannt haben? Ein Portier und möglicherweise ein Taxifahrer? Und meinen Wagen habe ich auch noch zur Bestätigung vorgeführt?"

Er schlug sich gutgelaunt auf den Schenkel.

„Das ist ja großartig. Wissen Sie, wie viele schwarze SUVs von BMW allein in Salzburg laufen? Angenommen natürlich, dass sich Ihr Zeuge nicht überhaupt irrt und es sich gar nicht um einen BMW gehandelt hat, heute sehen ja alle Autotypen ziemlich ähnlich aus. Und das Kennzeichen hat er auch genau gesehen? Ein Ziffernsturz und es kommen schon jede Menge andere Fahrzeuge in Frage."

„Dann", sagte Bernauer, „werden wir Sie zuerst einmal dem Hotelportier gegenüberstellen."

„Sie werden gar nichts stellen", spöttelte Rosner, „weil ich keinen Grund sehe, Ihr läppisches Spielchen mitzumachen."

Er erhob sich.

„Erstens haben Sie keinerlei Beweis dafür, dass ich gegen eine gesetzliche Bestimmung verstoßen habe, noch hätte ich, selbst dann, wenn ich der gesuchte Mann gewesen wäre, der das Golf-Set im Auftrag des Besitzers abgeholt hat, der ja zuerst den Portier informiert hat, etwas Unrechtes getan. Was wäre Ihrer

Meinung daran unerlaubt? Oder wollen Sie mich schikanieren?"

„Und trotzdem verweigern Sie eine Gegenüberstellung, auch wenn Sie nichts zu befürchten haben?"

„Hier ist nicht von Befürchtungen die Rede, Sie stehlen mir einfach nur die Zeit und wenn Sie diese Schiene weiterzufahren gedenken, schaden sie mittelbar auch der Reputation unseres Hauses und dies wird Folgen haben. Im Zuge einer Dienstaufsichtsbeschwerde führen Sie dann in Zukunft diesbezügliche Unterredungen mit meinem Anwalt."

Er legte eine kleine elegante Visitenkarte aus Elefantenpapier vor Bernauer auf den Schreibtisch.

„Ich nehme an, ich kann jetzt gehen?", sagte er ernst.

„Was zur Hölle mache ich eigentlich hier?", fragte sich Bernauer.

„Ich stehe einem einträglichen Nachtgeschäft mit einer Menge Personal samt dort verkehrenden hochgestellten Persönlichkeiten, die es zu schützen gibt, gegenüber und zusätzlich noch einem hochmütigen Kerl, der mir Rechtsbelehrungen erteilt."

Er beschloss jetzt, sich in das kleine Café gleich um die Ecke zu begeben und zu warten, bis er den Frust des heutigen Tages einigermaßen verdaut hatte.

Ziemlich unerwünscht saß dann an dem einzig freien Tischchen ein Kollege aus dem Rauschgiftdezernat, also hatte er keine Wahl, er musste sich zu ihm setzen.

„Du scheinst etwas nervös zu sein", stellte der andere fest.

„Nervös eigentlich nicht, verbittert trifft es eher", grinste Bernauer freudlos.

„Berufskrankheit, Alltagskram" stellte der Kollege fest, „also, setz Dich zu mir. Ich trink' Ouzo, was nimmst Du so?"

Aber Bernauer vertrug im Moment weder Blondinenwitze noch sonstige Humorbekundungen.

„Also Ouzo sicherlich nicht", sagte er, „ich verabscheue Anisgeschmack, aber es würde zu meinem heutigen Tag passen."

„Was darf es denn sein, bitte?", fragte das hübsche Mädchen mit der weißen Schürze und dem angedeuteten Rüschenhäubchen.

„Was kann man denn heute Gutes zum Kaffee haben?", fragte Bernauer.

„Marillen-Schnitten, Gugelhupf und Sachertorte."

„Dann einen doppelten Espresso und Gugelhupf."

„Kennst Du einen Heinrich Rosner?"

„Der schöne Heinz? Wir haben ihn laufend im Auge", sagte der Kollege, „nur, wirklich Konkretes liegt gegen ihn noch nicht vor."

Bernauer hatte ohnedies nichts anderes erwartet.

Eine ähnliche Antwort kam auch von Markovsky.

Die Augenärztin Dr. Heidrun Kronlachner hatte erstaunt und befremdet auf die Frage nach den Kartons, die ihre Anschrift trugen und im Besitz des abgängigen Golfers in Salzburg waren, reagiert.

„Ich habe keine Ahnung, wie dieser Mann an meinen Namen kam", sagte sie, „außerdem beziehe ich meine Lieferungen direkt und ohne Umweg vom zuständigen Unternehmen."

„Aber es handelt sich um typisches Verpackungsmaterial einer Lieferfirma für Ärztezubehör und es gab auch ein Kuvert mit dem Briefkopf Ihrer Praxis."

„Wenn diese Behauptungen stimmen sollten, denke ich, dass es Sache der Polizei ist, dem Ganzen nachzugehen", fauchte sie.

„Ziemlich heftig, die Dame", stellte Bernauer fest, „eigentlich sollte sie eher an einer Zusammenarbeit zur Klärung der Umstände interessiert sein als zu motzen."

„Ja, sollte man meinen."

Bernauer überlegte.

„Hat die Ärztin damals nicht bemerkt, dass es sich bei ihrem Patienten um einen Süchtigen handelte? Soferne derartiges überhaupt erkennbar ist."

„Sie erinnert sich nicht, sagte sie, aber man kennt ja die Ärzte, sie stellen sich gern an, als wären sie die Hüter des Beichtgeheimnisses. Es kann natürlich auch sein, dass es dabei auf Dauer und Intensität der Drogensucht ankommt. Denkst Du an einen Zusammenhang mit unseren Dealern?"

„Warum nicht, sollte die Dame irgendwie im Verteilernetz tätig sein, könnte die Vorzimmerkraft jeden Beweis an der Leiche im Treppenhaus manipuliert oder ihr einige Tütchen wieder abgenommen haben, bevor sie die Polizei verständigte."

Markovsky antwortete nicht sofort.

„Das Auftauchen der Schachteln mit dem Aufdruck der Augenarztpraxis in Linz bei einem italienischen Gast im Nonntal gibt der Sache natürlich schon einen anderen Anstrich", überlegte er.

„Der ganze Fall müsste vielleicht völlig neu bewertet werden. Wenn sich der Unbekannte in Linz den verhängnisvollen Schuss gesetzt hat, so ferne er es überhaupt selbst gewesen ist, könnten sowohl er als auch die Augenärztin ein Glied in der Kette der Dealer oder Konsumenten sein", sagte Bernauer, „es könnte sogar für mich ziemlich hilfreich sein."

Dr. Iris Adler und Bernauer trafen kurz hintereinander zum abendlichen Bridgeturnier im Club ein.

Iris stand vor der Pinwand neben dem Turnierleitertisch und betrachtete die Ankündigung des in zwei Wochen anberaumten Großturniers in Venedig. Auf der daneben befestigten Meldeliste, die dann von der Clubleitung vor Nennungsschluss an die Veranstalter in Venedig weitergegeben würde, hatten sich bereits mehrere Clubmitglieder eingetragen.

„Joschi", sagte Iris, „ich könnte mich freimachen."

„Freimachen?"

„Für das Turnier in Venedig, aber Du brauchst nicht in Panik zu verfallen, war nur so ein Gedanke."

Bernauer überlegte. Nicht nur, dass er erst kürzlich dienstlich verhindert gewesen war, in Kitzbühel oder Deauville zu spielen, war Iris auch ein Besuch der

Festspiele nicht vergönnt gewesen, da er es zwar versprochen, dann aber übersehen hatte, rechtzeitig Karten für Idomeneo und den Nussknacker zu bestellen.
Außerdem trat er im Moment ohnedies frustrierend erfolglos auf der Stelle.
Wenn nun die Cessna seines Fliegerclubs noch für drei oder vier Tage zu bekommen war, würde er wieder einige der Pflichtstunden, die er jährlich abzufliegen hatte, durch den Flug nach Venedig erledigen können.
„Ich wäre nicht abgeneigt", sagte er, „wir reden nach dem Turnier darüber."
Iris küsste ihn auf die Nasenspitze.
„Ich werde dafür sorgen, dass Du es nicht vergisst", bekräftigte sie, „unser Kleeblatt ist auch schon eingetragen."
„Das Geheimnis ist gelüftet", meinte Bella vom Tisch her und hob ihr Glas, „wir alle sind manchmal Opfer schwankender Illusionen."
„Oder schwankende Opfer sündiger Geheimnisse?", fragte Bernauer grinsend und tippte gegen seine Biertulpe.
Bella stach mit dem Zeigefinder nach ihm: „Falsch, Bulle. Die dunkelsten Geheimnisse sind immer diejenigen, die wir vor uns selbst verbergen."
Iris nahm ihr das Glas aus der Hand.
„Das kann ja heute noch heiter werden", sagte sie, „setz Dich nieder und sei brav."
„Verfügt über mich", kicherte Bella.

Der Anflug auf den Lido di Venezia war prachtvoll. Himmel und Sonne schienen sich für Iris und Bernauer geradezu herausgeputzt zu haben.

„Göttlich", schwärmte sie, „jetzt noch ‚Autum in Venice' und ich versinke in Nostalgie."

„Warum denn Herbst?", fragte Bernauer verständnislos, „genieße den Sommer, meine Schöne."

„Joschi, Joschi, Joschi! Das ist kein Wetterbericht, sondern die Filmmusik zu den Donna-Leon-Filmen. André Rieu mit seinem Orchester spielt diese Melodie zum Weinen schön."

„Wozu schaust Du Dir überhaupt Kriminalfilme an?", fragte er ungerührt, „mein diesbezügliches Angebot steht eisern."

„Ich weiß", zählte sie gelassen auf: „Gattenmord durch geschrumpfte Salzburger Nockerl. Terror oder gemeiner Mordanschlag? Wer bekennt sich zum Loch im Socken Pavarottis?"

„Iris, du bist ein boshaftes Weibsstück", sagte Bernauer, „aber wenn Dir soviel daran gelegen ist, soll ich Dir die Caprifischer singen?"

„Zu befürchten ist nur, dass man uns dann keine Landeerlaubnis erteilt, die Italiener sollen nämlich sehr empfindliche Ohren haben."

Der Airport Giovanni Nicelli besteht nur aus knapp einem Kilometer Graspiste und einem Gebäude zur Ab-

50

fertigung und für die Carabinieri. Die Abwicklung der Formalitäten verlief rasch und problemlos.

Ein Taxifahrer schien bereits auf sie gewartet zu haben, griff sofort nach dem Gepäck und verschwand hinter dem Wagen, bevor ihm Bernauer noch einen Auftrag erteilen konnte.

„Die Herrschaften möchten sicher ins Grand Hotel Excelsior gefahren werden", sagte er und hatte auch schon die Türen aufgerissen, sodass Bernauer und Iris ganz automatisch einstiegen.

„Joschi", fragte Iris überrascht, „Du hast doch nicht von Salzburg her ein Taxi zum Flugplatz bestellt?"

„Das nun wirklich nicht", grinste er, „aber wenn er mir die Angelegenheit abnimmt, hat er den Job."

Als der Fahrer den Motor gestartet hatte, vergewisserte er sich zum ersten Mal: „Alles ok, Chef?"

Die Fahrt dauerte knappe zehn Minuten und dies auch nur, weil ganz offensichtlich ein Markt abgehalten wurde, der natürlich den Verkehr etwas beeinträchtigte.

Das Excelsior Venice ist ein ausgezeichnetes Hotel und wird bevorzugt von Schauspielern und Veranstaltern während der Filmfestspiele gebucht. Iris fand die Lage geradezu ideal, denn den Palazzo del Casino, in dem das Bridge-Turnier ausgetragen wurde, konnten sie von hier aus, in wenigen Minuten, zu Fuß erreichen.

Nach dem Auspacken der Koffer und einer kurzen Ruhepause beschlossen sie, noch vor dem Turnier einen kleinen Rundgang durch die Stadt zu machen.

An der Rezeption hatten sie sich einen Stadtplan der Insel besorgt, denn zuerst wollten sie das einstmals glanzvolle „Grand Hotel des Bains" besichtigen, wo im Film „Der Tod in Venedig" Gustav Aschenbachs verhängnisvolle Liebe zu dem polnischen Jungen Tadzio ihren Anfang und ein tragisches Ende genommen hatte.

„Dass dieses Juwel an Architektur und Einrichtung seit Jahren geschlossen ist, ist ein wahrer Jammer", stellte Iris fest. „Wenn ich mir vorstelle, dass Thomas Mann und Luchino Visconti hier ihre Inspirationen verwirklicht haben, absolut authentisch in der unvergleichlichen Atmosphäre vornehmer Klassen des neunzehnten Jahrhunderts."

Fragend zuckte sie die Schultern:

„Ob das ‚des Bains' je wieder aus seinem Dornröschenschlaf erwachen wird?"

„Sollte es so sein", sagte Bernauer, „wirst Du hier einige Tage genießen, das verspreche ich Dir."

Nach einer kleinen Stärkung in einem netten Restaurant waren sie bereit, zum Palazzo del Casino aufzubrechen.

Da der Beginn des Turniers erst für vierzehn Uhr anberaumt war, konnten sie vorher noch die Möglichkeit nutzen, sich in den Räumlichkeiten des einstigen Spielcasinos umzusehen, denn die Möglichkeit den Palazzo zu betreten, besteht leider nur mehr bei besonderen Veranstaltungen.

Bereits der in weißem Stein gehaltene, weite Vorplatz selbst bedeutet eine wahrhaft beeindruckende Ergänzung des imposanten Gebäudes.

Beim Betreten der Halle des Eingangsbereichs fiel ein riesiger Screen ins Auge, auf den während des Bridgeturniers die Spielabläufe an den Tischen der Elitespieler projiziert wurden. So konnten auch Kiebitze ganz bequem das Spiel verfolgen, während ihr Aufenthalt in den Spielsälen aus spielethischen sowie platztechnischen Gründen verboten war.

Die riesigen hohen Räume im dritten Stock durften natürlich vorerst nicht betreten werden, da sie schon für den Spielbetrieb mit einigen hundert Paaren vorbereitet waren.

Überaus beeindruckend präsentierte sich dann die Haupthalle im Obergeschoß mit dem ausladenden Glaslüster und den prächtigen Deckenmotiven, alle basierend auf den Figuren der Spielkarten. Die Wirkung der fünf bis sechs Meter hohen Vorhänge an den geschliffenen vielteiligen Fenstern, des schönen Marmorfußbodens sowie des überwältigenden Meerblicks über die Terrasse hin war unbeschreiblich.

Diese Aussicht genoss, allerdings schon vor Iris und Bernauer, das muntere Witwenquartett, welches zur Feier des Tages bereits die Sektflöten erhoben hatte.

„Kommt her, Ihr Lieben", rief Gundula Rehberg fröhlich, „den Lido lob' ich mir, er ist ein klein Paris und bildet seine Leute."

Bernauer schüttelte den Kopf. Wie wohltuend gebildet Gundula doch war. Diese vielen klugen Menschen, zusammen auf dieser bezaubernden Laguneninsel Venedigs, erinnerten sie sofort an Frosch, den kleinen versoffenen Studenten aus Goethes Faust, und seinen großmäuligen Satz über die damals noch eher niedliche Stadt Leipzig.

„Dottoressa", blödelte er in Anlehnung an die faustischen Texte weiter:
Hier fandet Ihr des Pudels Kern?
Und auch den Auerbachschen Keller?
Gewiss, man trinkt hier, plaudert gern.
Doch Ihr, Ihr säuft und quasselt schneller."

Gundula lachte: „Joschi, mir graut vor Dir."
Bernauer deutete eine leichte Verbeugung an.
„Ihr seht mich hart getroffen, edles Gundchen."

Bella zog aufgebracht ihre Mundwinkel bis knapp an die Kinnlinie.
„Möchtet Ihr nicht endlich so reden, dass es auch vernünftige Leute verstehen können, Ihr Klugscheißer?"
Sie beugte sich beängstigend weit über die Brüstung.
„Seht Ihr denn nicht das blaue Meer und sechs wunderschöne Menschen mit ihren Gläsern auf der Terrasse? Genießen wir das Leben, wie es uns zusteht. Anne und ich werden heute brillieren, zwei gegen die ganze Welt."
„Oh Gott, Anne", schmunzelte Iris, „ich fürchte, dass Du bei dem heutigen Turnier ständig gegen drei spielen wirst, denn ...!"

Weiter kam sie nicht. Anne beendete den Satz: „Bella wird nach dem Motto agieren: Wie lasse ich den Gegner möglichst viele Stiche machen?"

„Unsinn", wischte Bella die Sache vom Tisch, „ich habe nur einfach das gewisse Etwas."

„Ja, besonders unter Alkoholeinwirkung", stellte Anne gleichmütig fest und grinste in die Runde.

„Dafür rufe ich sie später an, wenn sie schon schläft, und erkläre ihr ausführlich, was sie wieder alles falsch gemacht hat."

„Heute nicht", stellte Bella fest, „wir fahren doch nach dem Turnier noch ins Spielcasino."

„Das ja, aber das Casino schließt um zwei Uhr fünfundvierzig. Und dann bist Du mir und meiner Rache ausgeliefert, Schätzchen, also hör jetzt auf zu picheln."

Für Iris und Bernauer lief das Turnier überraschend gut, obwohl Bernauer einen leichten Druck im Kopf spürte. Über den Saal hin kamen sie an diesem ersten Abend des zweitägigen Turniers auf die beachtliche Percentage von vierundfünfzig Prozent, wobei noch zu beachten war, dass hier zum Teil die besten Spieler der Welt vertreten waren. So befand sich beispielsweise unter ihren Gegnern ein überaus renommierter Spieler aus Santa Monica, dessen Lehrbücher in der Bridgeliteratur weltweit richtungweisend sind.

„Wir haben für acht Uhr ein Motorboot bestellt, da wäre noch Platz für Euch", sagte Gundula zu Bernauer, „wenn Ihr mitfahren wollt? Ihr müsst ja nicht unbedingt ins Casino gehen, vielleicht möchte Iris noch ein wenig bummeln in Venedig?"

Ein Blick auf Iris stellte jedoch die Angelegenheit klar.

„Wir sind dabei", sagte er, „auch im Spielcasino."

Da man im selben Hotel logierte, trafen sich Bernauer und Iris mit dem munteren Kleeblatt im Restaurant des Hotels zu einem leichten Imbiss.

Bernauer trug seinen dunkelblauen Smoking und Iris glich in ihrem tief dekolletierten tannengrünen Samtkleid und den roten Haaren einem der wunderschönen Bilder von Tizian.

Gundula, groß und gertenschlank, hatte sich für einen schwarzen Seidenoverall mit rotgefütterter Kapuze entschieden und Bella prunkte in einem ebenfalls teuer aussehenden beigen Kleid und braunem Jäckchen aus Rohseide.

„Verflixt", sagte sie zwischendurch immer wieder, „das Kleid muss beim Putzen eingegangen sein. Lasst, bitte, nicht zu, dass ich heute Abend noch etwas esse."

Anne, klein, zart und blond, hatte ein schwarzweißes Op-Art-Kleid in Form einer riesigen Spirale gewählt, das eine handbreit über dem Knie endete. Dazu trug sie weiche Overknees aus weißem Leder und zwei Reihen künstlicher Wimpern. Alles in allem eine rührende Erinnerung an die süße Twiggy der sechziger Jahre.

Nora von Weinhaus hatte das kinnlange schwarze Haar glatt zurückgekämmt und ihre katzenartigen Züge betont, indem sie die schrägstehenden Augen tiefschwarz umrandete. Zum ärmellosen roten Kleid entschied sie sich für überlange, lackrote Handschuhe und gleichfarbige High Heels.

Zweifellos konnte der Kapitän des Wassertaxis nur selten eine so gutaussehende Fracht zum Eingang des eleganten Renaissance-Gebäudes am Canal Grande befördern.

Bella bedurfte allerdings, trotz des bereits vorher genossenen kleinen Imbisses, der führenden Hand eines Kavaliers, entstieg dann aber am Arm des Kahnführers in vollendeter Grazie dem Motorboot und wandelte, ganz Diva, über den Teppich des Anlegestegs auf den Eingang zu.

„Einen kleinen Drink zum Einstimmen", regte sie weltmännisch an.

„Dann würde ich den kurzen Abstecher in die Lounge-Bar vorschlagen", schnitt Iris jede Debatte ab.

„Wie geht es denn Deinem hochgebildeten Kopf, Joschi? Schmerzen?", wandte sich Bella an Bernauer.

Er zuckte mit den Schultern: „Wird sich noch zeigen."

„Wenn es schlimmer wird, habe ich etwas für Dich."

Zwanzig Minuten später steuerte man die zweite Etage mit den Räumlichkeiten des Casinos an und Dank der weisen Voraussicht Gundulas, die auch Bellas Pass eingesteckt hatte, konnten sich die kleine Gruppe vollzählig in die Spielsäle des Casinos begeben.

Bernauer und Iris schlenderten gut gelaunt durch die gigantische Spielhölle, bewunderten die lasziv angelegte, elegante Atmosphäre, angefangen von den Wandtapeten aus Damast, bis zu den wertvollen Gemälden und den herrlichen Kronleuchtern aus Murano, flanierten interessiert an den grünen Tischen des französischen Roulettes vorbei, vorbei auch an den eisigen Mienen und starren Blicken der Black-Jack-Spieler und sahen anschließend eine Weile beim Caribbean Poker zu.

„Vielleicht steige ich später kurz beim Poker ein", sagte Iris, als sie zu den Spielautomaten wechselten.

„Jesus", resignierte Bernauer, „lass' wenigstens diesen Kelch an mir vorübergehen."

„Welchen Kelch?", fragte Iris.

Bernauer spürte, wie sich das leise Pochen hinter seinem Ohr zu intensivieren begann.

Inzwischen war auch das Kleeblatt sesshaft geworden, fatalerweise an einem der Pokertische.

„Ich weiß nicht, wie ich mir das antun konnte", sagte Bernauer zögernd, „diesen offensichtlichen Tag der Zockerinnen. Und Du", dabei sah er Iris tadelnd an, „hast doch überhaupt weder die Nerven noch das nötige Pokerface für derartige Konfusionen."

„Kann sein", sagte Iris, zuckte mit den Schultern und lächelte. „Aber fürs erste reicht es, wenn ich die nötigen Jetons habe."

„Du wirst sehen, dass ich recht habe", stellte er fest „ob ich Dich dann trösten komme, weiß ich noch nicht."

„Hier geht es nicht um Geld oder Berechnung, sondern um Gefühl, Joschi, Taktik und Einfühlungsvermögen, dann ist die Aura des Spielers positiv und mehr braucht er nicht." Was gab es da noch zu sagen? Er hoffte nur inbrünstig, dass sie nicht in heiliger Einfalt das erste Mal am Pokertisch saß und abstürzte. Zusehen wollte er jedenfalls nicht dabei.

Bernauer selbst bevorzugte Black Jack und stieg dann für einen der Spieler, der eben den Tisch verließ, in das Spiel ein. Nonchalant nahm er seine Karten auf und fand sich dann überraschend neben einem Spieler, der offensichtlich peinlich berührt war, als er Bernauer erkannte.

Mit gutem Grund, denn der Salzburger Clubkollege Helmut Rauch, einer der profiliertesten Bridgespieler Europas, war zweifellos wieder dabei, seiner krankhaften Spielsucht nachzugehen. Obwohl hochintelligent, gebildet und vielseitig talentiert, befand er sich ständig in Geldverlegenheit, denn er trug jeden Euro, der ihm in die Finger kam, umgehend in ein Spielcasino. Zurzeit war er ein reines Nervenbündel und außerdem pleite, denn innerhalb mehrerer Jahre hatte er außer einigen größeren Erbschaften auch noch beachtliche Summen aus dem Vermögen seiner Frau verspielt.

Bernauer sah fasziniert der totalen Hingabe dieses Mannes an seine Leidenschaft zu und schon unterlief ihm selbst der verhängnisvolle Fehler, unkonzentriert eine Risikokarte zu kaufen. Eine Acht hätte Einundzwanzig ergeben, aber leider ereilte ihn Treff Neun und seine Chips wanderten in den gierigen Schlund der Bank.

Hinter dem rechten Ohr Bernauers machte sich nun das unangenehme Pochen von vorhin schon wesentlich stärker bemerkbar. Also verließ er lustlos, aber erhobenen Kopfes, den Tisch und wanderte in Richtung Bar.

Zufällig kam er dabei an einem gut besetzten Pokertisch vorbei, wo Bella ganz offensichtlich ebenfalls verloren hatte. Sie kullerte die Augen.
„Oh, du lieber Augustin", sagte sie.
Bernauer grinste und vollendete fragend: „Alles ist hin?"
„Vorderhand, ja, aber jetzt wendet sich das Blatt. Ich bin absolut heiß."
Sie sah in fragend an.
„Du wirkst blass", meinte sie, „auch verloren?"
„Ich habe mich nur etwas zurückgezogen", wich er aus, „Du weißt ja, das Kopfweh. Schon ehe wir kamen."
„Ah, es geht schon wieder los", flüsterte sie gierig, „ich habe ein Schmerzmittel dabei, nimm es Dir selbst" und reichte ihm ihr Täschchen. Ab sofort hatte sie nur noch Augen für die Karten.
Bernauer nahm das Tütchen heraus, legte die Abendtasche wieder neben Bella und eilte der Bar zu.

Dort enterte er einen bequemen Lederfauteuil mit Tischchen, vor der Bar, bestellte Wasser, um das Medikament zu schlucken, und für danach eine wundervoll kühle Biertulpe. Überraschend schnell war er wieder in absolutem Einklang mit sich selbst, der Kopfschmerz hatte sich gelegt und ausnahmsweise fand er es sogar überaus unterhaltsam, die vorüberziehenden Gäste zu beobachten.

Auch die Barfrau im schwarzen Hosenanzug mit dem im Dandy-Look geschnittenen dunklen Haarschopf war eine nähere Betrachtung wert.

Mit unnachahmlicher Grazie hatte sie ihm das Getränk auf das Tischchen geschoben und entblößte dabei ein zartgliedriges Handgelenk, dessen helle Haut eine kleine schwarze Rosenknospe zierte. Fasziniert betrachtete er die Tätowierung und stellte fest, dass sie eine unerwartet erotische Wirkung auf ihn ausübte.

Da zurzeit kaum Gäste die Hocker besetzten, richteten sich die Blicke der Frau gelegentlich in seine Richtung und was sie sah, schien ihr zu gefallen. Da sie offenbar bemerkt hatte, dass Bernauer ihre Tätowierung zusagte, fuhr sie zwischendurch wie unabsichtlich ordnend über das Haar und rückte die Glasuntersetzer aus Papier zurecht. Später strich sie mit dem Finger langsam über die glänzende Oberfläche des Tresens, kam an seinen Tisch und beseitigte eher lasziv als gelassen einen imaginären Tropfen aus der Nähe seines Glases.

Bernauer überkam urplötzlich eine unüberwindliche Lust diese Hand zu berühren und auch sie schien es, wunderbar und verheißungsvoll zu erwarten. Er musste es nur tun. Zart strich erst sein Finger über die tätowierte Rose, dann hauchte er einen Kuss auf die kleine erotische Blume.

Nach einiger Zeit, die ihm beinahe endlos erschien und als dann nur mehr ein einsamer Gast phlegmatisch am anderen Ende der Bar dahindöste, kam dieser zauberhafte weibliche Garçon auf ihn zu und stützte sich leicht auf die Armlehne seines Fauteuils.

Wie unter Zwang öffnete Bernauer den einzigen Knopf ihrer Smoking-Jacke, unter der sie nur einen schwarzen Büstenhalter aus Spitze trug. Langsam schob er seine Finger in die Spalte und streichelte ihren Busen. Dann beugte er sich näher und küsste diese bezaubernden Hügel.

Eine feste Hand berührte unerwartet seine Schulter und mit einem Schlag überfiel ihn die Ernüchterung.

„Ist das die Möglichkeit, Joschi, amüsierst Du Dich auch gut?"

Erschrocken drehte er sich um.

Hinter ihm stand Iris und sah ihm forschend ins Gesicht. Sie schüttelte ungläubig den Kopf, ging vorbei an die Bar und ließ eine Menge Jetons auf den Tresen fallen.

„Ich habe fünfhundert Euro gewonnen und die Mädels auf eine Champagnerrunde eingeladen."

Forschend sah sie ihn an.

„Auch Dir wird jetzt eine kleine Stärkung guttun, oder?"

Bernauer erschrak fürchterlich. Wozu hatte er sich hinreißen lassen? Noch dazu hier, mitten im Casino.

„Es tut mir leid", versicherte er verlegen.

„Kann ich mir vorstellen", spöttelte sie, „also! Champagner für alle!"

Die Jacke der hübschen Kleinen an der Bar war nun wieder völlig in Ordnung. Sie benahm sich leger und würdigte Bernauer keines Blickes, während er inständig hoffte, Iris würde sich zurückhalten, bis es keine Zuschauer mehr gab.

Verärgert neigte sie nämlich auf ziemlich fatale Weise zu beißendem Sarkasmus und man wusste nie, was postwendend kommen würde.

Zuzutrauen war ihr alles. Vielleicht sogar:

„Und die reizende Dame mit dem süßen Busen ist natürlich auch eingeladen, falls Du ihn später noch etwas bespielen möchtest."

Nicht auszudenken. Was war bloß in ihn gefahren?

„Sie trinken doch hoffentlich ein Gläschen mit", lud Iris jetzt auch die lächelnde Barfrau ein.

Ein Albtraum, Bernauer überlegte fieberhaft, wie er sich verhalten sollte.

„Joschi", setzte Bella an, während alle zu den Gläsern griffen.

„Nicht jetzt."

„Sag mir nur, was Du mit meinem Tütchen gemacht hast, ich brauche es dringend."

„Welches Tütchen?"

„Aus meiner Tasche natürlich."

„Ich habe es eingenommen, wie Du gesagt hast."

„Ich sagte die Kopfschmerztablette", flüsterte sie grimmig, „nicht meinen Seligmacher."

„Aber nur diese eine Tüte steckte im Seitenfach."

„Und daneben eine Tablette gegen Kopfschmerzen. Du kannst Dich doch nicht wirklich an meinem Pülverchen vergriffen haben?"

„Habe ich aber, tut mir leid."

„Ziemlich merkwürdig, Deine Geschichte."

„Wieso merkwürdig?"

Sie stieß ein pfauchendes Grinsen aus.

Bernauers Miene wurde ärgerlich, konnte Bella denn keine Gelegenheit auslassen, unangenehme Dinge gnadenlos zu diskutieren.

Aber sie ließ ihn ohnedies nicht zu Wort kommen.

„Na hoffentlich warst Du dann wenigstens in Deinen Träumen aktiv."

Wieso Träume? Spielte sie boshafter Weise auf einen wahrgewordenen Traum an?

„Herrgott, Joschi", lachte jetzt Iris und sah auf den schalen Inhalt seiner vollen Biertulpe, „hast Du denn inzwischen überhaupt nichts getrunken?"

„Doch", sagte er unsicher.

Die hübsche Barfrau lächelte, tauschte mit Iris einen amüsierten Blick und schüttelte sanft den Kopf.

Blitzartig wurde Bernauer seine Situation klar. Er hatte Bellas „Seligmacher" geschluckt und war aufgrund des Zusammenwirkens unbekannter Faktoren dann ziemlich untypischerweise eingeschlafen, allerdings nicht ohne dabei die normalerweise aufputschende Wirkung der Droge in einem angenehmen Traum ziemlich aktiv auszuleben.

Die Reaktion auf Drogenkonsum konnte also unter Umständen bei verschiedenen Menschen auch eine durchaus verschiedene sein.

Natürlich verstand er jetzt auch, warum sich Iris so unbefangen mit ihm unterhalten hatte, denn wer schläft, sündigt bekanntlich nicht.

Er lächelte fein. War er nämlich ehrlich zu sich selbst, musste er zugeben, dass er die geträumte Situation auch im Rückblick noch weidlich genoss.

Außerdem fühlte er sich im Augenblick gesund, stark und unternehmungslustig.

„Alles Leben ist Chemie", dachte er belustigt und erleichtert, „aber letzten Endes setzt sich die menschliche Psyche auch gegen sie durch."

Trotzdem, morgen würde er mit Bella ein ernstes Wort reden müssen.

Zum guten Abschluss fand sich nach einem weiteren Besuch eines Nachtlokals in Venedig im Morgengrauen, unter der Vorauszahlung eines satten Trinkgelds natürlich, ein Motorboot, das dann alle zusammen prächtig gelaunt im Hotel auf dem Lido absetzte.

Doch ungestört sollte Bernauer die späte Nachtruhe noch nicht genießen dürfen.

Vermutlich war er eben eingeschlafen, als das Hoteltelefon klingelte.

Sollten sie zu laut gewesen sein, als sie angekommen waren?

„Bernauer", meldete er sich in abwehrendem Ton.

„Joschi", jammerte Bridgekollege Helmut Rauch aus dem Hörer, „Joschi, sie baden."

„Sie baden? Wer badet?"

„Ich weiß es nicht, ich habe schon dauernd versucht, Dich zu erreichen, ich tue kein Auge zu, ich kann heute das Turnier nicht mehr spielen, ich bin fertig, absolut fertig."

„Wieso bist Du fertig, wenn andere Gäste baden?", fragte Bernauer ungläubig.

„Das Wasser, es tropft ununterbrochen, ich halte es nicht mehr aus, meine Nerven, ich kann nicht mehr."

„Wo ist Dein Zimmer?"

„Zweihundertacht", kam die klägliche Antwort.

„Warte", sagte Bernauer resigniert, „ich komme."

Gottergeben schickte er sich an, im Bademantel in den zweiten Stock des gegenüberliegenden Traktes hinunterzusteigen und brauchte das Zimmer nicht erst zu suchen.

In der Tür zu zweihundertacht stand im weinroten Seidenpyjama grämlich blickend Helmut Rauch. Auf dem Kopf trug er, wie immer, seinen eleganten, grauen Stetson.

„Ich bin erledigt", sagte er.

Bernauer drückte ihn zur Seite und betrat das Zimmer, aber so sehr er auch bemüht war, etwaige Geräusche auszumachen, es war jetzt alles ruhig.

„Helmut", sagte er, „jetzt ist es vorbei, komm herein und überzeug Dich selbst."

„Nein", fistelte Rauch, „keinen Schritt werde ich tun, man hört doch das Rauschen bis heraus vor die Tür."

Ein kurzer Moment der Überlegung und Bernauer verstand nun dieses merkwürdige Theater, aber es gab ihm in seinem übernächtigten Zustand auch endgültig den Rest.

„Helmut, Du Hornvieh", brüllte er, „das ist die Air Condition, und deswegen weckst Du mich um vier Uhr früh auf?"

Obwohl er den Mann liebend gerne gewürgt hätte, begnügte er sich dann damit, die Anlage abzuschalten.

„Ja, was denn", kam es anklagend retour, „wenn Du doch nicht abhebst, ich habe Dich mindestens fünfmal angerufen."

Fünfmal hatte er es also bereits versucht? Vermutlich war Bernauer da noch in Venedig gewesen, aber es war einfach ungeheuerlich, wen mochte der Kerl womöglich sonst noch belästigt haben? Offensichtlich hatte dann aber ohnehin niemand den Hörer abgenommen.

Bernauer versagte es sich, zu antworten und schlurfte kraftlos zurück in sein Zimmer. Die heutigen vierundzwanzig Stunden hatten wahrhaftig keine Möglichkeit ausgelassen, ihn zu drangsalieren.

Tags darauf begann der zweite Teil des Turniers bereits um dreizehn Uhr, doch die Eingangshalle mit dem riesigen Screen füllte sich schon eine Stunde früher. Man studierte die Ergebnislisten des Vortages, verfolgte auf der Leinwand noch einmal die besten Spiele des ersten Durchgangs und tauschte den interessantesten Klatsch der Bridgeszene aus.

Die anwesenden österreichischen Teilnehmer rekrutierten sich, wie meistens, überwiegend aus Spielern der Wiener Clubs, doch war die Gesamtbeteiligung der Landsleute an sich schon ziemlich gering.

Helmut Rauch schien allerdings in tadelloser Verfassung zu sein, vermutlich hatte er bis Mittag prächtig geschlafen, nachdem er ihn um vier Uhr früh zum Abschalten der Klimaanlage herbeizitiert hatte.

Während Bernauer innerlich noch fluchte, sah er sich nach Bella um, die sich samt ihrem Damenflor beim Frühstück im Hotel noch nicht gezeigt hatte.

„Joschi, wie geht es Dir heute?"

Bella war von hinten auf ihn zugekommen.

„Ganz gut", antwortete er, „und Dir?"

„Bestens", sagte sie strahlend. „Es juckt mich bereits wieder in den Fingern."

„Nach einem weiteren Seligmacher?"

„Wo denkst Du hin, sehe ich aus wie ein Junky?"

Er winkte sie hinaus auf den Platz vor dem Palazzo.

„Was hatte das gestern zu bedeuten, Bella? Die Wahrheit bitte."

„Soviel ich weiß, ist dieses Thema dienstlich nicht Dein Bier und dass Du so einfach mein Tütchen geklaut hast, finde ich auch nicht gerade anständig."

„Mädchen", sagte er ernst, „das ist weder cool noch chic, woher hast Du das Zeug?"

„Joschi", lächelte sie entwaffnend, „könnten wir uns nicht wenigstens auf crazy einigen?

Seit mich mein guter Flori in diesem irdischen Jammertal allein zurückgelassen hat, bin ich nervlich nicht mehr ganz so stabil wie vorher, also hat mir Onkel Doktor Hilfe in entzückender Globuli-Ausführung verordnet."

Bernauer unterbrach sie: „Wie schön für Dich und Deinen Arzt, aber davon reden wir jetzt nicht. Was habe ich gestern geschluckt und woher kommt das Zeug?"

„Zeug", äffte sie ihn nach, „Du hast wunderbar geruht und schienst anschließend auch noch ziemlich aufgekratzt."

„Was war es?"

„Eine leichte Form von Speed, eine so leichte sogar, dass es Dir zuerst ganz untypisch gelungen ist, einzuschlafen."

„Ein Amphetamin also", dachte er amüsiert, „daher war ich bereits im Schlaf hochaktiv."

Wie das ganze wohl weitergegangen wäre, hätte man ihn nicht so plötzlich aufgeschreckt? Alles in allem war ihm die Erinnerung an seinen Traum nun wirklich nicht unangenehm.

„Bella", sagte er streng, „ich will die Wahrheit wissen."

„Es gibt nicht viel zu wissen", sagte sie ungerührt: „Manchmal nämlich, aber ganz selten, habe ich einen besonderen Tiefpunkt zu einer Zeit, in der ich ihn mir einfach nicht leisten kann und dafür bekomme ich ab und zu von einem Seelenfreund einen, wie ich zu sagen pflege, Seligmacher."
Schelmisch grinsend fügte sie hinzu:
„Und sollte es Dir Spaß gemacht haben, in den meisten Fitnessstudios brauchst Du für die netten Tüten lediglich ein paar fette Scheinchen hinzulegen."
Bella war einfach unmöglich. Was konnte sie denn schon so groß belasten? Sie lebte in glänzenden Verhältnissen, leistete sich einen Gärtner und eine Haushaltshilfe, fuhr einen SUV von Mercedes, reiste durch die Welt und verspielte, last not least, gelegentlich recht beachtliche Summen. Ihr guter Flori war nach Bernauers Empfinden vermutlich an Überforderung gestorben.
Wie pflegte Dr. Ulrich Böhm, der Philosoph des elitären Salzburger Bridgeclubs, auch gerne zu sagen?
„Das Unglück des Menschen liegt in der Übertreibung."
Dabei hatte Böhm offensichtlich auch die gute Bella vor Augen.

Das nachmittägliche Turnier lief für Iris und Bernauer erfreulicherweise beinahe so gut wie am Vortag, sodass ihre Gesamtwertung noch im ersten Drittel der Teilnehmer lag.
Am Abend drängten sie sich dann unter absoluter Selbstverleugnung auf das dicht besetzte Vaporetto,

denn Iris hatte sich vorgenommen, nicht nur durch Venedig zu bummeln, sondern auch sämtliche Schuhgeschäfte abzuklappern.

„Weißt Du Joschi", sagte sie, „hier abzureisen ohne ein Paar dieser hippen Schätzchen erworben zu haben, wäre mein persönlicher ‚Tod in Venedig'."

„Warum operierst Du eigentlich dauernd an Deinen Patienten herum?", fragte Bernauer amüsiert. „Du könntest doch die Schusterei leicht selbst erlernen. Noch ist es nicht zu spät für Dein Lebensglück."

„Und warum suchst Du eigentlich dauernd nach Deinen Mördern?", gurrte Iris sanft wie eine Taube. „Du könntest doch die Opfer leicht selbst umbringen. Noch ist es nicht zu spät für ‚Lebenslänglich'."

„Sophisterei ist die schlechte Kunst der Scheinbeweise", sagte Bernauer hoheitsvoll und hob Iris über eine Wasserlache vom Anlegesteg auf das befestigte Ufer.

Mit zwei Schuhschachteln und einer Handtasche in der eleganten Einkaufstüte einer Nobelboutique bewaffnet versuchte Bernauer Iris irgendwie im Blick zu behalten, da sie durch den nicht enden wollenden Touristenknäuel ständig voneinander getrennt wurden.

„Verflixt", jammerte sie, „jetzt ist mir der Hundertste auf die Füße getreten."

„Versuchen wir im ‚Florian' einen Sitzplatz zu ergattern und bewegen uns nicht mehr von der Stelle", schlug er vor.

„Ja", hauchte Iris angeschlagen, „und wenn gar nichts mehr frei sein sollte, dann wieder hinaus auf den Markusplatz, da gibt es zwar keine Sessel, aber man ist wenigstens so eingekeilt, dass man die schmerzenden Beine hochziehen kann und trotzdem nicht zu Boden fällt."

Beim Frühstück glänzte das heitere Kleeblatt noch durch Abwesenheit, aber Iris und Bernauer hatten sich schon zeitlich zum Flughafen begeben.

Auf Bernauers Schreibtisch war während seiner Abwesenheit eine Menge Papierkram gelandet, nur Zweckdienliches hatte sich nicht ergeben.
In der Angelegenheit des verschwundenen italienischen Hotelgastes im Nonntal hatte man ihn nicht mehr kontaktiert, vielleicht war der Mann auch in der Zwischenzeit wieder aufgetaucht.
Obwohl ihm das merkwürdige Verschwinden der Gäste aus ihren Hotels etwas unangenehm aufgestoßen hatte, hoffte er, diese neuerliche Personensuche würde nicht wieder als Mordfall enden. Jedenfalls musste er dem Rauschgiftdezernat in Salzburg mitteilen, dass es nahe der Augenarztpraxis in Linz vor einem Jahr bereits einen tödlichen Rauschgiftfall gegeben hatte. Den Rest würde Markovsky von Linz aus in die Wege leiten.
Umso mehr war er aber nach seinem eigenen Drogen-Intermezzo im Spielcasino von Venedig davon überzeugt, dass der Fall des toten Rabbi Joe im übergrei-

fenden Rauschgiftmilieu angesiedelt war und er daher unbedingt klären musste, woher Bella ihre Seelentröster bezog. Besuchte sie ein Fitnessstudio? Dort sollten ihrer eigenen Behauptung nach Drogen ja ziemlich leicht zu haben sein. Er beschloss, mit Gundula darüber zu reden und überlegte, wie er das Ganze anstellen sollte.

Einerseits hegte er den Verdacht, dass sich Bella leichtsinnig in den Dunstkreis unseriöser Machenschaften manövriert hatte, andererseits wollte er der ganzen Angelegenheit keinen offiziellen Anstrich verleihen.

Dr. Gundula Rehberg war die Witwe eines Diplomaten, der sich aus gesundheitlichen Gründen in den Ruhestand zurückgezogen hatte. Das Ehepaar war von Singapur nach Salzburg zurückgekommen, aber den wunderschönen Familienwohnsitz auf dem Mönchsberg konnte der Gatte wegen eines Herzinfarktes nur mehr wenige Jahre genießen.

Gundula, von Beruf Juristin, hatte vor der Ehe mit Dr. Ronald Rehberg die Rechtsabteilung der Frankfurter Filiale einer riesigen Wirtschaftskanzlei in den USA geleitet.

Nach der Hochzeit kündigte sie ihre Stellung, denn das Ehepaar hielt sich die meiste Zeit irgendwo im Ausland auf, bis dann Dr. Rehberg akkreditiert wurde und die österreichische Botschaft in Singapur übernahm. Der stattliche Besitz am Mönchsberg wurde inzwischen vom Hauspersonal und einem Gärtner in tadellosem Zustand gehalten und erst, als der Botschafter aus dem aktiven diplomatischen Dienst ausschied, lebten die Rehbergs wieder in Salzburg.

Gundula stand ihrem Mann all die Jahre als perfekte Partnerin zur Seite. Sie war bildschön und ihre elegante Erscheinung zählte zu den Glanzlichtern des gesellschaftlichen Parketts der Eitelkeiten, wobei ihr heiteres geistvolles Wesen für Botschafter Rehberg, der zur Arroganz neigte und dies auch nicht zu verbergen suchte, immer wieder unvermutete Erfolge brachte, die er dann selbstredend seiner eigenen Person zuschrieb.

Gundulas Wohnsitz lag inmitten eines parkähnlichen Gartens, den sie mit großem Verständnis immer wieder verbessern ließ. Wenn ihr eine Sache besonders am Herzen lag, scheute sie auch nicht davor zurück, selbst hart mitanzupacken.

In erster Linie liebte sie ihren Rosengarten. Gundula hatte ihn damals, als sie nach Salzburg zurückgekehrt waren, an der weißgetünchten Ziegelmauer, die das Anwesen umgab, anlegen lassen.

Jeden Morgen begrüßte sie zuerst ihre samtigen Lieblinge, fand immer wieder eine Möglichkeit zur Verbesserung der Anlage und kaufte ständig dazu, was an neuen Züchtungen gut und teuer war.

Auch nach dem Tod ihres Mannes blieb Gundula ein beliebtes Mitglied der gehobenen Schicht der Diplomatie, wurde eingeladen und lud auch selbst in ihre Villa ein.

Obwohl sie sich oft gewünscht hatte, die prachtvollen Stilmöbel im Haus gegen modernes Mobiliar auszutauschen, wäre es in diesen Kreisen nur als bedenklich empfunden worden. Sollte sie etwa finanziell gezwungen sein, sich von ihrem Hausrat zu trennen? Und überhaupt, Verkäufe zu tätigen war ordinär und bestenfalls Männersache.

Als Bernauer sie um ein privates Gespräch gebeten hatte, lud sie ihn umgehend zu sich auf den Mönchsberg ein.

„Bei mir können wir uns ungestört unterhalten", meinte sie, „und falls es eine heiklere Sache sein sollte, wird uns auch niemand dabei stören."

Dies kam ihm sehr entgegen, denn es war absolut unangenehm, persönliche Auskünfte über Bella einzuholen. Dabei sollte es, wenn möglich, nicht unbedingt auch noch Zeugen geben.

Bernauer fand den prächtigen Wohnsitz Gundulas innerhalb kürzester Zeit, da man die Fahnen auf den beiden Türmen, die links und rechts das Haus bewachten, bereits aus einiger Entfernung sehen konnte. Die Bezeichnung ‚bewachen‘ hatte er instinktiv gewählt, da Zinnen den oberen Rand der Türme abschlossen, wodurch deren eigentliches Dach nicht zu sehen war. Gundula hatte den Summer für das Gartentor betätigt und erwartete ihn nun vor der Haustür, doch Bernauer fühlte sich beinahe schuldig, als er den frischgeharkten, weißen Kies durch seine Schritte verunzierte.

„Kein Problem", lachte sie, „das bringt Leben ins Haus."

Merkwürdig passend zu den wehrhaften Türmen, aber trotzdem befremdend, erschien Bernauer allerdings der überdimensionale Corpus Christi neben dem Eingang, der trostlos und schmerzvoll ohne Kruzifix an der Hausmauer hing.

Gundula bemerkte seinen Blick.

„Ein' feste Burg ist unser Herr", dozierte sie und hob resigniert die Schultern:

„Mein Mann hat darauf bestanden, dass dieser Riese weiter dort hängen bleiben soll, obwohl er selbst nicht religiös war und die wenigen Jahre, die er dann hier noch leben durfte, waren eigentlich eine schwache Gegenleistung für den tagtäglich schaurigen Anblick."

„Das tut mir leid", sagte Bernauer ehrlich. „Wer ein so schönes Heim besitzt, sollte es auch genießen dürfen, aber jetzt, warum entfernst Du den Undankbaren nicht aus Deinem Blickfeld?"

„Ach", sagte sie schmunzelnd, „wir haben uns aneinander gewöhnt und außerdem, bis er auch mich in die Kiste bringt, wird er sich noch gewaltig anstrengen müssen."

Nachdem das Hausmädchen, das Kaffee und Kuchen gebracht hatte, wieder verschwunden war, fragte Gundula: „Was wolltest Du denn nun mit mir besprechen, verzeih mir, dass ich so direkt bin, aber ich war schon immer neugierig."

Bernauer grinste: „Warum auch nicht? Ich weiß, bei Dir ist alles gut verwahrt."

Trotzdem überlegte er, wie weit er gehen sollte.

„Du hast Recht", sagte er, „das Thema ist heikel. Es geht um Bella."

Neugierig, aber amüsiert lachte Gundula auf.

„Sprichst Du von ihrem kleinen Nahrungsergänzungsmittel?"

„Wenn Du Speed meinst, ja."

„Was ist damit?"

„Du findest nichts dabei?", fragte er verwundert.

„Aber Joschi", sagte sie ungerührt, „das Zeug ist doch heute in aller Munde", sie berichtigte sich heiter, „oder auch in aller Nasen."

„Meinetwegen", gab er zu, „aber wenn sich die Dinge im engeren Bekanntenkreis abspielen, ist es doch ein wenig beängstigend."

„Nun ja, zwischen all diesem Bockmist aus Barockkästen und verblichenen Gemälden", sie machte eine umfassende Bewegung über den Raum hin, „empfindet man vielleicht ein wenig bürgerliches Entsetzen über derartige Extravaganzen. Aber ehrlich, Alkohol, Zigaretten, das große Fressen und die sofortige Erfüllung aller Wünsche, helfen nicht auch sie mit, die Wirklichkeit zu verdrängen, oder wenigstens erträglich zu machen? Ist das nicht auch eine Art von Stimulierung oder Suchtverhalten? Handys und Social Media desgleichen.

„Ist Bella süchtig?"

„Also genusssüchtig ja, das kann ich bestätigen. Dass sie drogenabhängig ist, glaube ich nicht. Dazu sind ihre Seelentröstungen viel zu weit gefächert. Sie lenkt sich nämlich liebend gerne mit einer ‚Wohltat' von einer anderen ab. Zum Beispiel mit der Wohltat einer oder mehrerer Gläschen Sekt von einem dieser pulverisierten Seligmacher, mit dem angenehmen Gefühl des stundenlangen Sonnenbratens am Pool vom ständigen Naschen oder mit der großartigen Unterhaltung stundenlangen Telefonierens von zu viel Einkaufen."

Ihre sanfte kultivierte Stimme verfärbte sich jetzt in eine amüsierte Richtung:

„Dies alles wirkt bei Bella wie eine Art Keuschheitsgürtel, der verhindert, dass sie sich in einer ihrer kleinen Unarten zu sehr verfestigt."

„Gundi", sagte er eindringlich, „witzig ist das nicht."

Aber trotz der Notwendigkeit einer Klärung der Sache bedurfte es für ihn persönlich noch einer gewissen Überwindung, um weiter auszuholen.

„Erinnerst Du Dich daran, dass ich im Spielcasino eine Zeit etwas, nun sagen wir, abwesend war?"

Sie nickte.

„Na und, der Tag war lang und die Luft schlecht. Hattest Du Dich nicht wegen Deiner Kopfschmerzen etwas zurückgezogen oder wegen eines Misserfolgs beim Black Jack?"

Als die Antwort auf sich warten ließ, sah sie ihn zweifelnd an.

„Du hast doch nicht...? Sag mir jetzt bitte, dass das nicht wahr ist."

Sie stellte die Tasse ab und begann kullernd zu lachen und in Erinnerung an diese merkwürdige Begebenheit konnte auch Bernauer nicht umhin, mitzulachen.

Nachdem ihr Heiterkeitsausbruch abgeklungen war, richtete sich Gundula auf: „Entschuldige", meinte sie „aber jetzt stehe ich Dir voll zur Verfügung, der Gedanke war nur so absurd."

„War er gar nicht", widersprach er, „ich habe das Zeug als Kopfschmerzmittel geschluckt, weil es mir von Bella angeboten wurde."

„Das ist doch nicht möglich, so verrückt kann ja nicht einmal Bella sein."

„Sie hat mir ihr Abendtäschchen in die Hand gedrückt, ich sollte mich selbst bedienen."

„Während sie schon wieder gespielt hat?"

„Exakt. Ich habe irrtümlich das Tütchen genommen, den Inhalt mit Wasser verrührt und hinuntergespült, das ist ja nicht gerade ungewöhnlich, oder?"

„Lieber Gott", sagte Gundula bewundernd, „bist Du aber hart im Nehmen. Andere werden zwanghaft aktiv, nur Du schläfst seelenruhig ein."

So gleichmütig, wie sie vermutete, war ja sein Schlaf gar nicht gewesen. Die Aktivität hatte sich lediglich auf eine andere Ebene verlegt.

„Verstehst Du jetzt, warum ich Bescheid wissen muss? Bella könnte sich in echte Schwierigkeiten bringen, dann kann ich auch nichts mehr für sie tun."

„Ich sehe schon", sagte Gundula, „wir werden offen miteinander reden müssen, aber von mir hast Du nichts erfahren. Darauf kann ich mich doch verlassen?"

„Selbstverständlich."

„Also, die Geschichte ist so: Bella besucht dienstags, übrigens schon seit vielen Jahren, die Sauna ihres Golfklubs. Irgendwann hat sie dort ein Typ angesprochen, der überzeugend auf High Life macht und Du kennst sie ja, ein wenig schöner Schein, schon wird sie schwach. Inzwischen weiß ich auch, dass er im Nachtgeschäft tätig ist und dass für Bella, neben verschiedenen anderen Annehmlichkeiten, zwischendurch ein Geschenk aus kleinen Muntermachern abfällt. In Maßen natürlich, kein wirklicher Drogenkonsum, und damit auch kein Grund zur Besorgnis. Deshalb bin ich auch sicher, dass Du die Sache auf sich beruhen lassen solltest. Deine Geschichte in Venedig ist dann sozusagen als Unfall zu betrachten."

„Was dieser Mann im Nachtgeschäft macht, weißt Du nicht zufällig?"

„Er besitzt einen angesagten, aber andeutungsweise leicht anrüchigen Nachtclub. Man sollte sich dort auch hinter die Kulissen zurückziehen können, aber alles in allem, absolut gehobene Klasse."

„Der Name?"

„Wurde nie erwähnt. Diese Szene ist nicht unbedingt meine Welt."

Gundula lächelte damenhaft milde.

„Noch Kaffee?", fragte sie und schob den Kuchenteller näher an ihn heran, „ich hätte nämlich auch noch etwas mit Dir zu besprechen."

Bernauer nickte: „Worum geht es?"

„Eigentlich wollte ich Dir ja eine schriftliche Einladung zukommen lassen, aber wenn wir schon dabei sind ..", sie nahm seine Tasse.

„Ich habe in zwei Wochen, am Freitag, aus einem ganz besonderen Anlass die Freunde aus der Französischen Botschaft bei mir zu Gast. Mein Mann hätte demnächst seinen siebzigsten Geburtstag gefeiert, nur war es ihm leider nicht mehr vergönnt."

Sie ließ ihre Worte ein wenig nachklingen.

„Nun", fuhr sie fort, „hat Ronny bei Abendeinladungen gerne eine weiße Rose im Revers getragen, die er dann galant vor das Gedeck seiner Tischdame legte und jetzt", sie lächelte, „habe ich durch eine kleine Indiskretion erfahren, dass es seinen Freunden gelungen ist, einer neuen französischen Rosenzüchtung Ronnys Namen zu verleihen. Bei der Einladung werden sie mich natürlich mit dem entsprechenden Setzling und der Urkunde überraschen und darum habe ich mich entschlossen, seinen Siebziger zu feiern, als würde er ihn noch selbst erleben."

Sie schwieg und sah ihn etwas unsicher an. Als aber Bernauer zustimmend nickte, fuhr sie fort:

„Kurz und gut, mein Anliegen ist folgendes: Könntest Du nicht mit Deiner bezaubernden Iris zu meinem Empfang kommen? Ich würde mich nicht nur sehr freuen, es wäre auch eine große Erleichterung für mich. Leider gibt es nämlich in meinem Leben kein einziges männliches Wesen mehr, das mir bei einer so rühmlichen Sache zur Seite stünde, aber der Leiter der Mordkommission und eine Primarärztin würden für mich einen soliden und ehrenvollen Rahmen abgeben."

Der Gedanke, dass seine Position bei der Mordkommission in diesem Fall nicht dazu dienen sollte, einer Leiche posthum noch zu ihrem Recht zu verhelfen, sondern als solide Stütze für ein zurzeit sehr munteres menschliches Wesen gebraucht wurde, erheiterte Bernauer ganz enorm.

„Wie es bei Iris mit dem Termin steht, muss ich erst feststellen, aber mich plane schon einmal fest mit ein."

„Du würdest mir damit einen riesigen Gefallen tun", freute sie sich.

„Das Angebot, eine Art männliche Brautmutter zu spielen, werde ich vermutlich so schnell nicht wieder bekommen", tat Bernauer die Sache grinsend ab, „da greife ich natürlich zu."

An seinen Schreibtisch zurückgekehrt war Bernauer nahezu am Ende seiner Geduld angelangt, denn Hofrat Sassmann hatte ihm eben mitgeteilt, dass die Vorladung des Barbesitzers Rosner ins Präsidium zu einer Beschwerde durch dessen Anwalt geführt hatte. Außerdem hätte es gewichtige Interventionen gegeben, in der Sache keinen Staub aufzuwirbeln.

„Haben Sie inzwischen denn noch gar nichts anderes erreicht?", hatte Sassmann gefragt.

Wie sollte er einen Mordfall aufklären, wenn er nicht alle Fakten auf den Tisch legen konnte, weil einer der Verdächtigen vermutlich durch seine honorigen Kunden im Nachtgeschäft geschützt wurde und sich so einer Einvernahme entzog?

Denn etwas war für Bernauer sicher, der Nachtclub Rosners war ein Dorado des Drogenhandels. Rosner war es auch, der Bella Speed zukommen ließ und der das Verbindungsglied solcher Geschäfte zwischen Wien, Salzburg und Linz darstellte.

Sein Kontaktmann war vielleicht sogar Rabbi Joe gewesen, aber trotz allem, was hatte dieser Rabbi zu Fuß auf einer entlegenen Stelle der Bundesstraße, nahe dem Waldrand zu suchen gehabt? Hier gab es weder eine Straßenbeleuchtung, noch weit und breit ein Haus. Außerdem war auch sein Wagen, den Bella in der Mordnacht gesehen haben wollte, verschwunden und warum war nachher ihr Haus durchsucht worden und Rabbi Joes Wohnung ebenfalls?

Hatte man im verschwundenen Wagen Rabbi Joes wichtiges Material vermutet, an das man nicht herangekommen war, weil Paul und Bella plötzlich auftauchten? War Bellas Haus durchwühlt worden, weil man hier eine mögliche Verbindung zu dem am Tatort angeblich verschwundenen Mercedes vermutet hatte?

Bernauer kontrollierte ob Nachrichten für ihn eingegangen waren und wählte dann die Nummer, unter der er um Rückruf gebeten worden war. Wie sich herausstellte, handelte es sich dabei um einen Kollegen der Vermisstenstelle.

„So weit mir bekannt ist", sagte der Beamte, „habe ich hier eine Sache, die für Sie interessant sein könnte. Sie hatten doch den Toten, der ohne Auschecken das Hotel verlassen hat?"

Dies sicherte ihm sofort Bernauers gespannte Aufmerksamkeit.

„Was ist es", fragte er, „noch mehr vermisste Personen?"

„Könnte man so sagen", war die Antwort, „die Suchmeldungen steigen kontinuierlich."

„Wiederum Hotelgäste?"

„Nein", sagte der Kollege, „diesmal handelt es sich um ansässige Salzburger. Einer davon ist der Angestellte eines Teppichhauses und der andere ein Nachtclubbesitzer. Der Teppichhändler..."

Hier wurde er von Bernauer unterbrochen: „Der Nachtclubbesitzer, wie heißt er?"

„Es ist", sagte die Stimme, begleitet von Papierrascheln, „ein gewisser Heinrich Rosner."

Obwohl er den Namen schon halb erwartet hatte, fühlte sich Bernauer irgendwie überrumpelt.

„Seit wann wird er vermisst?"

„Vor ungefähr einer Woche soll er verschwunden sein. Er war geschäftlich mit dem Wagen unterwegs und wurde zwei Stunden später zu einer Besprechung in seinem Lokal erwartet. Dazu kam es nicht mehr, denn er ist seither nirgendwo mehr aufgetaucht."

„Das ist ein Ding."

Vor Bernauers geistigem Auge lief blitzschnell ein zweigleisiger Film ab. Einerseits mit Rosner als Flüchtling vor der Mordkommission und andererseits mit ihm als mögliches Opfer.

„Und gibt es dazu schon Hinweise?", fragte er.

„Nein, bis jetzt noch nicht."

„Auch nicht bezüglich des Teppichhändlers?"

„Dem Christian Söderbaum. Nein, auch da nicht. Nur dass er, samt einem wertvollen Läufer, bereits seit Wochen nicht mehr gesehen wurde. Aufmerksam auf diese Anzeige sind wir erst wieder durch den verschwundenen Rosner geworden und weil man doch nach dem Verschwinden eines Gastes aus dem Hotel Mozart am Gaisberg dessen Leiche gefunden hat. Wie steht es denn jetzt damit?"

Bernauer seufzte.

„Alles, was ich habe, sind außer der Leiche des Wiener Kellners die Vermisstenmeldungen, sofern da überhaupt ein Zusammenhang besteht. Wie es jetzt aussieht, bin ich mit meinen Ermittlungen nur auf Ihre Erfolge und die des Rauschgiftdezernates angewiesen. Es bleibt nur zu hoffen, dass die Abgängigen am Leben sind, falls sie je wieder auftauchen sollten."

„Fang den Hut", spöttelte der andere.

„Das fürchte ich auch", sagte Bernauer.

„Andererseits, wenn wir die Abgängigen nicht finden, muss es nicht unbedingt heißen, dass sie als Leichen bei Ihnen auftauchen. Es gibt da noch andere Möglichkeiten."

„Wo sonst, als bei mir?", fragte Bernauer. „Mit dem Teufel zu tanzen ist schon schwer genug, aber ihn loszuwerden ist geradezu unmöglich."

„Vielleicht sollten Sie sich lediglich einen Perfektionskurs gönnen."

Hofrat Sassmann saß aufrecht in seinem Stuhl, als Bernauer eintrat.

„Setzen Sie sich", sagte er, „und erklären Sie mir das Unerklärliche."

„Noch ist alles möglich", antwortete Bernauer. „Der Nachtclubbesitzer Heinrich Rosner kann aus vielerlei Gründen verschwunden sein. Dass er wegen der bevorstehenden Einvernahme geflüchtet wäre, kommt für mich am wenigsten in Betracht, denn immerhin hatte er bereits seinen Anwalt auf uns gehetzt."

„Was ist es dann? Sie hatten ihn doch schon einmal vorgeladen?"

„Das ist zwar richtig, aber ohne Erfolg. Es gab in der Angelegenheit des ausgeliehenen Taxis und der Abholung der Golfausrüstung aus dem Hotel nicht eine einzige ungesetzliche Handlung durch ihn, zumindest dem ersten Anschein nach."

„Aber Sie hätten doch auf eine Gegenüberstellung Rosners mit dem Personal aus dem Hotel Mozart bestehen können."

„Das war nicht möglich, er wusste nämlich, dass man ihn nicht zwingen konnte und äußerte sich sogar noch ziemlich spöttisch, bevor er auf seinen Anwalt verwies und ohne Hast aus dem Präsidium verschwand. Was hätte ich dagegen unternehmen sollen?" Hatte sein Chef womöglich verdrängt, dass er selbst es gewesen war, der Bernauer aufgrund gewichtiger Interventionen dazu gedrängt hatte, nicht unnötigen Staub aufzuwirbeln, indem man Rosner zwang zu erscheinen?

Derartige Dinge brachten Bernauer öfter in die unangenehme Situation eines Balanceaktes um den Hofrat nicht vor den Kopf zu stoßen, wenn er sich nämlich wie hier, auch in dienstliche Belange einmischte, die überhaupt nicht mehr zu seinen Obliegenheiten zählten.

Wenn aber jetzt die Geschehnisse so weiterliefen, dass diejenigen Personen verschwanden, die in seine Fälle verwickelt waren, durften Interventionen wichtiger Persönlichkeiten bei Sassmann oder sonstige Einmischungen keine Rolle mehr spielen. Jedenfalls beschloss er, sich das Lokal Rosners einmal unverbindlich und verdeckt anzusehen.

Dies konnte aber einige Tage warten, da er in der kommenden Woche mit seinem Freund Dr. Markovsky, dem Leiter der Mordkommission in Linz, verabredet war, um das Salzburger Großturnier mit ihm zu spielen.

In Zuge dessen wollte er dann in die verruchten Gefilde des Salzburger Nachtlebens eintauchen und vielleicht auch etwas Einblick in die Drogenszene gewinnen, in der, seiner Meinung nach, die meisten Vorfälle ihren Hintergrund hatten. Leider spielte man hier schon in einer gehobenen Liga mit einflussreichen Gönnern.

Inzwischen erklärte sich auch Iris bereit, Bernauer auf Gundulas Empfang zu begleiten.

„Ich wäre auf jeden Fall mitgekommen", sagte sie und vollendete großmütig:

„Erstens mag ich Gundula und zweitens kann man eine Freundin, wie sie, nicht einfach ihrem Schicksal überlassen."

„Und Du hast nebenbei Gelegenheit, Dich in Samt und Seide zu präsentieren", grinste er.

„Eine Gelegenheit, die Du mir ohnehin ständig bietest, ich weiß. Aber ich bin eben zu vergnügungssüchtig für Dich", konterte sie boshaft.

Das hatte er jetzt selbst herausgefordert.

„Ich weiß", sagte er betont treuherzig und küsste sie auf die Nasenspitze, „Du hast besseres als einen Langweiler wie mich verdient. Ich hatte mich vor Dir ohnehin schon damit abgefunden, das Leben in Einsamkeit mit meinem Beruf zu verbringen."

„Joschi", pfauchte sie empört, „Du bist doch der größte Lügner auf Gottes Erdboden, aber wenn wir schon von Deiner tristen Vergangenheit reden wollen: Ich würde Dich umbringen, solltest Du je wieder so im Damenflor herumwildern wie Du es vor meiner Zeit getan hast. Oder hattest Du da vielleicht weniger Termine als jetzt?"

„Aber nein. Der gravierende Unterschied zu früher besteht jetzt darin, dass ich bei Dir Schuldgefühle habe, wenn ich Dich versetzen muss."

„Verstehe", folgerte sie kopfschüttelnd. „Das ist ein Zeichen wahrer Liebe."

Die Villa Rehberg hatte sich groß herausgeputzt. Kleine weiße Inseln aus seidengedeckten Stehtischen standen zwanglos über den Rasen verstreut und da Kies hohen Absätzen abträglich ist, hatte man mittig einen roten Teppichläufer auf den Weg zum Haus gelegt, sodass die Damen schadlos auf ihren High Heels in die Villa schreiten konnten.

Blütenblätter waren über Teppich und die Tischchen verstreut worden und sogar der ausgemergelte Körper des Heilands ohne Kreuz hatte die anklagende Attitüde gemildert, sein Haupt trug jetzt über der Dornenkrone einen Kranz aus Rosen.

Doch Iris, die den Gekreuzigten an der Mauer noch nie gesehen hatte, überlief ein eisiger Schauer.

„Wie ist es möglich, dass Menschen einem Menschen derartiges antun können", flüsterte sie.

Bernauer dachte an seinen ersten Eindruck beim Anblick der lebensgroßen Devotionalie und konnte sie gut in ihrem Entsetzen verstehen.

Da Iris und er vereinbarungsgemäß schon eine Stunde vor Beginn des Empfangs gekommen waren, wurden sie von Gundula noch durchs Haus geführt und besonders die großartige Halle, die durch die Öffnung der riesigen Flügeltüren zwischen Entree, Salon und Speisezimmer, in dem das Buffet prangte, entstanden war, bot einen überwältigenden Anblick.

Auch die vier Musiker hatten sich schon eingefunden und platzierten ihre Instrumente neben dem Klavier im Salon.

Gundula ließ Champagner bringen, aber Bernauer erbat für sich einen strammen doppelten Espresso. An Alkohol, den er nicht ablehnen konnte, würde während der Feierlichkeit noch genug auf ihn zukommen und vorerst war einmal mit Gundula zu besprechen, wie die Festlichkeit verlaufen sollte, wer in etwa die Gäste waren und was man über sie wissen sollte.

Mit dem Eintreffen der Geladenen erübrigte sich dann ohnehin jede Unterhaltung, denn die angekündigten fünfzig Gäste schienen sich vervielfacht zu haben und strömten wie eine riesige Herde von Lemmingen auf Gundula zu, die ohne den Beistand von Bernauer und Iris sichtlich überfordert gewesen wäre. Es dauerte auch einige Zeit, bis man sich über den Rasen hin an die Tische zerstreute oder plaudernd, mit dem Champagnerglas in der Hand, die Gesellschaft wechselte.

Inzwischen hatten die Musiker mit einer kleinen melodischen Untermalung begonnen, während das Personal versuchte, die reichlichen Blumengebinde, mit denen Gundula überhäuft wurde, zu postieren.

„Bleibt jetzt, bitte, ganz ernst", flüsterte Gundula plötzlich, „es erscheint nämlich Kommerzienrat von Lampert und erschrickt uns, wie so oft, mit Wellen ums Knie."

Tatsächlich nahm sich von Lampert in seinem Aufzug zwischen Smokings und Cocktailkleidern aus wie Nimrod auf der Pirsch, so ferne man über gewisse Bibelkenntnisse verfügte. Für den Atheisten oder Andersgläubigen trug er als Beinkleidung eine Art Knickerbocker, das ist eine wadenlange Überfallhose, bei Lampert aus Gabardine in Atlasbindung, dazu eine großkarierte Tweed-Jacke und zum weißen Hemd eine dunkelrote Krawatte. In Würdigung des besonderen Anlasses hatte er sich ab dem Hosensaum mit weinroten Seidenstutzen und gleichfarbigen Budapestern vervollständigt.

Da niemand an seinem Outfit Anstoß nahm, schien man also tatsächlich an seine Marotte gewöhnt zu sein.

„Wahrscheinlich ist er begeisterter Jäger", meinte Iris, „deren Schrullen nimmt meistens keiner krumm."

Gudula schmunzelte.

„Er durfte vor fünfzig Jahren in Vertretung seines Vaters, dem damaligen Bürgermeister des Dorfes, bei einem Schützenfest den ersten Schuss auf die Scheibe abgeben, weil Papa dem örtlichen Schützenverein finanziell sehr unter die Arme gegriffen hatte. Mit etwas Anfängerglück tat dann der bis dahin ziemlich bedeutungslose Junior einen Schuss ins Schwarze. Es blieb zwar lebenslang bei diesem einzigen Versuch, aber die erfolgreichen Geschäfte seines Vaters ermöglichten es ihm, seit jenem Ereignis plakativ den naturverbundenen Landjunker zu geben."

Fatalerweise begann dieser Landedelmann beinahe sofort, Iris mit wahrer Begeisterung zu verfolgen.

Gundula sah auf die Uhr.

„Wir müssen noch etwas warten", sagte sie, „der ehemalige Botschaftssekretär meines Mannes hat sich offensichtlich verspätet, dabei hält gerade er heute die Laudatio auf Ronny."

Im selben Augenblick brachte ihr die Haushälterin das Telefon.

„Entschuldigung gnädige Frau, ein dringender Anruf für Sie."

„Wichtig?", Gundula hob gestresst die Schultern, „nun, dann in Gottes Namen, geben Sie her."

„Fredrik", sagte sie erleichtert. „Eine Verkehrskontrolle? Oje! ... Ist doch nicht so schlimm.... Nein, überstürzen Sie nichts, soviel Zeit muss sein. Also, dann bis gleich."

„Meine verehrten Freunde", wandte sie sich nun an die Gäste, „eben höre ich, dass der Zeremonienmeister dieses Abends, unser lieber Fredrik, in den Stau einer Verkehrskontrolle geraten ist. Die Laudatio wird daher noch ein wenig warten müssen", und zu Bernauer gewandt flüsterte sie:

„Unser lieber Fredrik ist zwar gesellschaftlich ungefähr so spannend wie das Fernsehtestbild, aber seine Laudatio wird buchhalterisch sämtliche Facetten der Fähigkeiten Ronnys ausführlich zur Geltung bringen."

„Eine absolute Katastrophe, unsere Verkehrssituation", trompete der Landedelmann von Lampert und bot Iris an, sie mit einem weiteren Getränk zu versorgen.

Nach einer halben Stunde war Fredrik noch immer nicht erschienen und hatte auch nicht mehr angerufen. Also entschloss sich Gundula, ihn zu kontaktieren, allerdings ohne Erfolg, sein Handy gab nun nicht einmal mehr das Klingelzeichen von sich. Die Verbindung schien tot zu sein.

Auch auf dem für das Fest als Parkfläche angemieteten Grundstück war sein Wagen nicht angekommen. Gundula bat Bernauer zur Seite.

„Was soll jetzt geschehen?" ‚fragte sie, „ich bin ratlos."

Bernauer hob beruhigend die Hand und ließ sich über sein unabdingbares Diensthandy mit der zuständigen Polizeidienststelle verbinden, bekam aber die dürftige Auskunft, dass an diesem Tag keine Verkehrskontrollen vorgesehen waren. Da Fredrik jedoch von einem Stau gesprochen hatte, konnte es sich kaum um eine einzelne Lenkerüberprüfung gehandelt haben.

Was war geschehen, wohin war der Mann verschwunden?

„Es besteht jetzt beinahe nur noch die Möglichkeit, dass der Sekretär in einen Unfall verwickelt wurde und in einem Krankenhaus liegt", sagte Bernauer.

„Man hat mir aber versichert, dass ich bei Meldung eines Unfalls mit Personenschaden sofort benachrichtigt werde."

Wie es jetzt aussah, konnte in der Sache weiter nichts mehr unternommen werden und Gundula musste das Fest eröffnen.

Von Lampert, der Iris ständig zur Seite war, hatte als einziger Gast mitbekommen, dass der Festredner nun endgültig ausfallen würde und erklärte sich auch sofort bereit, als alter Freund des Hauses und Schulkollege des verblichenen Jubilars, die Laudatio zu übernehmen.

Auf unnachahmlich lockere Weise bagatellisierte er die Abwesenheit des Redners, in dem er andeutungsweise dessen extravaganten Fahrstil mit eingebauten kleinen Blechschäden streifte, um dann zum Wesentlichen zu kommen und seinem ehemaligen Schulfreund posthum eine Geburtstagsrede zu halten, die zugleich rührend und außerordentlich amüsant war.

Auch die Übergabe der Namensurkunde für die dem Botschafter Rehberg gewidmete weiße Rose gestaltete er zur würdigen Szene, und als Gundula dann den Setzling dieses Rosenstockes für ihren Garten übernahm, hatte sie Tränen der Rührung in den Augen.

Nach Freigabe des großzügigen Buffets stieg die gute Laune der Gäste noch beträchtlich und einige begannen sogar zu den Klängen der Band erst dezent und dann immer munterer das Tanzbein zu schwingen.

Verschiedene Herren, die sich zwecks Abkühlung oder etwas Ausnüchterung in den Garten begeben hatten, wuchsen plötzlich über sich selbst hinaus, als jemand vorschlug, jetzt sofort den Rosenstock für Gundula zu pflanzen. Nach und nach kam nun auch der Rest der

Gesellschaft in den Garten und unterhielt sich königlich dabei, der Gartenarbeit der kleinen Gruppe in Smoking und Lackschuhen zuzusehen. Auch zwei Damen in langer Abendrobe hatten sich den Herren angeschlossen und hockten mit hochgezogenen Röcken an der Gartenmauer.
Langsam wich auch die Blässe aus Gundulas Gesicht und die Stimmung hatte einen Punkt erreicht, an dem keiner der Gäste daran dachte, das Fest zu verlassen.

Froh und sichtlich beruhigt konnte jetzt auch die Gastgeberin endlich die Feier zum siebzigsten Geburtstag ihres dabei leider umständehalber abwesenden Gatten genießen.
Der Verbleib des Botschaftssekretärs Fredrik war nach wie vor ungewiss.

Dr. Markovsky war bereits einen Tag vor Beginn des zweitägigen Turniers nach Salzburg gekommen und hatte für drei Nächte das Hotel Sacher bezogen.
Jetzt saßen Bernauer und er bequem im Café und hatten eben den üblichen Klatsch erledigt, als Bernauers Handy klingelte.
Überraschend meldete sich ein Kollege des Dezernates für Rauschgiftangelegenheiten, mit dem er bereits einige Male Kontakt gehabt hatte.
„Ich hätte da vielleicht eine interessante Sache für Sie", sagte er, „wenn ich nicht irre, suchen Sie momentan Zugang in die Drogenszene, aber außer leeren

Kartons aus der Linzer Ecke entschwinden Ihnen die notwendigen Kontakte leise unter der Hand?"

„Ja", bestätigte Bernauer, „überaus leise, sie flutschen mir sozusagen wie Aale durch die Finger."

„Sie hatten beispielsweise auch den Besitzer eines Nachtclubs am linken Salzachufer im Auge?"

„Genau den", bestätigte Bernauer.

„Und einen seiner Stammkunden aus dem Teppichhandel?"

„Auch den."

„Und einen Interessenten aus einer Bar in Wien?"

„Den haben wir bereits am Straßenrand gefunden. Er kann nur leider nicht mehr aussagen."

„Das ist schlecht", sagte sein Kollege aus dem Drogendezernat, „aber ich habe eine neue Information, die Ihnen eventuell helfen könnte, Sie haben Sie natürlich nicht von mir."

„Keine Spur!", bekräftige Bernauer.

„Die Sache zieht sich hin", sagte der Beamte, „wir sind seit längerer Zeit hinter einer Organisation her, die nicht nur im kleinen Stil, Handel mit Amphetaminen und Cannabis treibt, sondern ziemlich unverschämt sogar einen breitgefächerten Lieferservice betreibt."

„Sie bestellen, wir liefern?", fragte Bernauer belustigt.

„So ungefähr. Bestellt können zusätzlich auch Marihuana, Ecstasy und Magic Mushrooms werden, wobei dann alles je nach Wunsch an die Adressen in Nachtclubs und Fitnesscenter geliefert wird. Wenn Sie es also gemütlich haben wollen, machen Sie einen

Sprung ins Hinterzimmer und kiffen nach Lust und Laune."

„Und dies sozusagen in aller Öffentlichkeit?"

„Der Kunde von heute ist anspruchsvoll", lachte der andere.

„Aber in einer für Sie und uns interessanten Nachtbar läuft es momentan nicht ganz so gut, munkelt man, seit der König der Löwen, sprich der schöne Heinz, ausgebüxt ist."

Er lachte meckernd.

„Und auch der kleine Gauner, der mit ihm im Spiel ist, könnte ebenfalls abgehauen sein. Vorher war er Dauergast an der Bar und verkaufte offiziell Orientteppiche."

„Überdies", fügte er noch hinzu, „dürfte dieser Kerl aktiv in der sadomasochistischen Szene verkehren und das kann natürlich auch sehr schnell in die Hose gehen. Könnte doch leicht sein, dass Sie ihn überhaupt nicht mehr suchen müssen? Aber ganz aufgeben würde ich es trotzdem nicht."

„Und Sie?", fragte Bernauer den Kollegen, „warten Sie noch weiter zu?"

„Auf jeden Fall noch bis wir das verschlüsselte Chatforum geknackt haben, das die Bestellungen aufnimmt und das Sortiment anbietet, alles andere wäre nur Kleinzeug. Daher ist mein Tipp für Sie im Voraus ziemlich wichtig, denke ich."

Er wiederholte nachdrücklich: „Und nur für Sie."

„Ich weiß es zu schätzen. Vielen Dank und Waidmanns Heil", bedankte sich Bernauer.

„Waidmanns Dank."

„Ich nehme an", sagte Markovsky, „es ging um unseren abendlichen Besuch in Salzburgs Lasterhöhle Nummer eins?"

„Könnte man sagen und genau zur rechten Zeit. Ich habe soeben erfahren, dass sich das Repertoire um den Mord an Rabbi Joe tüchtig ausgeweitet hat. Ein Teppichhändler, der offensichtlich auf einem fliegenden Bettvorleger verschwunden ist und normalerweise in diesem Lokal verkehrt, soll nicht nur Dealer sein, sondern auch die SM-Szene bedienen."

„Da wird ja der Hund in der Pfanne verrückt. Glaubst Du, Rabbi Joes Tod hat womöglich auch damit zu tun?"

„Keine Ahnung, zumindest gab es bisher keine derartigen Anhaltspunkte. Übereinstimmend ist nur, dass Rosner, Söderbaum und Rabbi Joe samt ihren Wagen verschwunden sind, das heißt, der Mercedes von Rabbi Joe kam erst nach seinem Tod abhanden."

Das Café Sacher hatte sich inzwischen gefüllt und alle Tische waren besetzt, so dass sich ein eben eingetroffener Gast dafür entschied, vorerst an der Bar Platz zu nehmen.

Bernauer zeigte ihm kurz an, dass sein Tisch unmittelbar danach frei werden würde und sah sich nach der Bedienung um.

Die Angelegenheit schien aber schwieriger zu sein als man annehmen sollte und Markovsky erhob sich bereits.

„Spar Dir die Mühe, hier kommt niemand", stellte er fest. „Ich lasse die Rechnung auf mein Zimmer schreiben."

Der Herr an der Bar blickte jetzt erwartungsvoll in Richtung Eingang.

Die elegante Erscheinung, die eben den Raum betreten hatte, war die überaus bezaubernd lächelnde Gundula Rehberg.

Zielstrebig hielt sie auf die Bar zu und stockte überrascht in der Bewegung, als sie Bernauer und Markovsky erkannte.

„Hallo, Ihr beiden", sagte sie etwas kurzatmig, „ich habe eine Verabredung. Was treibt Euch denn hierher?"

„Ich wohne im Hotel", sagte Markovsky und dann mit einer leichten Verbeugung:

„Gnädige Frau haben also jederzeit die Möglichkeit meinen schützenden Arm zu ergreifen", flachste er.

„Bleib mir vom Leib, Du unverbesserlicher Casanova."

Gundula hatte sich wieder gefangen und musterte Markovsky mit wohlwollendem Blick, bevor sie weiter die Bar ansteuerte, und Bernauer hätte nicht zu sagen gewusst, ob der verlockende Schwung ihrer Hüften Markovsky oder dem Mann, der sie erwartete, galt.

Rosners Bar hatte absolut Klasse.

Das Design, eine Mischung aus Art Deco und Industrial Chic, sowie die hippe Aura zogen nicht nur jugendliche Freaks an, auch vergnügungssüchtige Promis suchten den Weg hierher.

Weiße Ledersitze an der Bar aus Glas und Chrom, vor rahmenlosen Retrogemälden an den dunklen Wänden, durchbrachen edel die schummrige Atmosphäre des hohen geräumigen Lofts.

Raffiniert war auch die Art der Beleuchtung, die aus blauen Lichtbändern unter den Kanten des Mobiliars kam und den industriellen Charme des Interieurs unaufdringlich zur Geltung brachte.

Auf jeden Fall handelte es sich bei Rosners Bar um eine geniale Mischung aus Bar und Salon, wo man sich, so nahm Bernauer an, nach dem Genuss kreativer Cocktails oder härterer Freuden ungesehen und dezent zur Befriedigung ausgefallener Wünsche zurückziehen konnte. Vom Tresen her war durch eine große offene Flügeltüre im Hintergrund ein mit grünem Tuch ausgeschlagener Billardtisch zu sehen.

„Erweckt nicht unbedingt den Eindruck einer Suppenküche", bemerkte Markovsky anerkennend.

Bernauer sah sich um. An diesem Ambiente gab es absolut nichts zu bemängeln.

„Vielleicht setzen wir uns gleich an die Bar zur Gesellschaft der redseligeren Klasse."

„Und Du willst mich kaltblütig zu Deinem Sekundanten machen, wenn der Laden hier hochgehen soll?"

„Eigentlich bin ich mehr an seiner Population als an dem Laden selbst interessiert", versicherte Bernauer, „aber vielleicht haben sich die Kerle inzwischen von selbst in die Scheiße geritten und Doping stockt zur Zeit."
„Dann aber schnell noch einen Drink her, bevor auch noch die Prohibition ausbricht", sagte Markovsky, „

Zwei Träger teurer Maßanzüge, die inzwischen links von Markovsky die Barhocker belegt hatten, setzten das offenbar bereits vorher gewälzte Thema in steigender Lautstärke fort.
„Eine völlige Verzeichnung der Tatsachen."
„Aber es ist nicht zu leugnen", behauptete beharrlich der direkte Nachbar Markovskys, „dass der Nationalsozialismus in den Dreißiger-, Vierzigerjahren sogar Weihnachten umpolen wollte."
„Unsinn, da hätte man doch die Rechnung ohne den Vatikan gemacht."
„Was heißt denn da Vatikan?", fragte der andere. „Hat nicht Himmler zum Fest bereits Jul-Leuchter aus hochwertigem Porzellan an SS-Mitglieder verschenkt?"
„Warum denn auch nicht? Sogar die alten Heiden haben zu Ehren Odins das Julfest gefeiert. Und wen kratzt das heute noch? Alles nur Stimmungsmache und längst vorbei."
Der Barkeeper, dem die Diskussionen der beiden anscheinend nicht neu waren, mischte sich ein:
„Bitte die Herren, der Billardtisch wäre jetzt frei."

„Ich hoffe, wir haben Sie mit unserer Debatte nicht zu sehr belästigt", sagte der Nachbar Markovskys entschuldigend, „denn hier", erläuterte er mit einer lokalumfassenden Handbewegung, „ist man an unsere Dispute schon bestens gewöhnt." Es handelte sich also um regelmäßige Besucher dieses Lokals. Dies konnte für die Zwecke der beiden Beamten nur von Vorteil sein.

Markovsky reagierte umgehend.

„Überhaupt nicht, das Thema ist doch hochinteressant, ich hätte mich gar nicht ungern eingemischt."

Eine Behauptung, die Bernauer innerlich grinsen ließ, Markovsky und das Brauchtum, ein abstruser Gedanke.

Der Billardtisch war zwar inzwischen von niemand anderem belegt worden, trotzdem blieb ihnen die jetzt neugierig gewordene nachbarliche Gesellschaft erhalten.

„Und wie ist dann Ihre Sicht der Dinge?", fragte der auf die Allmacht des Vatikans setzende Gast.

Bernauer stutzte beunruhigt, aber Markovsky antwortete ohne zu zögern.

„Ich denke, dass nie etwas wirklich ganz vorbei ist. Nehmen wir beispielsweise die Wicca-Hexenreligion, bei der das Julfest eines der acht wichtigsten Feste im Jahreskreis ist, explizit synkretisch und durchaus bis heute verbreitet."

Nun erstarrte Bernauer förmlich zu Eis und hoffte eindringlich, dass diese Behauptung nicht einer momentanen Erfindung Markovskys entsprungen war.

„Ja, natürlich", kam begeistert die Antwort, „sehr lebendig sogar, dieser Synkretismus in ethnologischem Zusammenhang mit dem Kulturwandel und dem Verschmelzen verschiedener Kulturelemente zu neuen Formen. Ein Zwang, dem wir gegenwärtig wieder völlig schutzlos ausgeliefert sind."

Der dominantere der beiden Gesprächspartner war neuerlich in sein Element geraten, aber das solide Wissen Markovskys auf diesem Gebiet verblüffte Bernauer ganz enorm.

„Dürfte ich die Herren vielleicht jetzt bitten wegen des Billardtisches", mischte sich erneut der Barkeeper ein, „ich muss ihn sonst leider freigeben."

Die Frage: „Wie steht es bei Ihnen, spielen Sie auch?" beantworteten Bernauer und Markovsky wie aus einem Mund:

„Sehr gerne sogar."

„Dann kommen Sie doch mit."

Zur Abrundung des angenehmen Volumens seines Single Malts ließ Markovsky vorher noch den Humidor öffnen und seine Wahl fiel wie gewohnt auf eine Cohiba Siglo.

„Ich erkenne den Connaisseur", stellte der ältere der beiden Billardpartner anerkennend fest, „nicht nur auf dem Gebiet der Kunst."

Mit einer kleinen eleganten Handbewegung fuhr er bestätigend fort:

„Mir fiel schon vorhin die Art und Weise auf, mit der Sie die Bilder betrachtet haben."

„Man lebt nur einmal, sollte man da nicht mitnehmen was geboten wird?"

„Ganz meine Rede."

Bevor die Billardpartie in Gang kam, hatte man sich bekannt gemacht und ihre Vermutung traf zu, es handelte sich um Stammgäste des Hauses, einen Dozenten für Politikwissenschaft und einen Zeitungs- und Buchverleger.

Markovsky und Bernauer hatten sich als Privatiers mit Beamtenhintergrund vorgestellt und ernteten dafür ein mühsam unterdrücktes, süffisantes Lächeln. Natürlich hielt man sie für Lebemänner und damit Staatsdiener, die vermutlich bestechlich waren.

„Ich bin heute zum ersten Mal hier", sagte Bernauer später so nebenbei, „wie sieht es denn mit der Unterhaltung für nachher aus?"

„Nun ja", grinste der Verleger und wies in Richtung Bartresen, „der Streichelzoo ist schon eröffnet, auf der Stange hocken bereits die Hühner."

„Und wenn ich vorher noch meine Streitaxt aufpäppeln möchte?"

„Nicht schlecht für einen Beamten."

„Eine Kutte macht noch keinen Mönch", gab Bernauer mokant zur Antwort.

Nach einigen Minuten setzte der Dozent seinen Queue ab.

„Was soll es denn sein", fragte er beiläufig.

„Erwartet hatte ich das übliche Programm."

„Was ist denn das übliche Programm?", fragte der Verleger zögernd.

„Was ist eigentlich mit dem Schönen?", kam jetzt die Gegenfrage Bernauers.

„Wieso diese Frage?", mischte sich der Dozent ein, „ich dachte dies wäre heute Ihr erster Besuch."

„Hinter dem Berg wohnen auch noch Leute und die reden nicht gern."

Markovskys Ton war etwas ungehalten.

„Verstehe", lenkte der andere ein, „eine Notmaßnahme? Rosner ist ausgefallen."

„So ist es, man wird langsam nervös", sagte Bernauer ruhig.

Die beiden Stammgäste tauschten kurz einen Blick.

„Fragen Sie später den Barkeeper nach Bert, dann nimmt er sich der Sache an.

„Was wird denn hier eigentlich gespielt", fragte Markovsky kopfschüttelnd, „erst fällt der kleine Teppichklopfer aus, dann der Schöne, was funktioniert da nicht?"

„Da ist alles nicht so einfach. Sie sind von auswärts?" Bernauer nickte leicht."

„Und wieso fragen Sie dann ausgerechnet uns?" Markovsky grinste verschlagen.

„Anfängerglück", sagte er.

Die letzte Kugel verschwand in der Versenkung.

„Was Sie brauchen, haben Sie ja erfahren", stellte der Verleger grinsend fest, „also bleiben Sie auf Kurs, uns ruft, sehe ich, die Pflicht."

Eben hatte eine Gruppe bestens betuchter Herren das Lokal betreten und darauf steuerten nun die beiden Stammgäste des Hauses Rosner zu.

„Wieder zurück an die Bar?", fragte Markovsky.

„Natürlich, wenn man schon Schlangen aufscheuchen will, sollte man auf das Gras schlagen", bemerkte Bernauer animiert.

„Hoffentlich ist Bert ein menschliches Wesen und keine ausgefallene Droge, die er uns sofort verabreichen möchte."

Interessanterweise winkte sie der Kellner jetzt an die Theke zurück und hatte auch zwei Plätze für sie freigehalten.

„Alles zu Ihrer Zufriedenheit verlaufen?", fragte er.

„Wie man es nimmt", sagte Bernauer ernst, „die Geschäfte sind gestört."

Der Kellner antwortete nur durch ein Achselzucken.

„Also Nummer eins der Agenda, was ist mit Bert? Wir wollen doch alle ein schönes Wochenende verleben. Stimmt's?"

Der Mann nickte unschlüssig.

„Ihr Chef ist von der Bildfläche verschwunden, richtig?"

Wieder ein Schulterzucken.

„Wer ist sein Vertreter?"

Eine weitere gleichgültige Bewegung.

„Pass auf, Kumpel", zischte Bernauer überraschend giftig, „ich stelle Fragen genauso, wie ich koche: Einfach, aber niemals geschmacklos. Warum ärgerst Du mich dann mit Deinen Antworten?"

„Was soll ich denn gesagt haben?"

„Nichts, Kumpel, gar nichts. Ich frage nach Bert, Du zuckst die Schultern, das ärgert mich, ich gebe Dir noch eine Chance, Du ärgerst mich wieder, obwohl Du merkst, dass mich auch meine Geschäfte ärgern. Aber stört Dich das? Nein, Du ärgerst mich gleich ein weiteres Mal. Oder sollte Dir das noch nicht aufgefallen sein?"

Der Kellner sah ihn abwägend an.

„Du wolltest Dich doch ein wenig frischmachen", sagte Bernauer in Richtung Markovsky.

„Bleiben Sie ruhig sitzen", äußerte sich der Kellner ungerührt, „zusätzlichen Ärger können wir hier nicht gebrauchen."

Bernauer beugte sich näher zu ihm über den Tresen. Der Barmann flüsterte:

„Herr Rosner ist seit Tagen verschwunden, wohin weiß kein Mensch."

Markovskys Miene verzog sich spöttisch.

„Nein wirklich, er hat sämtliche Geschäftstermine sausen lassen, das werden Ihnen die Herren doch gesagt haben."

„Aber klar. Und dass Rosner für seinen Lebensunterhalt jetzt Pissoire putzt."

„Etwas leiser bitte, denken Sie doch an unsere Gäste", mahnte der Barkeeper, „diese Unterhaltung erregt bereits Aufsehen."

„Dann rede wir eben etwas deutlicher. Was ist mit dem Teppichmann, er ist uns etwas schuldig."

Der Barkeeper räumte gleichmütig den Gläserspüler unter dem Tresen aus.

„Nicht nur Ihnen, der Kerl passt eigentlich nicht hierher", stellte er fest, „keine Klasse, grob und angeberisch, fährt einen roten Testarossa, einfach ordinär."

„Und ist er jetzt auch ein Monsieur Pipi?"
Doch Bernauers Provokationen scheiterten an der Unerschütterlichkeit des Barkeepers.
„Alle vermuten, er sei längst über alle Berge."
„Und Du, was denkst Du?"
Der Barmann sah ihn ausdruckslos an und lächelte freudlos, aber ungerührt.
„Vorerst, dass Sie beide vielleicht Goldgräber sind, aber keine Schläger im Maßanzug."
„Ist das alles?", fragte Bernauer.
„Außerdem denke ich", sagte der Kellner leise, „dass der beschissene Teppichheini bereits den Löffel abgegeben hat. Freiwillig haut so einer nicht ab, der schickt eher andere über den Jordan."
„Passt vielleicht auch besser zum Stil und den Geschäften des Hauses", bemerkte Markovsky.
Keine Reaktion, der Mann setzte seine Arbeit am Gläserspüler fort. Schließlich schob er eine Schale mit Erdnüssen über die Theke.
„Der ist einfach verschwunden", sagte er, „seit Wochen."
„Vielleicht", meinte er boshaft, „hat man ihn auch wegen des wertvollen Teppichs überfallen, den er für Herrn Rosner besorgt hat, er hat ihn ja offen genug herumgezeigt."
„Wegen eines Teppichs?", zischte Markovsky ärgerlich, „sollte das eben ein Witz sein?"
„Wenn Sie gerne lachen, warum nicht?"
Sorgfältig polierend wischte er über den Tresen.

„Möglich wäre auch, dass man ihm eine Lieferung abgenommen hat, andererseits könnte es sogar mit seiner anderen Vorliebe zu tun haben."

„Die da wäre?"

„Na was denn schon? Er steht auf SM. Vielleicht hat er es da zu weit getrieben. Soll ja auch nicht ungefährlich sein."

„Und Rosner war da dabei?"

„Nicht dass ich wüsste, aber der Teppichmann war der Anlass für die Unterhaltung, in die Sie vorhin geraten sind."

Bernauer glaubte ihm nicht, zumindest log der Mann teilweise. Wenn Rosner auf seine eigene Rechnung dealte und dieser Händler ebenfalls, musste es doch noch eine andere Verbindung geben als einen teuren Orientteppich.

„Der Verleger und der Unidozent haben wieder einmal eine Debatte geführt, ob Gewalt gleich Gewalt ist", fuhr der Barkeeper fort. „Der Dozent versuchte seinem Freund klar zu machen, dass SM nicht Gewalt im Sinne einer politisch gewaltsamen Handlung ist und daher auch nicht wirklich verwerflich."

„Ist dieser Dozent selbst ein Vertreter dieser Spielchen?"

„Weiß ich nicht."

„Zum Geschäft", sagte Bernauer ärgerlich, „was ist jetzt mit Bert?"

Der Barkeeper holte den Flyer eines Fitnessstudios unter dem Tresen hervor und schob ihn unauffällig neben Bernauers Glasuntersetzer.

„Bis auf weiteres", murmelte er hämisch, „und Sie haben dort auch andere Möglichkeiten auf einen geilen Trip."

„Kanntest Du meinen Freund?", sagte plötzlich Markovsky und zog ein Bild Rabbi Joes aus der Tasche. Der Barmann nickte.

„Ein hipper Typ, aber er ist tot? Stimmt doch?"

„Stimmt", gab Markovsky zu, „war er auch hier im Geschäft."

„Kam aus dem Wiener Kreis, aber bestimmt nur wegen einer Privatangelegenheit, auf jeden Fall ging es irgendwie um den Teppichkeiler."

„Ein Lover?"

„Todsicher nicht. Wollte den Söderbaum vermutlich eher beobachten."

„Beobachten?"

„Ja. Hat sich sogar einmal nach ihm erkundigt, einige Tage später, als der Teppichkeiler nicht mehr erschienen ist. Ich glaube aber, das war sogar an dem Abend, bevor der Wiener selbst umgebracht wurde. Wieso interessiert Sie das eigentlich? Sie sind doch im Geschäft?"

„Das sollte sich bald herausstellen."

Da ihn beide nun unbewegt anstarrten, bequemte sich der Kellner lakonisch zu dem Nachsatz:

„Schon gut, ich glaube Ihnen sowieso alles."

„So soll es auch sein", sagte Markovsky drohend, „der Glaube versetzt Berge."

„Manche sagen allerdings, ein Erdbeben wäre effektiver", vollendete unbeeindruckt der Barmann und wandte sich neuankommenden Gästen zu.

„Was für ein Unsinn", tönte jetzt ein bekanntes Organ hinter Markovsky, „Erdbeben sind seit Fridays for future verboten. Ich aber sage Euch, Freunde, die Welt wird genesen an entschleunigter Nachhaltigkeit. Hallelujah!"
Grinsend tauchte Dr. Ulrich Böhm inmitten einer Gruppe von Nachtschwärmern auf.
„Und das alles nur", lachte Bernauer, „dass wir nach der Entschleunigung gesund aber dafür um so nachhaltiger ins Gras beißen."
Böhm hob bekräftigend die Hände.
„Apropos gesund", feixte er dann, „kennt Ihr den?"
Er lehnte sich an die Theke.
„Fällt der Russ' von seinem Traktor, ist geborsten der Reaktor."
„Mehr Nachhaltigkeit kann man wirklich nicht verlangen", rülpste tiefsinnig einer der Gäste im Hintergrund.

Das allgemeine Gelächter gab Bernauer und Markovsky die Gelegenheit, den aufmerksam gewordenen Barmann mit der Begleichung der Rechnung abzulenken.

„Ich fürchte, wir sind aufgeflogen", mutmaßte Markovsky vor dem Lokal.

„Vermutlich", sagte Bernauer, „aber auf jeden Fall ist jetzt Schluss mit Undercover. Zudem habe ich nun einen weiteren möglichen Verdächtigen in der Sache."

„Du glaubst also nicht, dass der Böhm nur zufällig hereingescheit ist?"

„Alles ist möglich, aber Vorsicht ist die Mutter der Porzellankiste", entschied Bernauer.

„Also, ich kann mich natürlich irren", sagte Markovsky, als sie später am Salzachufer entlanggingen „aber ich habe das Gefühl, hier ist einiges außer Tritt geraten. Wenn nämlich bereits mehrere Drogenkunden verärgert sind, und das möchte ich eher voraussetzen, stellt sich die Frage, ob das Verschwinden Rosners wirklich von ihm selbst geplant sein konnte. Dazu müsste es sich, schon im Hinblick auf die unausbleiblichen Folgen, bereits um Sein oder Nichtsein gehandelt haben und vermutlich gilt das auch für den anderen Kerl."

„Du meinst den Teppichhändler, Christian Söderbaum? Ein nicht ganz unbeschriebenes Blatt in der Kartei, keine großen Sachen, illegales Kartenspiel und Sachbeschädigung. Er verliert ziemlich schnell die Contenance."

„Scheint also nicht gerade der masochistische Part bei seinen sexuellen Vergnügungen zu sein", stellte Markovsky fest.

„Grässlicher Gedanke, dem Kerl bewegungsunfähig ausgeliefert zu sein, besonders wenn er dann in Rage kommt."

„Eher eine Frage der Genussfähigkeit", lachte Markovsky, „manche mögen's heiß."

„Vielleicht hat er lediglich einen noch heißeren gefunden", stellte Bernauer fest, „und hat es nicht überlebt. Krankenhäuser wären zwar dazu verpflichtet, bei schwerer Körperverletzung Anzeige zu erstatten, aber in dieser Richtung ist nichts bekannt geworden. Der Mann ist lediglich abgängig."

„Im schlimmsten Fall wäre zu klären: Wohin hat man den smarten Söderbaum verschwinden lassen und was hat Rosner damit zu tun?"

„Und vor allem, wo ist der schöne Heinz Rosner selbst hingekommen?", überlegte Markovsky.

Inzwischen waren sie beim Hotel Sacher angelangt und Bernauer bog in den Fußgängersteig über die Salzach ein.

„Also morgen um Zwölf im Stern", sagte er grinsend „und grüße Gundula von mir, falls sie sich noch im Hotel herumtreibt."

„Wenn ich sie selbst nicht von der Bettkante stoßen würde", gab Markovsky seelenruhig zurück, „warum sollte ich sie dann von Dir grüßen?"

Bernauer beglückwünschte sich dazu, für den nächsten Tag im Gasthof einen Tisch reserviert zu haben, denn bis auf den letzten Platz war alles besetzt.

Trotzdem bekamen sie den bestellten Tafelspitz mit Semmelkren innerhalb einer Viertelstunde geliefert, sodass sie noch Zeit hatten, in aller Ruhe zur Universität zu schlendern. Um vierzehn Uhr sollte das Bridge-Turnier beginnen.

Vom Mirabellgarten her gesehen ist das mit Stein und Glas ausgekleidete Gebäude inmitten der barocken Bauten der Innenstadt ein faszinierend anmutiges, neues Markenzeichen der Stadt Salzburg und als sie eintrafen, herrschte bereits reges Treiben auf und vor der beeindruckenden Freitreppe, die zu den einzelnen Institutsbereichen führt.

Bis sie die Sitzlisten in den verschiedenen Räumen durchgesehen und ihren Platz gefunden hatten, war der Turnierleiter bereits dabei, die Spieler zu begrüßen und die Modalitäten zu erläutern.

An dem ihnen zugewiesenen Spieltisch angekommen konnten Bernauer und Markovsky das Grinsen kaum unterdrücken, denn ihre Gegner der ersten Runde mussten eine groteske Zufallspaarung sein.

Der elegante Doyen der juridischen Universität saß einem jungen baumlangen Holländer in Jeans, T-Shirt und Baseballkappe gegenüber, der nicht nur kaugummikauend eine englische Zeitung las, sondern offensichtlich weder seinen Partner noch die Gegner zur Kenntnis nahm.

Als das Spiel begann, ließ er die Zeitung neben sich auf den Boden fallen, um so zwischendurch weiterlesen zu können. Obwohl der Holländer trotz allem spielerisch hervorragend agierte, war der überaus korrekte und gefürchtete Professor ob dieses ungebührlichen Benehmens deutlich einem Schlaganfall nahe.

„Die beiden zelebrieren ja eine wahrhaft bizarre Auseinandersetzung", amüsierte sich Markovsky, als sie nach zwei Boards den Tisch des ungleichen Paars verlassen hatten, „kein Wort zu hören, trotzdem kam die Verständigung verdammt ausdrucksstark."

Zwanzig, sicherlich quälende Minuten später, wankte der Professor kreidebleich an ihnen vorbei in Richtung Toilette.

„Bis zum Platzwechsel ist er wieder zurück", stellte Markovsky gelassen fest.

Bernauer schüttelte skeptisch den Kopf.

„Bist Du da sicher?"

„Vollkommen, Joschi. Tief im Inneren waren sich die zwei doch auf Anhieb sympathisch."

Im Gesamten verlief der erste Teil des zweitägigen Turniers für Bernauer und Markovsky ziemlich zufriedenstellend und obwohl das flotte Kleeblatt Bella, Gundi, Anne und Nora laut Ergebnisliste eher an Einsicht gewonnen hatte, als die Aussicht auf ein respektables Ergebnis, beschloss man noch, die Bar im nahegelegenen Hotel Sacher aufzusuchen, um die nachmittäglichen Erfolge und Niederlagen mit einem letzten Schluck zu begießen.

Dr. Böhm, als Partner des Club-Präsidenten Hubert von Haugsdorf, hatte während des ganzen Turniers dem Wunsch widerstanden, Haugsdorf in den Allerwertesten zu treten, da dieser überwiegend zu dösen schien.

Abgesehen von den Beschwerden der Gegner über Haugsdorfs wahrhaft ungebührlich langsames Handspiel, schien er gelegentlich schon während des Lizitierens einzuschlafen. Sogar die Manche zu erreichen gelang ihnen nur in ganz wenigen Fällen. Kaum hatten sie allerdings in der Bar im Sacher Platz genommen, kam seltsamerweise Leben in Haugsdorf. Über Nora von Weinhaus, deren Gesellschaft er auch sonst immer bevorzugte, entlud sich jetzt das gesamte Füllhorn jenes Temperaments, das er den ganzen Nachmittag über hatte vermissen lassen.

„Ganz reizend, unser Präsident", sagte Gundula zu Dr. Böhm gewandt, „ein Kavalier der alten Schule, man muss ihn einfach mögen."

„Sicher", bestätigte Böhm, „wenn er nur nicht diese unheilvolle Begabung für Bridge hätte."

„Morgen ist auch noch ein Tag", grinste Bernauer, „gönne ihm einen zweiten Versuch."

„Bade nicht zwei Mal im selben Wasser, wäre da sicher der weisere Rat, zumindest was mich betrifft."

Markovsky, der inzwischen den Platz neben Bella verlassen hatte und an der Theke stand, unterhielt sich sichtlich angeregt mit Gundula.

„Schade, dass Ihr gestern schon so früh gegangen seid", sagte Dr. Böhm zu Bernauer, „den Barkeeper habt ihr ja ganz offensichtlich beeindruckt."

„Tatsächlich?"

„Ja, Ihr hättet beachtlich gut Billard gespielt, meinte er.“

Was hatte das zu bedeuten? Der Barmann hatte sich lobend über ihr Spiel geäußert. Hatte er sich auch sonst nach ihnen erkundigt? Wenn ja, sollte dies jetzt eine versteckte Andeutung gewesen sein oder welche Rolle spielte Dr. Böhm denn überhaupt in der Sache?

„Kennst Du die Bude näher?“, fragte Bernauer beiläufig.

„Gelegentlich sind wir nach einem Abend im Bridgeclub dort gelandet. Ist genau der Rahmen, den Bella bevorzugt.“

Da sich aber Böhm dann wieder an der allgemeinen Unterhaltung beteiligte, kam es zu keiner weiteren Erörterung dieses Themas.

Als sich kurz darauf die Gesellschaft verabschiedete blieb Gundula noch sitzen.

„Einen letzten kurzen Drink“, sagte sie, „dann lasse ich ein Taxi rufen.“

Markovsky hatte den Wagen vor Gundulas Villa angehalten und war ausgestiegen um die Beifahrertür zu öffnen. Wie unabsichtlich legte er den Arm um ihre Taille und war ihr beim Aussteigen behilflich.

„Gib mir den Schlüssel“, sagte er, „wer weiß, ob Du nach all den heutigen Anstrengungen und einigen

Gläschen Sekt ohne Fadenkreuz in das Schlüsselloch triffst."

„Ich stehe zwar noch fest auf meinen peinigenden Absätzen, aber vermutlich hast Du Recht."

Sie gab ihm die Handtasche: „Such ihn Dir selbst heraus, Du Jäger von Gottes Gnaden."

Markovsky schloss die Tür auf, Gundula ging hinein und trat dann zur Seite, so dass sich Markovsky eingeladen fühlte.

„Ich bin aber durchaus noch in der Lage Dir ein Tässchen Kaffee anzubieten, so ferne Dir nichts anderes vorschwebt. Alkoholisches zum Beispiel", sagte sie, „nichts ist unmöglich."

„Nichts ist unmöglich?"

In der Bibliothek, die auch eine Reihe harter Getränke in einem Glasschrank und eine teure Kaffeemaschine beherbergte, ließ sich Gundula auf die Polsterflut der riesigen Couch fallen.

„Zuerst muss ich diese Schuhe loswerden."

„Warte", sagte Markovsky, „lass mich das machen."

„Mir die Schuhe vom Leib reißen?"

„Auch das, nachher, aber vorher bereite ich uns Kaffee, denn mit dieser Maschine kann ich tadellos umgehen. Also bleib wie Du bist und vertrau Dich meiner Fürsorge an."

Nachdem er dann zwei Tassen auf eines der beiden gläsernen Tischchen gestellt hatte, die sich am oberen und unteren Ende der Couch befanden, griff Gundula zu und zuckte erschrocken zurück.

„Gott, ist der heiß", stöhnte sie.

Markovsky nahm ihr die Tasse aus der Hand und stellte sie auf den Tisch zurück.

„Ist es sehr schlimm?", fragte er und küsste leicht ihre Fingerspitzen.

„Nicht halb so schlimm wie diese verflixten Schuhe." Anklagend hob sie den rechten Fuß.

Er kniete nieder, befreite sie überaus behutsam von den schmerzenden Dingern und begann dann leicht ihre Zehen zu massieren. Seine Finger entwirrten sanft das schmerzende Gespinst der erstarrten Äderchen rund um ihre zarten Knöchel, bis endlich seine angenehmen Hände entspannend und wohltuend Millimeter um Millimeter an ihren Beinen empor bis an die Innenseite ihrer Oberschenkel wanderten.

„Du bist genau so scharf auf mich, wie ich auf Dich", flüsterte er, als er die klebrige Nässe ihres Höschens spürte.

Ein Schauder durchlief ihren Körper, doch sie blieb regungslos.

Er rang nach Atem und halluzinative Wachträume verstärkten peinigend die bereits mächtige Schwellung zwischen seinen Beinen.

Stöhnend riss er an ihrem Kleid und der seidigen Unterwäsche, aber als sie dann die Schultern zurücknahm und ihm die vollen Brüste anbot, brachen alle seine lüsternen Phantasien unabwendbar über Gundula herein.

Draußen war es noch stockdunkel und ein starker Wind zerrte immer wieder an den Jalousien vor dem Fenster, als Markovsky erwachte. Er sah erst vergeblich nach seiner Uhr, die er vermutlich gestern in der Bibliothek liegengelassen hatte. Also stand er auf um ins Badezimmer zu gehen. Neben ihm lag Gundula und schlief. Sachte zog er die Decke etwas zur Seite und küsste zart die rosigen Warzen ihrer nackten Brüste.

Im Badezimmer hatte er dann einen weißen Bademantel entdeckt und da es bereits fünf Uhr war, versuchte er die Küche zu finden, um das Frühstück zuzubereiten.

Wider alle Voraussagen herrschte am nächsten Tag schlechtes Wetter und so trafen die Spieler meist knapp vor Beginn des zweiten Turnierdurchganges am Universitätsgelände ein.

Bernauer hatte bereits festgestellt, an welchem Tisch sie platziert sein würden und stellte erfreut fest, dass es diesmal ein Sitztisch war, das heißt, sie brauchten diesen Nachmittag nicht immer nach zwei gespielten Boards die Plätze zu wechseln.

Markovsky war ziemlich knapp vor Anfang des Turniers eingetroffen und wenn Bernauer richtig gesehen hatte, war auch Gundula erst kurze Zeit vor Spielbeginn in den Saal gekommen.

Markovsky schien blendend gelaunt, erwähnte aber den Vorabend mit keinem Wort.

Es war für Bernauer immer wieder faszinierend zu beobachten, welch verlässliche Wirkung Markovsky auf weibliche Wesen ausübte, ein blonder Hüne, wie der Nibelungensage entstiegen, mit samtig schimmernden Augen. Blue Velvet einer lauen Sommernacht.

Das Turnier lief dann für die beiden erfreulicherweise noch besser als am Tag zuvor, wobei Markovsky offenbar Adrenalinschübe der Kategorie Bungeejumping einbrachte.

Da es für Bernauer keinen Zweifel an der Ursache dieses Höhenflugs gab, fragte er sich, warum man Sportlern am Tag vor dem Hochleistungsspektakel keinen Sex erlaubte. Wenn sie nämlich dann ebenso beflügelt wären, wie Markovsky nach einer Nacht mit Gundula, würden bald alle Rekorde gebrochen sein.

Montag früh, noch ehe Bernauer seine Nespresso-Maschine in Gang gesetzt hatte, erreichte ihn der Anruf des Staatsanwaltes.

Sein drogenabhängiger Neffe und ein weiterer Junky waren in der Nacht zum Montag in der Unterführung für Fußgänger an der Salzachbrücke schwer zusammengeschlagen worden und befanden sich in akuter Lebensgefahr. Bernauer verstand.

„Ich werde mich der Sache persönlich annehmen, in welches Krankenhaus wurden sie denn eingeliefert?", fragte er.

„In das LKH", antwortete der Beamte, „ich bin Ihnen zu höchstem Dank verpflichtet. Wenn ich die Sache in Ihren Händen weiß, kann ich meine Schwester wenigstens ein wenig beruhigen."

Bernauer vollendete sein Morgenzeremoniell und ließ sich mit dem Dienstwagen ins Krankenhaus chauffieren. Es regnete noch immer wie aus vollen Kannen. Wenn der Neffe des Staatsanwaltes die nächsten Stunden stabil gehalten werden konnte, bestand für ihn eine gewisse Chance zu überleben. Die Verletzungen des anderen jungen Mannes, besonders diejenigen an seinem Kopf, seien allerdings so schwer, dass er mit an Sicherheit grenzender Wahrscheinlichkeit nicht überleben werde, befürchtete der Arzt. Bernauer ersuchte sofort verständigt zu werden, so ferne wenigstens einer der Burschen ansprechbar sein sollte.

Auch das erste polizeiliche Protokoll vom Tatort ergab nichts außer den Ort des Geschehens und die Zeit, zu der ein Passant die Bewusstlosen aufgefunden hatte. Es gab keine Zeugen und kein Beweismaterial oder Indizien, nicht einmal die genaue Zeit, zu der die Gewalttat begangen worden war, konnte festgestellt werden.

Kurz darauf wurde Bernauer verständigt, dass der jüngere der beiden Männer, Ewald Glaser, gestorben war.

In seiner Jackentasche fand sich lediglich eine, vermutlich als Legitimation dienende und mit einer Sicherheitsnadel befestigte, Seite eines Wehrdienstausweises, auf dem auch eine Handynummer notiert war. Jetzt konnte Bernauer nur noch hoffen, dass der andere Junge am Leben blieb.

„Finden Sie, bitte, heraus, woher dieser Ewald Glaser kommt, beziehungsweise, ob er Familie hat", beauftragte er die Beamtin am Zentralcomputer. Sie war unbestritten die beste auf diesem Gebiet, also durfte er rasch mit einem positiven Ergebnis rechnen.

Tatsächlich erfuhr er kurze Zeit später, dass es sich um den Sohn einer Martina Glaser aus Wien handelte, der nach Salzburg gekommen war, um Musik zu studieren.

Offenbar war er dabei auf die schiefe Bahn geraten und hatte sein Studium abgebrochen.

Wie sich später herausstellte, galt er als hochmusikalisch und hatte bereits im Alter von fünf Jahren, zusammen mit seiner Lehrerin, kleinere Klavierkonzerte gegeben.

Wo sich Ewald in Salzburg aber zuletzt aufgehalten hatte, wurde nicht geklärt, denn in der WG, in der er anfangs einquartiert war, erschien er schon längst nicht mehr. Vielleicht konnte wenigstens die Wiener Handynummer auf dem Karton in seiner Tasche etwas Licht in die Sache bringen.

Der Erfolg war unerwartet, er fiel Bernauer sozusagen erschreckend in den Schoß.

Die Inhaberin dieser Nummer war nämlich Martina Glaser, die Klavierspielerin aus dem Whisky-Rock in Wien, die mit Rabbi Joe näheren Kontakt gehabt hatte. Frau Glaser würgte zwar hörbar und rang nach Haltung, als sie das Unfassbare verstanden hatte, bot aber an, sofort nach Salzburg zu kommen.

Eine Recherche in der ehemaligen WG Ewalds ergab lediglich, dass er ein ruhiger, doch geselliger Mitbewohner gewesen war, aber in Ermangelung eines eigenen Klaviers zu Übungszwecken häufig außer Haus ging.

Als er dann gesundheitliche Probleme bekam, nahm er immer weniger am allgemeinen Gemeinschaftsleben teil und wurde merklich verschlossener. Die Zeiten, in denen er wegblieb, wurden immer häufiger und länger, bis er gänzlich verschwand.

Als ihn kurz danach einer der Studenten in Gesellschaft von Junkys gesehen hatte, wusste man Bescheid und rechnete nicht mehr mit seinem Erscheinen. Die wenigen Sachen, die er besaß, sowie Noten und Lernmaterial packte man weg in einen Sack, der aber nie abgeholt wurde.

Der Inhalt des Beutels erwies sich auch jetzt falltechnisch als ergebnislos.

Knapp nach Mittag erschien Martina Glaser bei Bernauer am Präsidium in Salzburg.

Die völlig gebrochene Frau saß bleich und schuldbewusst fahrig auf einer Polsterbank in Bernauers Zimmer, da er nicht gewagt hätte, ihr in diesem Zustand den Stuhl vor seinem Schreibtisch anzubieten.

Er sah auf die Uhr.

„Sie sind doch nicht selbst mit dem Wagen gekommen?", fragte er ungläubig.

„Doch natürlich", beharrte sie.

„In Ihrem Zustand? Das ist unverantwortlich."

„Unverantwortlich?", wiederholte sie gedehnt.

„Unverantwortlich ist, dass ich schuldig am Tod meines Sohnes bin, ich hätte ihn schützen müssen."

Dann war es mit ihrer Beherrschung zu Ende. Sie schluchzte lautlos in ihr Taschentuch und Bernauer war unschlüssig, ob er sich jetzt zu ihr oder an seinen Schreibtisch setzen sollte. Nachdem er ihr Mineralwasser angeboten hatte, nahm er auf der Bank gegenüber Platz.

„Was hätten Sie für Ihren Sohn denn noch tun können?", fragte er, „niemand konnte das, er ist seinen eigenen Weg gegangen."

„Weiß ich doch", heulte sie, „aber ich hätte der Polizei sofort sagen müssen, warum Rabbi Joe seinerzeit nach Salzburg gefahren ist, als man mich fragte. Er hat meinen Jungen gesucht und über seine Kontakte erfahren, dass er sich in Gesellschaft eines zwielichtigen Kerls, einem gewissen ‚Chris', aufhielt, für den mein Bub den Lakaien gemacht hat, damit er von ihm Drogen bekam. Jetzt sind beide tot, Rabbi Joe und mein Sohn."

Bernauer horchte auf. Chris war doch eine gebräuchliche Abkürzung für Christian.

„Könnte der Mann vielleicht Christian geheißen haben, Frau Glaser, Christian Söderbaum?"

„Weiß ich nicht, aber er soll im Teppichhandel gewesen sein. ‚Ein mieser kleiner Drecksack', hat Joe gesagt."

„Das war jetzt schon sehr hilfreich", beruhigte sie Bernauer, „aber, glauben Sie mir, auf den unvorhersehbaren Ablauf der Dinge hatten Sie wirklich keinen Einfluss und brauchen sich daher auch keinerlei Vorwürfe zu machen."

„Doch", beharrte sie, „hätte ich rechtzeitig ausgesagt, wäre mein Junge gefunden worden und würde noch leben. Aber ich habe mich geschämt und wollte auch nicht, dass Ewald ins Visier der Polizei gerät und womöglich in eine Anstalt oder ins Gefängnis gesteckt wird."

Bernauer reichte ihr ein weiteres Taschentuch.

„Leider sind sogar die Folgen gewöhnlicher Situationen kaum voraussehbar und fallen in der Regel vollkommen verschieden aus. Keinesfalls aber kann man nachträglich verantwortlich sein für etwas, das sich später dann verselbständigt hat", hoffte er sie zu überzeugen.

Frau Glaser hatte aufgehört zu weinen und saß wortlos auf der Bank vor ihm, ein Häufchen geballtes Elend.

„So darf man sie nicht alleinlassen", dachte er. Womöglich versuchte sie ja sogar, wieder ins Auto zu steigen.

Bernauer klemmte sich hinters Telefon und ließ eine Beamtin zur Betreuung Frau Glasers kommen, die diese bedauernswerte Mutter zusätzlich noch auf die unvermeidbare Identifizierung vorzubereiten hatte.

Der Neffe des Staatsanwaltes hatte mehr Glück im Unglück. Nachdem er eine Woche auf der Intensivstation des Krankenhauses verbracht hatte, war er in der Lage, mit Bernauer ein erstes Gespräch zu führen. „Glauben Sie", fragte er müde, „dass ich meine Lage verbessere, wenn ich Ihnen sage, was geschehen ist?"
„Dafür spricht vieles", antwortete Bernauer ernst.

„Sie haben glücklicherweise überlebt, aber es könnte sehr leicht möglich sein, dass Sie in Kürze einem weiteren Anschlag zum Opfer fallen, weil wir Sie nicht schützen können, wenn wir nicht Bescheid wissen."
Das zerschlagene Bündel Mensch zwischen dem weißen Bettzeug wiegte bedächtig den Kopf.

„Sagen Sie nicht immer Sie zu mir, ich bin doch keiner, zu dem man Sie sagt und ob ich geschützt werden muss, wer weiß das schon?"
Er überlegte.

„Ich glaube nämlich, dass es nur ein ganz gewöhnlicher Überfall war, man hat uns beraubt und das ist alles."
„Beraubt?", fragte Bernauer, „hattet Ihr Drogen dabei?"
„Aber wo", er schüttelte die Hände, „nein, um einen Laptop ging es, wir wollten ihn verkaufen, um uns etwas Stoff zu besorgen."
„Wem gehörte denn der Computer?"
„Ewald hatte einem Typen, der ihn dauernd herumschurigelte und ihm dafür Dope zukommen ließ, eine

Tasche aus dem Wagen geklaut, weil er vermutete, es wäre eine neue Lieferung. Sie war aber nur mit Papieren vollgestopft und einem Laptop samt einigen USB-Sticks. Die Tasche mit dem übrigen Zeug haben wir weggeschmissen, damit der Mann nicht herausfindet, wer ihm die Sachen gestohlen hat und den Laptop wollten wir bei Gelegenheit verkaufen. Natürlich hieß das eine Zeit zuwarten, sonst wäre es ja aufgefallen. Der Kerl hat dann auch, wie erwartet, jeden seiner Geschäftspartner verdächtigt und sich dabei vielleicht Feinde gemacht, denn kurz darauf ist er abgehauen. Jetzt durften wir endlich den Laptop unter der Hand verklopfen."

„Dass der Verdacht vielleicht trotzdem auf Euch fallen könnte, habt ihr dabei nicht bedacht?"

„Nein, wir waren doch gar nicht im Spiel, sonst hätte es ja umgekehrt sein müssen, wahrscheinlich hätte man uns sogar ziemlich gute Angebote gemacht."

„Herrgott, was für ein Unsinn. Ihr solltet doch wesentlich mehr als zusammengeschlagen werden."

„Warum denn, wem sollten wir denn schon groß schaden? Vielleicht waren diese Typen auch nur voll drauf, da legt man nicht jede Bewegung auf die Goldwaage."

„Und Ihr habt die Kerle nicht erkannt?"

„Junge, das waren vielleicht Asse", sagte der Zerschundene, „so was gibt sich normaler Weise mit unsereinem gar nicht ab. Auf jeden Fall was besseres, Türsteher einer Disko oder so."

Mehr war aus dem abgewrackten Burschen nicht herauszuholen, aber Bernauer war einen Schritt weiter gekommen.

Der Laptop, den Ewald Glaser dem Teppichhändler samt der Tasche entwendet hatte, war unzweifelhaft der Gegenstand, der ständig und überall gesucht wurde. In erster Linie zuerst vom Teppichhändler Söderbaum selbst natürlich, denn wahrscheinlich hatte er auf diesem Computer sein kriminelles Geschäft samt Geschäftspartnern dezidiert aufgelistet und es waren sicherlich auch weitere belastende Papiere in der Tasche gewesen. Jeder, der mit der Sache irgendwie in Berührung gekommen war, stand nun unter Verdacht, Laptop und Unterlagen gestohlen zu haben. Natürlich auch Rabbi Joe.

Dann verschwand verdächtigerweise der Teppichhändler.

Rabbi Joe hatte in Rosners Bar Interesse an Söderbaum gezeigt und Bella war es gewesen, die dann die Leiche Rabbis gefunden hatte. Beide konnten also im Besitz des Computers und belastender Papiere sein. Ob in der Wohnung des Wiener Barkeepers Papiere gefunden wurden, wusste man nicht und im Haus Bellas gab es ohnehin weder den Computer noch diesbezügliche schriftliche Unterlagen.

Dass es sich also bei dem Gerät, das die beiden Junkys nach dem Verschwinden des Teppichhändlers plötzlich verkaufen wollten, um den abhanden gekommenen Computer Söderbaums handelte, war dann einfach zu offensichtlich.

Leider wurden die beiden Jungen aber nicht nur wegen des Computers überfallen, dazu wäre nämlich weit weniger Kraft nötig gewesen, sie sollten vorsätzlich umgebracht werden, um jedes Wissen, das sie vielleicht aufgeschnappt hatten, nicht weitergeben zu können.

Zum Glück, für zumindest einen von ihnen, hatten die Täter angenommen, die Burschen wären bereits tödlich verletzt und der Auftrag damit so gut wie erledigt. Sich davon noch explizit zu überzeugen, war ihnen dann die Mühe nicht mehr wert gewesen. Sie ließen die Schwerverletzten einfach an der Unterführung liegen.

Hofrat Sassmann blickte sorgenvoll auf Bernauer.

„Wie mir zufällig zugeflogen ist", sagte er, „ist der Neffe des Staatsanwalts in eine wenig angenehme Lage geraten."

Bernauer nickte leicht.

„Wird die Sache verfolgt werden müssen, ich meine, ist es der Aufklärung wirklich dienlich?"

„Theoretisch ja, ich fürchte lediglich, dass die Täter kaum auszuforschen sind, denn bei Nacht wird sich kein auch nur halbwegs vernünftiger Mensch in dieser Gegend aufhalten, also werden wir vermutliche auch keine Zeugen finden."

„Vielleicht könnte der junge Mann noch eine Chance bekommen und eine entsprechende Lehre aus der Sache ziehen. Natürlich dürfte der Vorfall dann auch nicht übermäßig hochgespielt werden."

Hofrat Sassmann begann doch wohl nicht salbungsvoll zu werden?

Kaum, denn natürlich hatte der Staatsanwalt bereits flächendeckend interveniert und versuchte nun, auch über Sassmann auf Bernauer Druck auszuüben.

„Wie weit der Bursche für einen Entzug in Frage kommt, können nur die Ärzte feststellen, aber in erster Linie sollte man ihm dann beibringen, dass es jetzt noch gefährlicher wäre, sich wieder in dunklen Ecken herumzutreiben."

Hofrat Sassmann schüttelte abwehrend den Kopf: „Bernauer!", meinte er jovial, „kein Mensch kann sämtliche Kriterien des Schwachsinns erfüllen. Sogar einem Junkie müssen die Prügel, die er bereits bezogen hat, die helle Gottesfurcht einjagen."

Davon war Bernauer allerdings nicht wirklich überzeugt, aber gegen sein Gefühl und um Hofrat Sassmann nicht zu weiteren Kommentaren anzustacheln, sagte er: „Ich werde versuchen, ihn weitgehend herauszuhalten."

Hundertprozentig war allerdings nur eines gewiss: Den Strapazen eines drogenbestimmten Alltags war der Junge nicht mehr gewachsen und ob er den Weg aus dieser Falle noch schaffen konnte, wussten bestenfalls die Götter.

Der Barkeeper Albert Mandl aus Rosners Nachtlokal war der polizeilichen Vorladung nachgekommen und saß, ohne eine Miene zu verziehen, vor Bernauer im Verhörraum.

Keine Geste noch ein irgendein Wort hätten einen Unbeteiligten vermuten lassen, dass er und Bernauer bereits eine ausführliche Unterhaltung am Bartresen geführt hatten.

Auf die Fragen, ob er inzwischen von seinem Chef Rosner oder dem Teppichhändler Söderbaum gehört hätte, antworte er einsilbig mit ‚Nein‘.

Als er in der Folge seine Antworten ebenfalls nur auf Ja und Nein beschränkte, stellte Bernauer ungehalten fest:

„Sie missverstehen offensichtlich die Situation, Herr Mandl, dies ist keine Vorladung zu einem Ratespiel. Wir werden uns daher so lange miteinander beschäftigen, bis Sie sich dessen bewusst geworden sind.“

„Würde nicht ein Verweis darauf genügen, dass Sie sich mit mir schon ausführlich privat unterhalten haben?“, grinste Mandl frech.

Dies war allerdings die falsche Antwort.

„Beginnen wir also das Protokoll damit, dass Sie mir diesen Bert empfohlen haben, deutlicher gesagt, in Ihrem Lokal die Vermittlung von Dogengeschäften betreiben?“

„Das hängen Sie mir nicht an.“

„Doch“, sagte Bernauer bestimmt, „es entspricht ja den Tatsachen.“

„Nein, also nein, das können Sie nicht sagen", fuhr der Mann auf, „ich habe Ihnen lediglich die Visitenkarte mitgegeben, weil Sie nach Bert gefragt haben. Er ist der rechtmäßige Besitzer eines Fitness-Clubs und braucht, wie alle anderen auch, ein wenig Reklame fürs Geschäft."

„Herr Mandl", sagte Bernauer ruhig, „wenn Sie sich jetzt entschließen würden, mir die Wahrheit zu sagen, wäre ich vielleicht sogar geneigt, Ihre Version zu akzeptieren."

„Welche Wahrheit?", fragte Mandl misstrauisch.

Bernauer lächelte.

„Nennen wir sie schlicht und einfach die ‚wahre' Wahrheit, durch die Sie leider ziemlich schnell selbst unter Beschuss geraten könnten."

„Wieso ich? Ich mache meine Arbeit, alles andere geht mich nichts an."

„Darauf würde ich an Ihrer Stelle keinen Pfifferling verwetten, Herr Mandl. Ihr Chef ist verschwunden, zumindest offiziell und Sie scheinen den Betrieb und seine Geschäfte weiter zu führen. Sind Sie mit ihm womöglich in geheimer Verbindung oder hat hinter den Kulissen bereits jemand anderer das Ruder übernommen? Diesbezügliche Fragen wird man sich schon jetzt verschiedentlich stellen. Sie sind zwar der Mann, der die Interna des Betriebes kennt, aber auch Sie könnten eines Tages spurlos verschwinden. Haben Sie daran noch nie gedacht? Und vergessen Sie nicht die Polizei, immerhin stehen Sie im Dunstkreis einer Mordermittlung."

Es dauerte einige Minuten reiflicher Überlegung, bis sich der Kellner entschloss, die Seiten zu wechseln.

„Aber wer auch immer seine Finger im Spiel hat, er wird mich brauchen, denn, wie Sie sagten, ich kenne die Interna", tastete er findig noch ein letztes Mal seine Möglichkeiten ab.

„Nicht unbedingt", antwortete Bernauer, „Sie sind zwar Mitwisser, aber, wenn Sie den gestellten Erwartungen nicht entsprechen, eher eine schwache Stelle im Getriebe, also ersetzlich und daher auszumerzen. Wäre es jetzt nicht hoch an der Zeit die Perspektive zu wechseln und sich selbst zu schützen?"

Mandl holte tief Luft und stieß sie wieder aus.

„Herr Rosner ist tatsächlich verschwunden", übersprang er sichtlich widerwillig seinen eigenen Schatten, „und ich vermute, es ist wie Sie sagen, es sind bereits Grabenkämpfe ausgebrochen. Immerhin geht es um ein lukratives Feld und die Nachricht, dass keine starke Hand vorhanden ist, hat sich natürlich schon verbreitet."

„Haben Sie denn nicht wenigstens einen Verdacht, was geschehen sein könnte?"

„Nun ja, ich könnte Ihnen erzählen, was ich so en passant mitbekommen habe."

Bernauer nickte ermunternd und Mandl bewies eine wirklich bemerkenswerte Beobachtungsgabe und Sinn für das Wesentliche.

„Wir haben hier im Haus einen privaten Club für Sadomasochisten. Klein, aber fein. Einer unserer eifrigsten Gäste ist, oder war, Christian Söderbaum, ein äu-

134

ßerst gut aussehender Bursche, der bei den Frauen sehr gut ankam. Jeden Tag saß er an der Bar und gab groß an. Entweder baggerte er die weiblichen Gäste im Lokal an oder er ging später nach unten in den Club. Wie die Dinge mit seinen Teppichen standen, weiß ich nicht, vermutlich dienten sie als Verteilervorwand für den Drogenhandel und er lieferte auf Wunsch auch für die Gäste unseres Hauses."

Neugierig blickte er auf Bernauer, als dieser aber lediglich gleichmütig nickte, sah er sich genötigt, noch nachzuladen.

„Dann tauchte plötzlich der Wiener, Rabbi Joe, an der Bar auf", er grinste boshaft, „der, wie Sie sagten, auch Ihr Freund gewesen ist."

Diese Behauptung stammte zwar von Markovsky und der Barkeeper wusste es auch. Ein kleiner Versuch, also, Bernauer zu reizen.

Da aber keine Reaktion kam, fuhr er fort:

„Dieser Mann, übrigens ein Berufskollege, kam mit dem Söderbaum an der Theke über Orientteppiche ins Gespräch und Herr Rosner hörte augenscheinlich interessiert zu.

Als der Teppichheini zu späterer Stunde eines der verrückten Weiber an der Theke abgeschleppt hat, ist ihnen Ihr Freund, Rabbi Joe, der jetzt tot ist, heimlich hinaus gefolgt, ist aber dann wieder zurückgekommen.

Zwei, drei Tage später hat sich dann Rabbi Joe bei mir nach dem Söderbaum erkundigt, weil dieser nämlich inzwischen im Lokal nicht mehr aufgetaucht ist. Da habe ich ihm wahrheitsgemäß erklärt, dass ich den Teppichheini inzwischen selbst auch nicht mehr gesehen habe. Daraufhin hat Ihr Freund sofort die Rechnung verlangt und ist verschwunden. Gleich nach ihm hat Herr Rosner ebenfalls unser Lokal verlassen und ich denke, jetzt hat der Rosner dem Rabbi Joe nachgeschnüffelt."

So kam Sinn in die Sache, also fasste Bernauer zusammen:

„Kurz gesagt, Rabbi Joe hat zuerst dem Teppichhändler nachspioniert und einige Tage später Herr Rosner dem Rabbi Joe."

„Genau."

„Ist das alles?"

„Was denn noch? In dieser Nacht lag Stunden später Ihr Freund tot am Straßenrand. Wenn Sie da keinen Zusammenhang sehen wollen, auch gut. Ich jedenfalls stand am Tresen und könnte lediglich Vermutungen anstellen, was möglicherweise irgendwo da draußen passiert ist."

Dieses Thema wollte Bernauer jetzt mit Mandl nicht diskutieren.

„Was ist mit dem SM-Club im Keller: führen Sie den Laden jetzt?", fragte er.

„Nein, da läuft momentan nichts und damit hatte ich auch nie zu tun, aber ich weiß, dass er verlegt werden sollte, irgendwohin an den Stadtrand, wo man im Umfeld nicht möglicherweise auf Bekannte trifft."

„Und was käme da Ihrer Meinung nach in Frage?"

„Keine Ahnung. Ich hörte nur, dass Herr Rosner von einem Juwel an der Peripherie sprach."

Die Aussage des Barkeepers erwies sich für Bernauer endlich etwas aufschlussreicher.

„Wieso ist denn die Bar überhaupt noch offen", fragte er, „obwohl der Boss verschwunden ist? Und wieso wurde Rosner nicht von Ihnen als vermisst gemeldet?"

Der Kellner grinste spöttisch: „Major Bernauer", sagte er, „in diesem Milieu könnte alles, was Sie ohne vorherigen Auftrag tun, verheerende Folgen haben. In erster Linie für Sie selbst."

Dies verstand Bernauer durchaus. Angenommen, Rosner hätte sich aus einem triftigen Grund vorübergehend zurückgezogen und einer seiner Angestellten hätte dies breitgetreten, wären für denjenigen die Konsequenzen nicht abzusehen gewesen. In diesen Kreisen pflegte man handgreiflich und nicht zimperlich zu sein.

Also hatten die täglichen Geschäfte ihren Lauf genommen und nur durch eine Verwandte Rosners, deren Trauzeuge er gewesen wäre, wurde er aufgrund der vielen Ungereimtheiten dann als vermisst gemeldet.

„Aber irgendwer muss doch den Betrieb führen, die Einnahmen kontrollieren und Bestellungen unterschreiben?"

„Dies geht über die Assistentin Herrn Rosners, Frau Dostal."

Bernauer fragte sich nur, ob diese Frau Dostal mit Wissen und Einwilligung Rosners den Betrieb nun administrativ weiterführte und Kontakt mit ihm hatte, oder ob sie das aus den gleichen Motiven wie der Barkeeper tat, nichts zu unternehmen, wenn sie nicht wusste, was Rosner goutierte.

Er würde also im Protokoll der Vermisstenstelle nachsehen müssen, ob man diese Dostal vernommen und wenn ja, was sie ausgesagt hatte.

„Und das verrückte Weib, mit dem der Teppichhändler abgezogen ist, kennen Sie diese Frau?"

„Nur soweit, als sie bei uns Gast ist. Eine sexy Blondine, trinkfest und lebenslustig. Witwe, soweit ich weiß, und nicht gerade auf den Mund gefallen."

„Ihren Namen kennen Sie nicht?"

Der Barkeeper Mandl hob grinsend die Arme.

„Ob es ihr richtiger ist, weiß ich natürlich nicht, aber alle sagen Bella zu ihr."

Bernauer hatte sich in das kleine Café in der Getreidegasse zurückgezogen. Im Hinterzimmer wollte er ohne Störung seinen Espresso trinken und nachdenken.

Rosner und der Teppichhändler Söderbaum waren also in zweifacher Hinsicht liiert, im Handel mit Drogen und durch den SM-Club in Rosners Haus.

Der Club sollte allerdings verlegt werden, in die Anonymität der Peripherie. Irgendwie verständlich, aber wohin? Wo gab es für diese Zwecke ein passendes Objekt?

Was war mit Bella? Sie war von Söderbaum „abgeschleppt" worden, wie es der Kellner ausgedrückt hatte, und Rabbi Joe war ihnen unbemerkt hinausgefolgt. Wieso? Wollte er sehen, ob sie gemeinsam wegfuhren oder interessierte er sich für das Autokennzeichen Bellas, die Nummer des Teppichhändlers war ihm ja bereits bekannt?

Und warum folgte dann einige Tage später Rosner dem Rabbi Joe aus der Bar, nachdem sich dieser beim Barkeeper nach dem verschwundenen Teppichhändler erkundigte und dann das Lokal verließ? Vor allem, wieso lag wieder einige Stunden später der von Rosner verfolgte Wiener Barkeeper, Rabbi Joe, tot auf einer Bezirksstraße im Wald, knapp einen Kilometer von Bellas Haus entfernt? Wollten er und Rosner sich dort treffen?

Und was hatte Bella damit tun?

Waren die kleinen Seelentröster, die sie angeblich gelegentlich brauchte, doch nicht so unbedeutend wie sie behauptete? Aber sicherlich nicht wichtig genug, vermutete er, um daraus eine Staatsaffäre zu machen. Er beschloss, sie zuerst einmal privat zu befragen, da ihr angeborener Instinkt für die Enttarnung halbdunkler Heimlichkeiten und Machenschaften sich so ziemlich die Waage mit einem starken Bedürfnis nach Klatsch und Tratsch hielt. Also würde Bella, falls sie tatsächlich etwas wusste, damit nicht hinter dem Berg halten und er könnte sie hoffentlich noch rechtzeitig davor warnen, sich in diesen gefährlichen Strudel hineinziehen zu lassen.

Er griff also zum Handy und sie verabredeten sich für nächsten Vormittag im Café Getreidegasse.

Bella schien ungehalten.

„Joschi", sagte sie tadelnd, „Du fragst mich doch nicht tatsächlich nach meinen Amouren?"

„Davon kann doch keine Rede sein, ich wollte Dich lediglich nicht offiziell vorladen."

„Vorladen? Mich?", unterbrach sie ihn, „was soll denn das werden? Willst Du mich verhaften?"

Hohn lag fühlbar in ihrer Stimme.

Sie suchte hastig in ihrem umfangreichen Shopper von Louis Vuitton nach Zigaretten, aber er winkte ab und so räumte sie ihre Utensilien wieder ein. Offenbar war sie nicht auf dem neuesten Stand der Raucherverordnung und Bernauer wollte kein Aufsehen erregen.

„Hör zu", sagte er lächelnd, „es geht lediglich um Deine kleinen Entspannungshilfen für stille Stunden."

„Ach so ist das."

Sie klopfte mit dem Fingernagel gegen ihr Sektglas.

„Und wenn die zu entspannenden Stunden etwas weniger still sind? Verhaftest Du mich dann wegen Drogenschlucken im Nachthemd oder Rauchen nach dem Bumsen?"

„Rede keinen Unsinn", antwortete Bernauer. Er musste jetzt ohne Umweg zur Sache kommen, denn Bella schien merkwürdig aggressiv.

„Beides sehr entspannend, wirklich", höhnte sie weiter.

„Bella ...", begann Bernauer, kam aber nicht zu Wort.

„Auch, dass Rauchen meine Gebärfähigkeit stören kann, weiß ich. Steht auf der Packung", stichelte sie weiter.

Bernauer bereute bereits, sich auf dieses private Gespräch eingelassen zu haben.

„Bella", antwortete er ernst, „hast Du seinerzeit bemerkt, dass Dir und dem Teppichhändler Söderbaum, als er Dich damals aus der Bar abgeschleppt hat, ein Mann gefolgt ist? Dafür gibt es Zeugen und bei dieser Gelegenheit wurde der Teppichhändler auch das letzte Mal gesehen."

„Kann schon sein, aufgefallen ist es mir nicht. Sei beruhigt, zu mehr als einer Knutscherei im Wagen ist es ohnehin nicht gekommen."

„Am Parkplatz hinter der Bar?"

„Jawohl, am Parkplatz hinter der Bar, in meinem Wagen."

„Ist der Söderbaum anschließend ins Lokal zurückgegangen?"

„Das weiß ich nicht. Er war nämlich sauer, weil sich weiter nichts entwickelt hat und ich war ernüchtert, als er mich ziemlich grob angefasst hat."

Grobheit passte für Bernauer in das Bild, dass er sich nach der Aussage des Barkeepers von Söderbaum gemacht hatte.

„Als Dich Deine Casino-Bekanntschaft Paul Reiter einige Tage darauf vom Spielcasino nach Hause gebracht hat und Ihr eine Leiche auf der Straße gefunden habt, hast Du da den Toten nicht wiedererkannt?"

„Nein, woher sollte ich ihn kennen?"

„Er hat sich einige Male zur selben Zeit wie Du in der Bar bei Rosner aufgehalten und er war es auch, der Euch auf den Parkplatz hinaus gefolgt ist."

„Ach so, ein Spanner also? Aber unterhalten habe ich mich mit dem am Bartresen sicherlich nicht. Meistens bin ich sowieso zu beschäftigt, als dass ich mich für Fremde interessieren könnte", meinte sie, „außerdem war ich in der Nacht, in der wir die Leiche fanden, ziemlich betrunken, deshalb bin ich auch vom Spielcasino nicht selbst nach Hause gefahren, und da lag er plötzlich am Straßenrand. Vermutlich hätte ich sogar meine eigene Großmutter in der Dunkelheit nicht erkannt."

Das könnte natürlich so gewesen sein, doch sein Gefühl sagte Bernauer, dass sie ihm nicht die Wahrheit gesagt hatte.

Auch die Recherche bei Bert, dem Inhaber des Fitnessstudios am Rudolfskai, brachte keine neuen Ergebnisse. Man erklärte ihm lediglich, dass die Visitenkarten des Clubs in vielen Nachtlokalen aufliegen würden, aber einen wie immer gearteten Drogenhandel im Zusammenhang mit dem Teppichhändler stritt Bert kaltlächelnd ab. Die einzigen Zeugen wären leider nur wieder diejenigen, die selbst zur Zeit gesucht wurden und möglicherweise schon nicht mehr am Leben waren.

Wie um das Maß vollzumachen, kamen nun weitere Vermisstenmeldungen herein. Immer wieder ging es dabei um Männer aus gutsituierten Kreisen, alle waren mit dem Wagen unterwegs gewesen und wurden erst nach einiger Zeit als verschollen gemeldet.

Bernauer und auch das dafür zuständige Dezernat traten auf der Stelle.

Ging es hier in erster Linie um Drogen oder waren diese Herren Mitglieder einer SM-Bruderschaft. Wahrscheinlich hing beides eng zusammen, aber wieso verschwanden sie dann spurlos?

Nach dem Laptop des Teppichhändlers brauchte man kaum mehr ernstlich zu suchen, denn nachdem er sich zu einer Art Wanderpokal entwickelt hatte, lag er jetzt zweifellos sicher verwahrt in einem Safe. Wahrscheinlich aber ging die Suche nach den USB-Sticks weiter, denn dass sie von den Burschen samt den Papieren längst vernichtet worden waren, wusste bisher niemand, aber die Wohnungen der zusätzlich abgängigen Herren waren dann nicht mehr durchsucht worden.

Verfolgte man vielleicht überhaupt eine andere, eventuell parallel laufende Schiene?

Bernauer saß vor dem Bildschirm und sah die Liste der vermissten Männer durch. Vielleicht ergab sich daraus ein Muster, mit dem er arbeiten konnte.

Außer Rosner und Söderbaum waren abgängig:

Der Besitzer eines Feinkostladens, dessen Frau ihn auf Geschäftsreise in Frankreich vermutete. Offensichtlich war sie aber an seiner Gesellschaft nicht sonderlich interessiert, also hatte sie ihn erst, als sie seine Zustimmung für den Verkauf einer Aktie benötigte, zu erreichen versucht und Anzeige erstattet, als sie ihn nicht kontaktieren konnte. Man wäre mit ihrem Mann nicht verabredet gewesen, noch sei er in Frankreich erschienen, war dann die Auskunft seines Geschäftspartners in Frankreich. Dies hatte sich allerdings bereits vor zwei Monaten abgespielt.

Auch die Schwester eines fünfundsiebzigjährigen Rentiers hatte Anzeige erstattet. Der Bruder wäre mit seiner Verlobten für einige Tage nach Bludenz gereist, um deren Eltern kennenzulernen. Anschließend wollte er seiner in Wien lebenden Schwester die vornehme Braut vorstellen. Da sie seit Wochen nichts mehr von ihm gehört hatte, war die Schwester nach Salzburg gekommen und hatte von den Nachbarn erfahren, dass ihr Bruder schon längere Zeit abwesend sei. In seinem Haus wäre auch in den letzten Wochen kein Licht mehr gesehen worden. Gedanken hatte sich aber niemand gemacht, da auch sein Wagen nicht unter dem Carport stand. Allerdings kam einmal während der Abwesenheit des Nachbarn eine Dame in seinem Wagen an und hielt sich für einige Zeit im Haus auf.

Auch der italienische Gast aus dem Golfhotel im Nonntal, in dessen Besitz die Kartons aus der Augenarztpraxis in Linz gefunden worden waren, blieb vermisst. Außer der Hotelleitung, die damals Anzeige wegen der offenen Rechnung gestellt hatte, ging er anscheinend sonst keinem Menschen ab.

Zwischen einigen Fällen, die für Bernauers Gefühl nicht in dieses Schema passten, fand sich dann auch der Name Fredrik van Veen.

Bernauer stutzte. Hatte nicht Gundula den Namen Fredrik erwähnt? War es nicht der Name des ehemaligen Botschaftssekretärs Rehbergs gewesen?

Ein kurzes Telefonat brachte Gewissheit. Bei dem Vermissten handelte es sich tatsächlich, wie vermutet, um den Sekretär von Gundulas verstorbenem Mann. Anzeige erstattet hatte Gundula Rehberg.

Bernauer griff zum Telefon.

„Nein", sagte Gundula, „ich habe nichts mehr von Fredrik gehört, seit er mich wegen der Verspätung bei unserem Fest angerufen hat. Sein Handy scheint nicht mehr in Betrieb zu sein, ich habe es dutzende Male versucht. Familie hat er nicht und die Suche in den Krankenhäusern hat auch nichts gebracht. Ich kann mir nicht erklären, was mit ihm geschehen ist."

Der Mann wirkte damals offensichtlich bei seinem Verschwinden sogar freiwillig mit, als er sich bei Gundula mit der Lüge von der Verkehrskontrolle selbst abgemeldet hatte.

„Bist Du ganz sicher", fragte Bernauer, „dass Du am Handy mit ihm selbst gesprochen hast?"

„Natürlich", sagte Gudula überzeugt, „ich kenne ihn schließlich lange genug, sogar sein hysterisches Näseln, wenn er nervös ist, hat nicht gefehlt."

„Neigt er zur Nervosität?"

„Eigentlich nicht, aber er ist ziemlich spießig, wenn es um Umgangsformen geht. Sein Graf-Bobby-Ton, weil er zu spät kommen würde, passte haarscharf in sein Charakterbild."

„Könntest Du Dir vorstellen, dass er aus einem bestimmten Grund geplant hatte zu verschwinden und Dich nur veranlassen wollte, mit der Feier zu beginnen, da mit ihm in nächster Zeit nicht zu rechnen war?"

„Du meinst, es wäre eine gewisse Art von Rücksichtnahme gewesen, dass er mich angerufen hat?"

„Möglich wäre es, oder er wollte Zeit gewinnen, um zu verschwinden. Denkst Du, er könnte in irgendeiner Form mit Drogen zu tun haben?"

Gundula zögerte.

„Nein", sagte sie bestimmt, „das passt ganz und gar nicht zu ihm, er ist eine fleischgewordene Trantüte, ohne jegliche Stimmungsschwankung. Der geborene Sekretär einfach."

„Und ist der Mann noch berufstätig, ich meine, ist er in Pension oder wovon lebt er denn, seit Dein Mann nach Salzburg zurückgegangen ist und er diese Stellung verloren hat?"

„Fredrik bezieht zwar eine Pension", sagte sie, „aber er hat auch Fuß gefasst im Immobilienhandel. Vermutlich noch keine große Sache, aber wie gesagt, der Mann ist ein Arbeitstier. Als wir nach Salzburg zurückgekommen sind, hat ihm mein Mann mit seinen Verbindungen maßgeblich unter die Arme gegriffen und ich könnte mir vorstellen, dass die Geschäfte jetzt ganz normal laufen, da er sehr viel unterwegs ist."

„Unterwegs, um was zu tun?", fragte sich Bernauer. Konnte es sein, dass auch er im Drogengeschäft tätig war?

Der Betreiber des ebenfalls verschwundenen Handys von Fredrik stellte fest, dass die letzte Verbindung zu dem Zeitpunkt hergestellt wurde, als er Gundula seine Verspätung mitteilte.

Die Bedienerin, die jeden Vormittag zwei Stunden Fredriks Haushalt besorgte hatte, erklärte, dass sich Fredrik van Veen bereits einen Tag vor der Feier bei Gundula nicht mehr in seiner Wohnung aufgehalten hatte. Sein Bett war unbenutzt, es gab kein gebrauchtes Geschirr oder Handtücher und alle Dinge befanden sich auf dem Platz, an den sie gehörten.

Einige Tage später bekam Bernauer einen Anruf aus der Wachstube, die für den Rayon, in dem sich Rosners Bar befand, zuständig war.

Einer der dortigen Beamten, der vom Verschwinden Rosners, Söderbaums und deren Fahrzeugen erfahren hatte, erinnerte sich jetzt daran, dass er in den vergangenen Wochen eine Anzeige aufnahm, in der eine Frau, die nachts schlecht schlief, gemeldet hatte, dass um vier Uhr dreißig eine Frau versuchte, einen Mercedes SUV am Parkplatz hinter der Bar zu stehlen. Sie hatte sich ziemlich auffällig verhalten, brauchte einige Zeit um den Wagen zu öffnen, konnte dann den Fah-

rersitz nur mühsam verstellen und beging also die typischen Fehler, die einem Fahrer unterliefen, der im Umgang mit dem Wagen nicht vertraut war.
Die Funkstreife kam zwar zu spät, aber die Zeugin hatte die Autonummer notiert.

Bei der Polizei behauptete allerdings am nächsten Tag die Eigentümerin des Fahrzeugs, sie selbst wäre es gewesen, die den Wagen abgeholt hätte. Sie sei zusammen mit ihren Freundinnen durch einige Nachtlokale gezogen und hätte daher erst gegen den Morgen hin ihr Fahrzeug von diesem Parkplatz weggeholt. An die genaue Zeit konnte sie sich nicht mehr erinnern.
Der Name der Besitzerin des Wagens war Isabella Weiden gewesen.
Das Datum der Anzeige stimmte mit demjenigen überein, an dem Bella und der Teppichhändler Söderbaum gemeinsam die Bar verlassen hatten und ihnen der Barkeeper Rabbi Joe aus Wien hinaus zum Wagen gefolgt war.
Zurückgekommen in die Bar war dann jedenfalls nur Rabbi Joe. Bella und Söderbaum hatten ja nach Bellas Auskunft noch im Wagen geknutscht.
Was war also nach der Knutscherei weiter noch geschehen?
Log Bella, als sie behauptete, es habe mit Söderbaum nur ein kurzes Intermezzo auf dem Parkplatz gegeben und er sei dann verärgert ausgestiegen? Hatte sie auch gelogen, dass sie ihren Wagen, nach einem späten Bummel durch verschiedene Nachtlokale mit ihren

Freundinnen, erst gegen Morgen abgeholt hatte? Was beobachtete Rabbi Joe auf dem Parkplatz, bevor er in das Lokal zurückgekommen war?

Bernauer hatte vorerst nach der Schilderung Bellas angenommen, sie wäre nach Hause gefahren, nachdem der Teppichhändler Söderbaum ausgestiegen sei. Plötzlich gab es aber eine Zeugin, die Bellas SUV noch Stunden später am Parkplatz der Bar gesehen hatte. Von Freundinnen, mit denen sie nach der Knutscherei noch unterwegs gewesen sein wollte, sagte Bella damals kein Wort und wieso hatte sie später plötzlich Probleme bei der Inbetriebnahme ihres eigenen Fahrzeuges?

Bernauer sah nur zwei mögliche Erklärungen: Entweder ließ Bella den Teppichhändler tatsächlich abblitzen und hatte mit Freundinnen noch eine Runde durch andere Lokale gedreht. Dann könnte sie betrunken gewesen sein und Probleme mit dem Wagen bekommen haben, oder sie war doch mit dem Teppichhändler weggefahren und ein anderes weibliches Wesen hatte später ihren Wagen abgeholt. Aber wer war dann diese geheimnisvolle Frau, wo kam sie her und wieso war der Teppichhändler Söderbaum seit dieser Nacht verschwunden?

Da Bernauer mit Bella befreundet war, begann sich die Angelegenheit ernstlich zu komplizieren. Würde man

ihm möglicherweise Befangenheit vorwerfen, wenn er die Sache jetzt weiter verfolgte?
Nach reiflicher Überlegung beschloss er, es noch einmal mit ihr zu versuchen. Vielleicht war alles harmloser, als es aussah und er konnte sie trotz ihres Sturkopfs zur Vernunft bringen.

Wieder saßen sie im Hinterzimmer des gemütlichen Cafés in der Getreidegasse und wieder hatte Bernauer das Gefühl, Bella sei übel gelaunt.
„Joschi", sagte sie, „das ganze wird jetzt langsam langweilig. Bin ich eine Fünfzehnjährige, deren Unschuld in Gefahr ist?"
„Nein, meine Gute", sagte er ernst, „Dir droht leider die größere Gefahr einer Begegnung mit der Justiz."
„Jetzt mach aber einen Punkt", grinste sie, „in Venedig bedienst Du Dich an meinem Faserschmeichler und plötzlich wirst Du dienstlich."
„Bella", sagte Bernauer eindringlich, „jetzt ist Schluss mit lustig..."
Sie unterbrach ihn spöttisch: „Verstehe, no Hope in Dope."
Langsam wurde Bernauer ärgerlich, vielleicht war es von Anfang an falsch gewesen, privat eine Regelung der Angelegenheit zu versuchen.
„Vorderhand geht es um die Auffindung eines Vermissten, von dem nur bekannt ist, dass Du der letzte Mensch gewesen bist, der ihn lebend gesehen hat."
„Und wer sollte das sein?"
„Christian Söderbaum, der Teppichhändler."

„Mit dem habe ich schon seit Wochen keinen Kontakt mehr gehabt und sein Abgang aus meinem Wagen war auch damals schon nicht sehr rühmlich."

„Du hast mir aber nicht gesagt, dass Dein Wagen bis in die Morgenstunden am Parkplatz stehen geblieben ist, sondern den Eindruck in mir erweckt, Du wärst nach Hause gefahren. War das Absicht?"

Bella richtete sich sehr gerade auf:

„Diesen Eindruck in Ehren, Joschi, aber wenn Deine Gefühle jetzt schon ein rechtliches Faktum sind, dann schütze Gott uns und unseren Rechtsstaat."

„Sei nicht sarkastisch, Bella", ermahnte sie Bernauer.

„Der Teppichhändler ist spurlos verschwunden, nachdem er mit Dir das Lokal verlassen und ein weiterer Mann Euch dabei beschattet hat."

„Na, dann frag doch den."

Bernauer überging diese Bemerkung.

„Einige Tage später", sagte er, „liegt dann eben dieser Euer Schatten tot auf der Straße in der Nähe Deines Hauses und Du willst ihn dort nicht erkannt haben. Außerdem verschwindet wieder nicht lange danach der Besitzer der Bar, in der Du Stammgast bist, und von dem Du, nach dessen eigener Aussage, Amphetamine beziehst oder bezogen hast und erst durch eine unbeteiligte Zeugin erfahre ich jetzt, dass Dein Wagen, mit dem Du nach der Knutscherei mit dem Teppichhändler angeblich heimgefahren bist, noch Stunden später auf dem Parkplatz hinter der Bar gestanden hat.

Daraufhin erzählst Du eine ganz neue Geschichte von Deinen Freundinnen, mit denen Du nach der angeblichen Knutscherei noch unterwegs gewesen sein willst. Nenne mir nur einen einzigen Grund, warum ich Dir noch glauben soll."

Sie sah ihn eisig und abwehrend an.

„Was Du glaubst, ist Deine Entscheidung, falls ich aber etwas beizutragen hätte, würde ich es längst getan haben. Worum soll es denn in Deiner Geschichte gehen? Penunze? Teppiche und schlüpfrige Puzzleteile, wie Drogen und Sex?"

„Ende der Fahnenstange", stellte Bernauer kategorisch fest, „ich habe Dich bisher mit Samthandschuhen angefasst und es war, wie ich nun sehe, ein Fehler. Mach' nur weiter so Dein Ding, ich werde jetzt als persönlich Beteiligter die Ermittlung abgeben.

Ab sofort wirst Du Deine Aussagen auf dem Präsidium zu Protokoll geben, Du könntest allerdings wegen Begünstigung und Vertuschungsgefahr im Zusammenhang mit einem Mord auch einige Zeit dort Gast bleiben."

„Ich werde Sturzbäche heulen, aber trotzdem nicht verzweifeln. Ist es Dir jetzt noch gestattet, mit mir im selben Bridgeclub zu spielen?"

Sie betrachtete ihn sirenenhaft.

„Sei nicht albern", antwortete Bernauer.

Die Getreidegasse quoll über von Touristen, die Bernauer beinahe jeden Schritt zur Qual machten. Ihn beschäftigte beharrlich der Gedanke an die Rolle, die Bella Weiden in den Fällen der Vermissten spielen konnte, also achtete er nicht wirklich auf seine Schritte beziehungsweise auf die ihm entgegenkommenden Personen oder diejenigen, die rechts und links an ihm vorüberzogen, um sich dann unvorhergesehen vor ihm wieder zusammenzutun. Der Weg in seine Wohnung war ein kurzer, aber absolut ereignisreicher Hindernisparkour.

Auf der kleinen aber gemütlichen Dachterrasse seiner Wohnung nahm er dann achtlos Platz und starrte in das dickwandige, potthässliche Wasserglas, das er zerstreut beinahe bis zum Rand mit Single Malt gefüllt hatte.

War er dienstlich bereits zu weit gegangen, in dem er mit Bella privat über die Ermittlungen gesprochen hatte? Wäre es korrekt gewesen, diese Sache sofort in die Hände eines Kollegen zu geben?

Dass Bella gelogen oder zumindest einige Dinge verschwiegen hatte, war inzwischen unzweifelhaft.

Wieso hatte sie behauptet, dass der Teppichhändler auf dem Parkplatz sehr rasch ihren Wagen verlassen hätte. War er dann mit seinem Testarossa spurlos verschwunden und zwar auf Nimmerwiedersehen? Unglaubhaft, warum sollte er auch? Warum war Bella dann nicht nach Hause gefahren oder in die Bar zurückgegangen, wo ihre Freundinnen sich vermutlich noch aufhielten? Woher kam plötzlich der spontane Entschluss, mit ihnen noch andere Lokale aufzusuchen und woher hatten diese Freundinnen überhaupt gewusst, dass Bella noch im Auto saß?

Inzwischen hegte er auch bereits Zweifel an ihrer Aussage, einen schwarzen SUV im Wald, in der Nähe des ermordeten Rabbi Joe, schemenhaft wahrgenommen zu haben. Ihr Begleiter gab an, kein Fahrzeug gesehen zu haben, aber wenn dieser Wagen wirklich nicht existierte, wie war dann Rabbi Joe in diese Einöde gelangt, nur einige hundert Meter von Bellas Haus entfernt? Bella hatte ihn ganz offensichtlich nach allen Seiten hin belogen.

Wie wollte er jetzt vorgehen? Ärgerlich beschloss Bernauer dann noch einmal Bellas Begleiter, Paul Reiter, und den Barkeeper aus Rosners Bar zu befragen. Diese Ermittlungen wollte er selbst noch führen, bevor er endgültig den Akt wegen Befangenheit abgab.

Paul Reiter versicherte aber nach wie vor, kein Fahrzeug im Wald gesehen zu haben.

Der Barkeeper Mandl gab dann bei einer weiteren Einvernahme auf die direkte Frage, ob Bella, bevor sie mit dem Teppichhändler die Bar verlassen hatte, allein gewesen sei, zur Antwort, dass sie mit zwei Freundinnen an der Theke gesessen wäre, deren Namen Anne und Nora seien und dass die beiden ungefähr eine Stunde nach Bella ebenfalls die Bar verlassen hätten. Dass keine von den beiden, nachdem Bella gegangen war, telefoniert hatte, war er absolut sicher.

Woher konnten sie dann wissen, dass Bella auf dem Parkplatz hinter der Bar im Auto saß, und woher wusste Bella, dass sich die Freundinnen noch in der Bar aufhielten? Was hatte sie also wirklich beinahe eine Stunde lang bis zum angeblichen Eintreffen von Nora und Anne getan?

Nora und Anne wären es übrigens auch gewesen, sagte der Barkeeper, die am Abend des Tages, an dem Rabbi Joe später auf der Straße tot aufgefunden wurde, an der Bar erzählt hatten, dass sie und Bella anschließend das Spielcasino aufsuchen würden.

Ob Rabbi Joe dies gehört habe, fragte Bernauer und der Barkeeper antwortete, dass es anzunehmen wäre, da das Gespräch ziemlich lautstark an der Theke diskutiert worden sei. Rabbi Joe wusste also, dass Bella jetzt längere Zeit nicht nachhause kam.

Das ungute Gefühl Bernauers verstärkte sich noch ganz erheblich.

Wenn Rabbi Joe wirklich gehört hatte, dass Bella einige Stunden im Spielcasino verbringen würde, konnte er inzwischen zu ihrer Villa gefahren sein, um gefahrlos etwas zu erkunden, das vielleicht mit dem Verschwinden des Teppichhändlers zu tun hatte. Die Adresse konnte er ganz leicht über Bellas Autokennzeichen herausgefunden haben.

Es konnte ja sein, dass Rabbi Joe klugerweise das Risiko nicht einging, bei der Schnüffelei um Bellas Haus überrascht zu werden und hatte daher seinen Wagen in der nahen Waldschneise abgestellt. Dann war er, ohne den Umweg über die Straße zu nehmen, durch die Felder und Büsche zu Bellas Haus gegangen und vermutlich kam er nachher ebenso wieder zurück. Das könnte die Anwesenheit des Wagens, den Bella im Wald gesehen haben wollte, erklären. Aber wer hatte ihn dann zwischenzeitlich wieder weggeschafft?

Warum das alles, was hoffte Rabbi Joe auszukundschaften? Was könnte er gefunden haben und wer könnte ihn dabei beobachtet haben, um ihn dann zu ermorden?

Bernauer gab den Auftrag, die Schuhsohlen Rabbi Joes und den Saum seiner Hose gründlich auf Bodenspuren zu untersuchen, denn damit würde sehr schnell geklärt sein, wo sich der Mann, nachdem er seinen Wagen verließ, aufgehalten hatte.

Auch Nora von Weinhaus und Anne Prager waren befragt worden, wie viel Zeit vergangen war, bis sie selbst, nach der angeblich mit dem Teppichhändler knutschenden Bella, die Bar verließen.

Die Frauen behaupteten, es nicht genau zu wissen, aber Söderbaum beim Verlassen der Bar wegfahren gesehen zu haben und daraufhin mit Bella noch durch verschiedene Lokale gezogen zu sein.

Wie konnten sie aber im Abstand von einer Stunde Söderbaums Verschwinden aus Bellas Auto und dann seine Abfahrt noch gesehen haben?

Bella, sagten ihre Freundinnen aus, war nach ihrer Lokaltour ziemlich weit nach Mitternacht zu ihrem Wagen am Parkplatz zurückgegangen und sei offenbar fahruntüchtiger gewesen, als sie angenommen hatten, so dass sie vermutlich beim Einsteigen in ihr eigenes Fahrzeug bereits in Schwierigkeiten gekommen sei.

Da das Gegenteil nicht zu beweisen war, musste sich der vernehmende Beamte damit zufrieden geben.

Aber Bernauer wusste untrüglich, dass das ganze Gespinst nur ein Haufen von Lügen war.

Nora und Anne hatten sowieso gelogen und den Teppichhändler niemals wegfahren gesehen. Aber auch Bellas Behauptung, sie wisse nicht, wie er, nachdem er ausgestiegen war, verschwunden sei, war eine Lüge. Selbst ein Blinder hätte es gewusst, denn der Sound eines startenden Testarossas war unüberhörbar.

Zwei Tage später hatte die Spurensicherung herausgefunden, dass sich Rabbi Joe sowohl am Grundstück Bellas als auch auf dem Feldstück bis zum Auffindungsort seiner Leiche auf der Straße aufgehalten hatte. Die Bodenproben fanden sich exakt an seinen Schuhen als auch an seiner Kleidung wieder.

Am nächsten Tag gab Bernauer den Teil der Erhebungen, der Bella betraf, an einen Kollegen der Mordkommission ab.

Hofrat Sassmann schüttelte den Kopf.

„Glauben Sie wirklich, dass es notwendig ist, die Ermittlung im Hinblick auf Bella Weiden abzugeben? Ich könnte mir vorstellen, dass sich hier aus kleinen, nun, nennen wir es Sünden, ein Knäuel entwickelt, der weniger Bedeutung hat, als es aussieht."

„Das hoffe ich", nickte Bernauer, „aber der Schein steht einfach im Moment gegen sie und es wäre für alle Beteiligten wesentlich besser, würde sie mir endlich die Wahrheit erzählen."

„Es gibt Dinge", schmunzelte der Hofrat, „da unterscheiden sich eben die Geschlechter. Weibliche Wesen halten auch in unserer aufgeklärten Zeit ihre amourösen Abenteuer noch tunlichst unter der Decke, während wir Männer uns ganz gerne im Lichte der Eroberungen sonnen. Da kommen dann schon mal kleine Notlügen vor und ist man zur falschen Zeit am falschen Ort, kann das eine gewisse aufgeblähte Eigendimension annehmen."

Bernauer hatte beinahe derartiges erwartet. Hofrat Sassmann, der Kavalier, etwas altmodischer Gentleman und Verteidiger der Damenwelt.

„Leider geht es hier auch um den noch unbewiesenen Hintergrund der möglicherweise gewaltsam verschwundenen Herren aus Bellas Dunstkreis", warf Bernauer ein. „Da sind auch Notlügen so extrem belastend, dass ich als näherer Bekannter der Weiden als befangen gelten muss."

Von der Vorliebe Bellas für „Gemütsaufheller" hatte er vorsichtshalber noch nichts erwähnt. Es wäre auch gar zu peinlich gewesen, wenn er erklären müsste, wie er selbst in Venedig an dieses Wissen gekommen war. Zur Sprache kam also nur, dass zumindest ein Zusammenhang zwischen Bella und dieser Drogengesellschaft bestand.

„Nun ja", resümierte Sassmann, „das heißt doch alles noch lange nicht, dass die Weiden da überall mitmischt. Wenn ich nicht irre, ist dieser Teppichhändler ein aufgeblasener Tropf und macht Eindruck auf die Damen. Bei Recherchen kommen dann oft peinliche Dinge zu Tage und die Scham, so einem Kerl aufgesessen zu sein, tut ein Übriges. Wer weiß schon, wohin sich der Angeber verflüchtigt hat und was er auf dem Kerbholz hat. Man müsste einmal ganz einfühlsam mit der Weiden reden."

Bella und der Hofrat, was für ein hübsches Pärchen. In seinem Wohlwollen würde er unweigerlich sogar den Teufel gegen den Beelzebuben austauschen, um die holde Weiblichkeit zu schonen. Also überging Bernauer dieses Thema sofort.

„Hofrat Sassmann", fasste er eilig zusammen, „wir haben bis jetzt lediglich einen Mordfall, diesen Johann Mahler, genannt Rabbi Joe, zu bearbeiten. Abgesehen natürlich vom erschlagenen Sohn der Wiener Klavierspielerin.

Dass der Teppichhändler Söderbaum, sowie der Nachtclubbesitzer Rosner, und auch noch der Sekretär des Botschafters Rehberg, samt mit ihren Fahrzeugen verschwunden sind, ist Gott sei Dank Sache eines anderen Dezernats."

„Also hören Sie", sagte Sassmann, „dass Bella Weiden einige dieser Personen persönlich gekannt hat und daher ein wenig herumgemogelt hat, als tauglichen Beweis anzusehen ist doch wirklich an den Haaren herbeigezogen. In solche Dinge verwickelt zu sein, ist wahrlich eine Nummer zu groß für das Mädel."

„Mag sein, beziehungsweise hoffe ich für Bella, dass es sich hier um unglückliche Zusammentreffen handelt, aber der Teppichhändler ist eine der wenigen Spuren, die ich im Mordfall Rabbi Joes verfolgen kann und Bella ist nun einmal die einzige, die mit ihm noch zusammen war, nachdem er die Bar verlassen hat und auf deren Grundstück sich Rabbi Joe vor seinem Tod nachweislich aufhielt."

„Und was ist mit diesem Bert aus dem Fitness-Studio? Der dealt doch ganz offen, ich kann mir nicht vorstellen, dass er wirklich so ahnungslos ist, wie er sich gibt."

„Ja, das ist alles richtig, aber es fehlt bei ihm jeder Zusammenhang zum Verschwinden der Männer und unserem Toten auf der Straße durch den Wald."

In Abstimmung mit dem zuständigen Dezernat wurde jetzt die Presse in die Suche nach den abgängigen Männern eingeschaltet, sowohl mit deren Fotografien als auch den Symbolfotos der ebenfalls verschwundenen Fahrzeuge samt Bekanntgabe der amtlichen Kennzeichen.

Über Nacht schlug das Wetter um. Das Hochbarock des Sommers, das in einen goldenen Herbst übergehen sollte, war verschwunden, das Laub, welches in allen Farben erglühen sollte, nahm eine unansehnlich bräunliche Farbe an und die grauen Schwaden der Frühnebel schienen sich über den ganzen Tag hin nicht aufzulösen.

Lustlos holte Bernauer seinen Kaschmirmantel aus dem Kasten und stellte bei einem Blick in den Spiegel leider fest, dass sich der leichte Anzug, den er halsstarrig immer noch trug, augenscheinlich optisch mit diesem wärmeren Kleidungsstück nicht vertrug. Zumindest wirkten die Hosenbeine unter dem Rand des Mantels merkwürdig dünn und fadenscheinig.

Ärgerlich begann er, den Anzug zu wechseln, musste dabei natürlich auch die Schuhe ausziehen, um endlich dann festzustellen, dass auch die Krawatte farblich nicht mehr den übrigen Kleidungsstücken entsprach.

Als er dann derart gestresst mit zwanzig Minuten Verspätung die Wohnung verließ, wurde ihm deutlich, dass er diesen Tag in einem Stimmungstief verbringen würde. Als ihm dann vor der Haustüre noch ein leichter Nieselregen entgegenstob, befand er sich seelisch in einem derartig unwirschen Zustand, dass er bereits jeden bedauerte, der ihm heute irgendwie ungeschützt in die Quere kommen sollte.

Um neun Uhr kam der erste Anruf. Eine ältere Dame, die mit ihrem Hund täglich in den Park nahe der Bürgerwehr Mönchsberg wanderte, hatte in der Zeitung die Suchanzeigen gelesen und war überzeugt, den abgebildeten schwarzen Jaguar mit dem angeführten Kennzeichen mindestens zwei Mal in der Neutorstraße gesehen zu haben. Der Wagen kam ihr damals von oben herunter entgegen und sie glaubte sich auch zu erinnern, dass sie ihn bereits auf einem kleinen Parkplatz am Ende der Straße wahrgenommen hatte. Dem Fahrer war sie nur einmal näher gekommen, als er wegen des Gegenverkehrs kurz neben ihr anhalten musste, konnte ihn aber nicht ausreichend beschreiben. Jedenfalls war es ein Mann so zwischen Fünfzig und Sechzig gewesen, blond mit zurückgekämmtem Haar.

„Ein überaus disziplinierter Fahrer", sagte sie, „ist immer höchstens dreißig Stundenkilometer gefahren, sehr rücksichtsvoll."

Da die Frau selbst keinen Wagen besaß, gab Bernauer den Auftrag, sie mit der Funkstreife zur Protokollaufnahme ins Präsidium zu bringen.

Leider musste die Sache einige Tage verschoben werden, denn die Zeugin konnte wegen einer Verkühlung das Haus nicht verlassen.

Inzwischen hatte es zu regnen begonnen und als Bernauer vor dem Präsidium aus dem Wagen stieg, fegte der Wind über ihn hinweg und trieb ihm eine Welle schmutziges Regenwasser vom Autodach her ins Gesicht.

Notdürftig gesäubert und mit einem Dreifachespresso im Pappbecher aus dem Automaten saß er nun an seinem Computer und überlegte. Über Google hatte er sich die passende Straßenkarte gesucht und betrachtete den Verlauf der Neutorstraße. Nicht allzu weit weg, über eine Abzweigung hin, erreichte man direkt die Villa Gundulas. Dies mochte natürlich Zufall sein und ebenso unsicher war es, dass die Frau tatsächlich den gesuchten Wagen gesehen hatte, vor allem aber, wieso erinnerte sie sich an das Kennzeichen, wenn es für sie seinerzeit doch keinen Grund gegeben hatte, sich näher damit zu befassen? Vielleicht handelte es sich ohnehin wieder nur um einen der vielen sinnlosen Hinweise, die in solchen Fällen haufenweise im Präsidium eintrafen.

Gegen Mittag erreichte ihn dann der Anruf seines Freundes Markovsky aus Linz, der sich für den nächsten Tag ankündigte, da er bei einer Verhandlung vor dem Bezirksgericht Salzburg als Zeuge in einem Verkehrsunfall geladen war. Nach der Verhandlung, beschlossen sie, würden sie zusammen Essen gehen.

Bernauers Laune sank immer tiefer, denn mehr und mehr verlor er den Durchblick, ständig schien die Szene zu wechseln. Ging es nun um Rauschgift, die SM-Szene oder beides in unmittelbarem Zusammenhang? Verschwanden die Männer aus freien Stücken und wenn ja, warum und wohin? Natürlich bestand auch die Möglichkeit einer Mordserie. Waren alle womöglich in die Fänge der Drogenmafia geraten? Hier in Salzburg? Dafür sprach allerdings, dass eine so reibungslose Abwicklung ohne einen wirklich verlässlichen Hintergrund kaum möglich war. Beste Beziehungen zu kriminellen Kreisen waren jedenfalls obligatorisch, aber auch hier schienen die Ermittlungen steckengeblieben zu sein.

In der SM-Szene gab es zurzeit keinerlei Auffälligkeiten, da sie sich so gut wie nur im privaten Rahmen abspielte und Rosner bereits vor seinem Verschwinden im Hinblick auf seine Kunden alles bedeckt gehalten hatte.

Nach einer eingehenden, aber praktisch nutzlosen Unterhaltung mit Hofrat Sassmann und einigen unergiebigen Telefonaten mit den entsprechenden Dezernaten im Haus, begann der übliche Zeugenterror, der wie immer, jedem Aufruf in den Medien folgte.

Bernauer beschloss, auf ein gefiltertes Ergebnis zu warten und entschied sich dann dafür, den Tag im Büro bereits am frühen Nachmittag zu beenden.

Auf dem Parkplatz vor dem Präsidium hatte zwar der Regen inzwischen aufgehört, aber die Windschutzscheibe seines Wagens war dicht mit braunem Laub bedeckt und er begann, missmutig mit dem Eisschaber das klebrige Zeug zu beseitigen.

Als er unmutig im Schneckentempo über die verstopfte Salzachbrücke kroch, kam ihm überdeutlich zu Bewusstsein, dass die Zeit wieder gekommen war, in der sich viele Autofahrer wie Hirntote über die Straßen bewegten. Entweder fuhren sie zu schnell für die Witterung oder so betulich, als wäre die Straße mit rohen Eiern bedeckt, die es nicht zu beschädigen galt.

Das war nun leider aber unabänderlich, und da er bereits ohnedies mitten im Verkehr steckte, konnte er vielleicht Zeit sparen, wenn er sofort die kranke Zeugin am Mönchsberg aufsuchte und ihre Aussage entgegennahm.

Er rief sie an und sie stimmte bereitwillig dieser Möglichkeit zu. Bernauer konnte sich sogar des Eindrucks nicht erwehren, dass ihr diese Abwechslung sehr gelegen kam.

Das Grundstück der Zeugin, mit dem einfachen Arbeiterhäuschen, lag knapp unterhalb der Neutorstraße und Bernauer mühte sich damit ab, seinen Wagen in eine winzige Parklücke der Seitenstraße zu manövrieren.

In Weste und Morgenmantel gewickelt öffnete die Frau die Türe und ein kleiner, grauer Schnauzer sprang Bernauer freundlich kläffend an, vermutlich hoffte er auf ein wenig Bewegung im Freien. Zum Glück hatte er jetzt noch trockene Pfoten.

„Das erste positive Ereignis heute", dachte Bernauer, „schlimm wäre, wenn er sein Geschäftchen bereits vor dieser Begrüßung im matschigen Garten erledigt hätte."

Der Wohnraum, in den Bernauer nun kam, war tadellos sauber und einfach, aber geschmackvoll möbliert.

Also nahm er nicht nur aus Höflichkeit die Einladung zu Kaffee und Marmorkuchen an und hatte es auch nicht wirklich eilig, zur Sache zu kommen.

Von seinem Platz am Tisch aus sah er hinaus bis auf die Neutorstraße und unter dem Eindruck des feuchten windigen Wetters außer Haus, genoss er die nette Jause in der freundlichen Stube mit noch zufriedenerem Vergnügen.

Als die Zeugin das Kaffeegeschirr abräumte und Bernauer den Laptop auf dem Tisch platzierte, fiel sein Blick auf einen dunkelblauen Jaguar, der durch die lang gezogene Rechtskurve der Straße auf ihn zukam. Bevor er, dem Straßenverlauf folgend, vor dem Haus abbog, erkannte Bernauer das Linzer Kennzeichen. Es handelte sich eindeutig um den Wagen seines Freundes Markovsky.

Nachdem die Gerichtsverhandlung, zu der Markovsky geladen war, erst am nächsten Vormittag stattfinden sollte, wurde Bernauer klar, wo dieser die heutige Nacht verbringen würde.

Gundula war immer noch eine Schönheit und Bernauer vergönnte seinem Freund jedes Vergnügen, aber jetzt, wo er selbst im Haus einer Zeugin saß, die eines der gesuchten Fahrzeuge eben hier, in dieser Straße nahe der Villa Gundulas gesehen haben wollte, wünschte er sich, die Zeugin doch nicht in ihrem Haus aufgesucht zu haben.

Auch wenn er keine Sekunde an der Integrität Markovskys zweifelte, ließ sich der Kriminalist in ihm nicht verleugnen. Wie oft war sein Freund schon mit Gundula zusammen gewesen? Oder hatte die Zeugin womöglich die Farben Schwarz und Dunkelblau verwechselt und nicht den gesuchten, sondern Markovskys

Wagen gesehen? Es kam natürlich auch darauf an, wie gut ihre Augen waren, aber andererseits konnte sie auch bei viel Phantasie ein Linzer Kennzeichen nicht mit einer Salzburger Nummerntafel verwechseln. Aber hatte er nicht selbst kurz vorher Bedenken zur Merkfähigkeit der Zeugin gehabt?

„Nein", dachte er, „das ist lediglich einer der komischen Zufälle, die eigentlich kein Mensch vermuten würde."

Auch bei eingehender Unterhaltung mit der alten Frau blieb diese wortgetreu bei ihrer ersten Behauptung, sie habe den schwarzen Wagen, der in der Zeitung abgebildet gewesen wäre, gesehen und es gelang ihm auch nicht sie zu verunsichern, als er gekonnt versuchte ihr einige Fallen zu stellen.

Es musste also diesen schwarzen Jaguar gegeben haben, der vom Mönchsberg herab auf die Zeugin zugefahren war. Sollte er womöglich wirklich von Gundula gekommen sein?

Wenn ja, aus welchem Grund, fragte sich Bernauer, denn dass Gundula mit Rauschgifthandel zu tun hätte schien geradezu lächerlich und in der SM-Szene war sie noch weniger vorstellbar. Gundula war eine Dame der Upper Class und keine hartgesottene Perverse oder Kriminelle.

Nach der Gerichtsverhandlung am nächsten Tag traf Markovsky pünktlich und unbefangen im Gasthof Zum Stern ein. Obwohl es nicht zur Gewohnheit der beiden gehörte, sich durch dienstliche Gespräche beim mittäglichen Genuss stören zu lassen, kam das Thema Drogenhandel zur Sprache, noch bevor Gänsebraten mit Rotkraut serviert worden war.

Markovsky hatte in der Linzer Szene einige Recherchen durchführen lassen, bis jetzt jedoch ohne Erfolg. Die gesamte Zeit über war er, wie immer, gut gelaunt und interessiert, jedoch mit keinem Wort erwähnte er, dass er bereits am Vortag angekommen war und langsam begann Bernauer, seiner eigenen Wahrnehmung zu misstrauen. Hatte er sich vielleicht doch geirrt und es hatte sich lediglich um einen ähnlichen Wagen gehandelt. Warum sollte sich in Salzburg nicht auch ein Linzer mit ähnlichem Kennzeichen aufhalten? Eigentlich beabsichtigte Bernauer ihn auf die Sache hin anzureden, aber nun war er unsicher geworden. Wenn es tatsächlich Markovsky gewesen war, den er gesehen hatte, warum verlor dieser dann kein Wort darüber? Wenn es einen Menschen gab, mit dem er rückhaltlos über alles reden konnte, so war es Bernauer, wozu also diese Heimlichkeit? Es konnte nur eine Erklärung geben: Diesmal war dem Freund die Sache ernst und er wollte nicht darüber reden, ehe er die Situation klären konnte. Unter diesen Umständen war es für Bernauer natürlich zwingend darüber zu schweigen, denn es bestand die Gefahr, dass zwischen den beiden vielleicht doch ein unbeabsichtigtes Wort fiele und Gundula aufmerksam würde.

Aber, woher war der vermisste Feinkosthändler samt seinem Jaguar, den die Zeugin gesehen haben wollte, nun wirklich gekommen und wo befand er sich jetzt?

Da die beiden Kriminalisten, wie immer, wenn sich Markovsky in Salzburg aufhielt, am Abend zum Bridge gingen und sich Gundula im Club unverbindlich und fröhlich verhielt, war Bernauer sicher, dass er die nächste Zeit ein weiteres ungelöstes Rätsel mit sich herumzuschleppen hatte.

Bernauer hatte noch kaum sein Zimmer betreten, als er bereits ins Büro Hofrat Sassmanns beordert wurde. „Setzen Sie sich doch, Bernauer", sagte Sassmann und zeigte resigniert auf einen Fauteuil seiner Sitzgarnitur. „Ein einziger Haufen von Peinlichkeiten", verkündete er dumpf, „Sie wissen vermutlich noch nicht, wovon ich rede?"

Bernauer überlegte:
„Der Staatsanwalt?", fragte er vorsichtig.
„Genau dieser."

Bernauer war absolut nicht in Stimmung für ein vorbereitendes Ratespielchen, das vermutlich zugunsten privater Anliegen des Staatsanwaltes geführt werden sollte, also wartete er stumm, bis Sassmann wieder zu reden begann.

„Um halb Acht, buchstäblich um halb Acht Uhr früh, hat er mich heute schon angerufen."

Er beobachtete scharf die Reaktion Bernauers, die allerdings ausblieb. Also setzte er fort:

„Natürlich geht es wieder um seinen Neffen. Er wurde gestern Abend von der Polizei abgeführt und sogar ein Arzt musste beigezogen werden."

Bernauer schwieg weiter und Sassmann sagte anklagend: „Haben Sie nicht gesagt, er wäre in Substitutionstherapie?"

„So war es bei seiner Entlassung aus dem Krankenhaus vereinbart."

„Und wie geht diese Therapie vonstatten, wissen Sie das?"

„Ich bin zwar kein Mediziner, aber im Moment scheine ich auf gewisse Kenntnisse in dieser Materie angewiesen zu sein."

„Na reden Sie schon, irgend etwas muss ja wohl geschehen jetzt. Um halb Acht hat dieser ..., na Sie wissen schon."

Es musste ihn also schrecklich geärgert haben, daher achtete Bernauer sorgsam darauf, Hofrat Sassmann weitgehend zu schonen und seine medizinische Erklärung nicht belehrend, sondern rein aufklärend zu formulieren.

„In Fällen wie dem Neffen des Staatsanwaltes", bei dessen Erwähnung wurden die Augen Sassmanns noch schmaler, „soll der Verzicht auf Heroin durch eine legale Ersatzdroge, die zu keiner Abhängigkeit führt, erleichtert werden. Der große Vorteil gegenüber dem Entzug liegt darin, dass der Patient in ständigem Kontakt mit dem Arzt ist und dadurch auch das Rückfallrisiko bedeutend geringer wird."

„Das Hauptaugenmerk liegt dann also nicht auf dem Entzug selbst, sondern der Begleitung aus der Sucht?"

„Ja, das sollte der Sinn sein."

„Also kein Heroin mehr für den Neffen des Staatsanwaltes?"

„Nein, ich glaube der Junge bekommt Methadon."

Hofrat Sassmann schnaubte freudlos.

„Großartig. Nur, das Bürschchen erschien gestern Abend im einem Fitness-Studio, verlangte nach Bert, das ist der Besitzer dieses Gesundheitstempels, und versuchte, von ihm Heroin zu bekommen, aber der forderte ihn auf, sofort zu verschwinden. Daraufhin begann der junge Mann lauthals zu randalieren, stieß Drohungen aus, bewaffnete sich mit einer Hantel und schlug damit nach einem Trainer, der ihn hinausdrängen wollte. Ein Gast, der sich eingekeilt sah und höchst bedroht fühlte, rief die Polizei. Daraufhin wurde der jugendliche Rabauke mitgenommen und sitzt in einer Zelle."

„Und als der Bursche wieder bei Sinnen war, stellte sich heraus, dass es sich um den Neffen des Staatsanwaltes handelte?"

„Ja, und seit sieben Uhr dreißig weiß ich es auch", bemerkte Sassmann säuerlich.

Ganz so herzlos betrachtete Bernauer den Vorfall dann doch nicht.

„Der Kerl hat vermutlich einen Arzttermin nicht eingehalten und das bedeutet zwangsweise, dass er sich

171

auf ‚kaltem Entzug' befand und deshalb renitent wurde. Das sollen Schmerzen zum Wahnsinnigwerden sein."

Als sich Sassmann nicht äußerte, sah Bernauer plötzlich eine Möglichkeit, aus dieser unangenehmen Sache Kapital zu schlagen.

„Hofrat", sagte er, „wenn wir dem Staatsanwalt jetzt entgegenkommen, die Sache aufgrund der besonderen medizinischen Umstände fallen lassen und den Neffen ohne Aufsehen in die Obhut seiner Mutter geben, allerdings mit der Auflage, dass die Arzttermine zukünftig streng eingehalten werden müssen, steht er doch sozusagen in unserer Schuld, oder nicht?"

Sassmann lächelte verstehend.

„Er könnte für eine richterliche Anordnung zur Durchsuchung des Fitnessstudios sorgen?"

„So ist es, Hofrat Sassmann."

Die Hausdurchsuchung im Studio Bert erwies sich als erfolgreich. Auch hier wurden leere Verpackungsschachteln mit dem Aufdruck der Linzer Augenärztin gefunden, die offenbar dazu vorbereitet waren, mit Drogen aus dem Tresor gefüllt zu werden. Zudem hatten sich einige Reisepässe gefunden, die noch keine Fotos aufwiesen, also wurden sie zur Verifizierung beschlagnahmt.

Außerdem ergab eine Überprüfung von Berts Handygesprächen, dass reger Kontakt mit dem Barkeeper in Rosners Lokal bestand, sowie mit einem praktischen Linzer Arzt, der einen größeren Kreis von Heroinpatienten therapierte.

Gegen diesen Arzt waren zwar bereits die Ermittlungen des Drogendezernats angelaufen, aber Bernauer und Markovsky blieb der Einblick ziemlich verwehrt, denn die verschiedenen Dezernate hüteten die Ergebnisse ihrer Erhebungen wie Hennen die Eier, auf denen sie brüteten.

Dieses Schicksal würden allerdings mehrere Zuständigkeiten teilen, denn die Standesvertretung der Ärzte, das Rauschgiftdezernat und die Staatsanwaltschaft würden stillschweigend um jeden kleinen Erfolg fighten und dabei ging es nicht mehr nur um den Linzer Allgemeinmediziner, auch die Augenärztin Dr. Kronlachner rückte als potenzielle Mittäterin im Drogengeschäft ins Visier der Erhebungen.

Telefonische Kontakte zwischen den beiden Linzer Medizinern konnten zwar nicht festgestellt werden, allerdings wurde der Tod des Junkies im Stiegenhaus zur augenärztlichen Praxis unter dieser neuen Prämisse wieder aufgerollt. Die Mordkommission ermittelte jetzt parallel mit dem Rauschgiftdezernat, sodass sich Dr. Kronlachner wohl oder übel den Befragungen unterziehen musste und ausführlich zu antworten hatte, denn ein Zusammenspiel der beiden Linzer Ärzte schien zunehmend plausibler.

Auch die hübsche blonde Vorzimmerdame, die letztlich den Toten gefunden hatte, geriet ins schärfere Visier der Linzer Mordkommission. Unter gewissen Bedingungen war auch ihre Beteiligung gar nicht mehr so undenkbar.

„Ich glaube", sagte Dr. Kronlachner, anlässlich einer Einvernahme im Präsidium, „dass ich bereits mehr als ausgiebig und bereitwillig erklärt habe, dass ich keine Ahnung von all diesen Vorgängen habe. Ich kenne den Kollegen nicht, noch irgendeine der involvierten Personen, die angeblich meinen Namen auf dem Verpackungsmaterial benutzen, noch hatte ich je mit Drogen oder derartigen Dingen zu tun."

„Und Sie hatten nie die geringsten Bedenken bezüglich Ihres Patienten, den man knapp nach der Behandlung tot ihm Treppenhaus aufgefunden hat?"

„Sie meinen, weil sich herausgestellt hat, dass er süchtig war?"

„Zum Beispiel."

„Der Mann schien in gutem körperlichen Zustand zu sein und selbst, wenn er voll auf Drogen gewesen wäre, glauben Sie wirklich, ich hätte ihn deswegen nicht behandelt? Ich bin Ärztin und nicht Hüterin der öffentlichen Moral."

„Das ist auch nicht der Punkt", sagte Markovsky, „es geht vielleicht nur um die Art der Behandlung."

Dr. Kronlachner schüttelte den Kopf und erwiderte herablassend: „Dazu haben Sie sich allerdings auf meine Fachkompetenz zu verlassen. Eine diesbezügliche Erörterung wäre für Sie nämlich nutzlos, da leider wenig verständlich."

Markovskys unfehlbarer Charme schien erstmalig hier nicht im mindesten anzukommen.

„Außerdem", fuhr sie fort, „für wie bescheuert halten Sie mich eigentlich, dass ich meine eigenen Aufdrucke

für den Transport von Drogen verwende und derartige Geschäfte auch noch von meiner Praxis aus führe?"
Markovsky sah sie ernst an.
„Ich halte Sie eher für überaus klug, doch das Auftauchen des Süchtigen in Ihrer Praxis könnte ein äußerst gefährlicher Lapsus gewesen sein, der berichtigt werden musste."
Hier kam Markovsky ein wenig außer Tritt, denn die Ärztin zeigte erstmals eine gewisse Regung.
Sie lächelte offensichtlich erstaunt, schüttelte den Kopf und sagte bestätigend: „Und eine kluge Frau, wie ich, tut sofort, was getan werden muss und schon ist die Gefahr vorüber."
Zeit zu antworten hatte er nicht, denn sie ergänzte seelenruhig: „Aber leider kommt, wenn Gras über eine Sache gewachsen ist, meistens ein Esel und frisst es weg. Und das könnte mir jetzt passieren, wollten Sie doch andeuten, nicht wahr?"
Markovsky fühlte sich überfordert. Noch nie hatte ein weibliches Wesen ihm und seinem Charme so maliziös widerstanden und ihm dann auch noch eine derart dreiste Antwort gegeben, gegen die er aber ziemlich machtlos war, da die Ärztin die Form einer allgemein gebräuchlichen Redensart gewählt hatte.
Als erfahrener Ermittler überging er also die Provokation mit dem ‚Esel' und fuhr weiter fort: „Auch wenn gewisse Argumente dagegen sprechen, wäre es doch geradezu genial, bei Drogentransporten die Adresse einer Augenarztpraxis anzugeben, kein Mensch würde

da Verdacht schöpfen, eher wären Zusammenhänge bei einem praktischen Arzt denkbar."

„Eine geniale Folgerung, wenn Sie es mit Dummköpfen zu tun haben", parierte die Ärztin, „aber wenn Sie außer Vermutungen irgend einen konkreten Zusammenhang finden oder sonstige Beweise, wie zum Beispiel meine Fingerabdrücke auf wenigstens einer Ihrer Schachteln, dann werde ich meinen Anwalt verständigen und wir stehen Ihnen gerne bei der Wahrheitsfindung zur Verfügung. Ich nehme an, ich kann jetzt gehen."

Sie erhob sich und lächelte spöttisch.

„Vielleicht interessiert Sie auch meine Buchhaltung? Da habe ich nämlich das Honorar für diesen möglicherweise tragischen Lapsus ordnungsgemäß eingetragen. So gefährlich, dass ich ihn hätte unterdrücken müssen, ist er offensichtlich doch nicht gewesen."

Der elfjährige Salzburger Jakob war ein stilles und schüchternes Kind.

Freunde hatte er nicht, denn obwohl er gutmütig und verträglich war, hatte er Sprachprobleme, er begann nämlich zu stottern, wenn er auch nur mehr als zwei Worte sagen wollte. Dies brachte ihm, wie es bei Kindern oft vorkommt, Spott und Hänseleien ein.

Also saß er am liebsten vor seinem Computer, oder sah aus dem Fenster seines Zimmers im zweiten Stock, dem Straßenverkehr zu.

Nach der Schule wollte er Automechaniker werden und seine kühnste Hoffnung war, vielleicht einmal in einem Rennstahl unterzukommen, denn er liebte schnelle Wagen, sammelte deren Bilder und jede Art Lektüre über sie.

Besonders erfreulich war es daher für ihn, dass, wenn die Ampel an der Kreuzung unter seinem Fenster auf Rot stand, die Fahrzeuge für einige Minuten anhalten mussten und er so die beste Gelegenheit hatte, ausgefallene Modelle zu fotografieren und auf seinem Computer zu speichern.

Natürlich stieß er im Internet sehr bald auf die Suchmeldungen mit den Symbolbildern der verschwundenen Wagen samt Autokennzeichen.

Aufgeregt glaubte er sich zu erinnern, dass er zumindest zwei davon bereits gesehen hatte, nämlich einen roten Testarossa und den schwarzen Jaguar. Ein Blick in seine Computersammlung bestätigte diese Vermutung, auch die Kennzeichen stimmten perfekt mit den Bildern auf seinem Computer überein.

Diese Fotos hatte er geschossen, als von Zeit zu Zeit verschiedene interessante Autotypen in den tief unter seinem Fenster liegenden Schrottplatz einbogen und dann in der weiter hinten liegenden Garage verschwanden. Auch aus diesem Grund war es erfreulich für ihn, dass er von seinem Zimmer aus über ein niedriges Haus und den Schrottplatz hinweg sehen konnte.

Was sollte er jetzt tun? Seine Mutter war den Tag über berufstätig, also war er allein auf sich gestellt. Wenn er nun die Polizei anrief und sagen sollte, was er wusste, würde er sich lediglich peinlich verhaspeln, da war er ganz sicher. Aber er wollte es jetzt erledigen, jetzt sofort.

Nach kurzer Überlegung suchte er die E-Mail-Adresse des Polizeipräsidiums heraus und sandte eine entsprechende Nachricht samt den Fotos der Fahrzeuge im Anhang an diese Dienststelle.

Die Antwort kam prompt, man wollte Näheres über seine Beobachtungen wissen.

Jakob gab die gewünschte Auskunft, teilte den Beamten aber gleich vorsorglich mit, dass er erst elf Jahre alt sei und seine Mutter vor achtzehn Uhr nicht zu Hause sein würde.

Noch am selben Abend erschienen zwei Polizeibeamte, ließen sich von dem Jungen die Garage zeigen, in der die Autos verschwunden waren und sahen mit Jakob auch die restlichen Fotos an, die er gemacht hatte.

„Hast Du diese Wagen dann auch gesehen, als sie die Garage wieder verlassen haben?"

„Nein", sagte Jakob, „keinen einzigen. Aber ähnliche schon, in verschiedenen Farben halt."

Nur der Mutter des kleinen Jakob war es aufgefallen: Jakob hatte das Gespräch mit den Polizisten fließend und ohne jede Behinderung geführt.

„Das ist ja kaum zu glauben."

Hofrat Sassmann war überzeugt davon, mit so ziemlich allen Eventualitäten auf dem Gebiet der Kriminalität vertraut zu sein, aber bisher waren ihm nur Fälle untergekommen, bei denen Menschen verschwanden und die Fahrzeuge zurückließen, oder Fahrzeuge, die ihren Besitzern gestohlen worden waren. Aber dass die Autos wieder auftauchten und die Menschen verschwunden blieben und das Ganze auch gleich in Serie, verwirrte ihn sichtlich.

„Bernauer", meinte er beunruhigt, „hier geht es zwar in erster Linie um Besitz, aber wir haben menschliches Leben zu schützen und da besteht Gefahr im Verzug. Wenn Sie sofort eine Durchsuchung der beschriebenen Garage vornehmen wollen, ich halte Ihnen den Rücken frei."

Einen Tag später tauchten am Schrottplatz gegen zehn Uhr vormittags überraschend mehrere Beamte auf. Der alte Wohnwagen, der anscheinend als Büro dienen sollte, war verschlossen, das Gelände, auf dem eine Menge Gerümpel verteilt lag, menschenleer und auch in der dahinterliegenden, verschlossenen Garage rührte sich nichts.

Plötzlich eilte von der Straße her eine Frau auf das Gelände zu, blieb aber überrascht stehen, als sie die uniformierten Polizisten samt deren Begleitung wahrnahm. Schnell versuchte sie wieder zu verschwinden, wurde aber von den Beamten angehalten.

Sie musterte die Männer mit sichtlich schlechtem Gewissen, fragte aber dann doch neugierig: „Ist vielleicht eingebrochen worden von dem Gesindel, das sich da herumtreibt? Den alten Angerbauer werdet Ihr doch wohl nicht suchen?"

„Doch, doch, genau den suchen wir", antwortete der Beamte in Uniform, „haben Sie eine Ahnung, wo man ihn erreichen kann?"

„Der ist doch längst im Heim, wirr ist er im Kopf, der alte Spinner", meinte sie, „was wollen Sie denn von dem?"

Bernauer mischte sich ein: „Wer führt denn diesen Schrottplatz?" fragte er.

„Niemand führt den mehr, so weit ich weiß, ist das Ganze stillgelegt. Die Garage ist, glaube ich, vermietet, aber wie und an wen, kann ich Ihnen nicht sagen."

Sie überlegte: „Wahrscheinlich an einen Betrieb, der sie für die Autos seiner geschäftlichen Gäste benutzt, wenn sie sich einige Tage in Salzburg aufhalten."

„Wie kommen Sie denn zu dieser Vermutung?", hakte er nach.

„Na, ja", meinte sie, „schöne teure Autos sieht man hier und sie bleiben nie sehr lange, diese Gäste, wie es halt bei Geschäftsreisenden so üblich ist."

„Sie sehen also die Wagen kommen und abfahren?"

„Das eigentlich nicht, aber da maximal zwei Autos in der Garage Platz haben, müssen die anderen wegge-fahren sein, bevor die nächsten kommen, sage ich mal."

„Und was wollten Sie heute hier, bevor Sie wieder um-gekehrt sind?"

„Ich", sagte sie vorsichtig, „kürze, wenn es regnet oder zu kalt zum Radfahren ist, gern meinen Weg über den Schrottplatz ab." Da ganz augenscheinlich eine weitere Erklärung erwartet wurde, zeigte sie auf das ungefähr dreihundert Meter dahinter liegende Fabrikgebäude und fügte zögernd hinzu: „In das Werk kann man auch über den Schrottplatz und dann den Parkplatz kommen, dort arbeite ich nämlich."

„Wo wohnen Sie denn?"

Sie zeigte in Richtung Kreuzung. „Dort drüben, das braune Haus, ich habe die Mansardenwohnung."

Sie lebte also zwei Etagen über dem kleinen Jungen, der die Fahrzeuge fotografiert hatte.

„Da haben sie ja einen umfassenden Blick über den Schrottplatz hin", stellte Bernauer fest.

„Ja und nein", meinte sie, „in der Mansarde sind die Fenster so hoch oben, dass ich eine kleine Leiter benützen muss, um sie zu öffnen oder hinauszuschauen, was ich aber nur manchmal tue, bevor ich durch den Schrottplatz gehe oder lüfte."

„Aber Sie wissen schon, dass das Betreten des fremden Grundstücks verboten und außerdem gefährlich ist?", fragte Bernauer.

„Gefährlich sind wahrscheinlich nur die Rowdys mit den großen Maschinen, die hier manchmal zwischen dem Gerümpel herumkurven. Deshalb sehe ich auch zuerst hinunter, bevor ich durchgehe. Sie werden mich doch jetzt nicht anzeigen?"

Die Angabe der Passantin deckte sich auffällig mit der Behauptung des kleinen Jungen, es kämen immer hochpreisige Wagen an und blieben offensichtlich nur kurze Zeit, aber wohin verschwanden sie dann, beziehungsweise, wer holte sie ab?

Das Garagentor war schwieriger zu öffnen als vermutet und es dauerte beinahe eine halbe Stunde, bis sie den schalldicht gedämmten Raum betreten konnten. Die Doppelgarage war leer, bis auf eine Menge von Gerätschaften, die zum Abschleifen und Lackieren von Fahrzeugen dienten. Außerdem gab es eine Menge Werkzeug, wie es in einer Autoschlosserei verwendet wurde.

Hofrat Sassmann schüttelte den Kopf.
„Das ist ja nicht zu fassen", meinte er, „mitten in einem verbauten Bezirk werden Fahrzeuge perfekt umgerüstet und kein Mensch ahnt etwas von den krummen Geschäften, die praktisch vor aller Augen geschehen."
„Wirklich schlimm ist, dass die Behörden nicht einmal einen Verdacht hatten", führte Bernauer weiter aus, „aber der zugrunde liegende Gedanke ist ja geradezu genial. Die Fahrzeuge werden zu einer Zeit, in der die Besitzer noch nicht vermisst werden, in aller Ruhe in die Garage auf dem Schrottplatz gefahren und so bald sie umlackiert sind, werden sie, sogar wenn das Fahrzeug inzwischen bereits gesucht würde, nicht mehr wiedererkannt. Die Wagen können also gefahrlos in aller Öffentlichkeit überall hin befördert werden."

„Dann müssen nur noch die Fahrzeugpapiere geändert werden und auch dafür muss es einen Weg geben", stellte Sassmann fest.

„Geändert kaum", behauptete Bernauer, „den aufgefundenen Geräten nach werden manchmal sogar Fahrgestell- und Motornummer verändert."

„Man kann diese Wagen dann überhaupt nicht mehr identifizieren?", fragte Sassmann überwältigt.

„Es gibt zwar eine Methode, auch ausgestanzte Fahrgestellnummern festzustellen, aber sie ist schwierig und vor allem müsste erst ein begründeter Verdacht bestehen."

„Reiner Zufall also. Aber trotzdem, es geht jetzt wieder ein wenig voran", resümierte der Hofrat. „Wesentlich zufriedenstellender wäre es allerdings, wenn sich nach der Klärung der Automisere auch eine Lösung für das Schicksal der Eigentümer finden würde."

„Da hege ich so meine Befürchtungen", sagte Bernauer skeptisch, „vermutlich sind die Fahrzeuge wesentlich lebendiger als ihre ehemaligen Besitzer."

Trotz aller bereits vorliegenden Fakten sah ihn Sassmann schaudernd an und schüttelte den Kopf.

„Nicht auszudenken, ich will es nicht glauben."

Aber Bernauer war nun nicht mehr zu einer besseren Sicht der Dinge zu bewegen.

„Ich könnte mir durchaus vorstellen, dass gelegentlich ein Mensch aus irgendeinem Grund von der Bildfläche verschwinden möchte und seinen teuren Wagen zu Geld macht. Aber, dass sich so unterschiedliche Typen wie diejenigen, mit denen wir in diesen Fällen zu tun haben, in Serie dazu entschließen, abzuhauen, und dabei alle nach dem gleichen Muster vorgehen, widerspricht jeder vernünftigen Mutmaßung."

„Sie geben meinem Optimismus also nur wenig Chance."

„Ich fürchte, er beruht auf hoffnungsvoller Spekulation." Sassmann erhob sich: „Ich habe noch nie so sehr darauf gehofft, dass Sie trotz Ihres untrüglichen Bauchgefühls mit Ihren Vorahnungen einmal das Spiel verlieren würden."

Resigniert erwiderte Bernauer: „Grundsätzlich könnte ich es ja verlieren, aber ich gewinne ständig."

An seinen Schreibtisch zurückgekehrt, ordnete er die Überwachung der Garage auf dem Schrottplatz an und gab Anweisung, die Verfügungsrechte an dem Objekt zu erheben.

Das Ergebnis traf überraschend schnell ein. Der Eigentümer des Grundstücks befand sich tatsächlich in einer Heimstätte für Demenzkranke und die Betreuung des Besitzes lag in der Hand seines Sohnes. Da der Betrieb eingestellt war, hatte man ein Schild an dem Schranken in der Zufahrt befestigt, welches das Betreten des Objekts verbot. Offensichtlich war es aber laufend ignoriert worden und lag seitlich neben dem Balken am Boden.

Der Sohn des Eigentümers behauptete allerdings, dass die Garage nicht vermietet worden sei. Gelegentlich habe er sich überzeugt, dass der Schwebebalken vor dem Eingang geschlossen war, aber dass das Warnschild auf den Boden gefallen war, hatte er noch nicht wahrgenommen. Von den Gerätschaften in der Garage wusste er ebenfalls nichts, außer, dass sich sein Vater dort eine kleine Werkstatt eingerichtet hatte, um verschiedene Arbeiten erledigen zu können. Er selbst wäre aber nie daran interessiert gewesen und deshalb wäre der Betrieb auch stillgelegt. Dass die Garage widerrechtlich von jemandem benutzt worden sei, wäre ihm bis jetzt jedenfalls unbekannt gewesen.

Der Mann log, dass sich die Balken bogen, daran gab es keinen Zweifel, aber logischerweise würde jetzt, da die Amtshandlung bekannt geworden war, auch niemand mehr bei der Garage auftauchen. Der Betrieb würde vermutlich anderswo hin verlegt werden, wenn auch die dazu erforderlichen Geräte nun nicht mehr aus dem Gebäude geholt werden konnten.

Aber, auch wenn die Spur hier abzureißen drohte, war zumindest ein Ende des Knäuels gefunden worden. Die Fahrzeuge der vermissten Personen hatten einvernehmlich oder widerrechtlich den Besitzer gewechselt und waren auf dem Schrottplatz, isoliert durch das Betriebsgelände und die Fabrik dahinter, gefahrlos zum Weiterverkauf umgerüstet worden.

Stellte sich nur noch die Frage, wie man sich, bei widerrechtlich erworbenen Fahrzeugen, die notwendigen Papiere beschafft hatte.

Die Zulassung pflegte der Fahrer eines Fahrzeugs bei sich zu haben, also konnte sie ihm abgenommen worden sein, aber wie kam man an den erforderlichen Typenschein? Hier handelte es sich um ein streng zu verrechnendes und dazu oberflächenversiegeltes Dokument, das schon von der Optik her schlecht ausgebessert werden konnte. Also kam da nur eine Neuausstellung in Frage.

Bernauer überlegte: Wenn man annahm, und da war er sich sicher, dass die Fahrzeuge ins Ausland verkauft wurden, hatte dort die Registrierung der Fahrzeuge im bisherigen Zulassungsland wenig bis gar keine Bedeutung mehr und wurde auch nicht überprüft. Es ging dann lediglich um die Echtheit der Fahrzeugdaten und des Besitzers, die in den neuen gefälschten Papieren tadellos ausgewiesen sein mussten und dass das Fahrzeug ordnungsgemäß abgemeldet war.

Wozu also gefährliche Änderungen in einem Typenschein vornehmen, wenn es eine Quelle gab, die derartige Dokumente anfertigen konnte? Dazu fiel Bernauer automatisch das Fitnessstudio Berts ein. Hatte man da nicht einige Blanco-Pässe gefunden und auch die Paketaufdrucke und die Briefbogen mit der Adresse der Linzer Augenärztin mussten irgendwo hergestellt worden sein, sofern Dr. Kronlachner die Wahrheit sprach und tatsächlich unbeteiligt war.

Bernauer lächelte amüsiert.

Diese Frau musste wirklich überaus clever und beherrscht sein, allein die Tatsache, dass sie von der Regel völlig abweichend, Markovsky so völlig unbeeindruckt abblitzen ließ, sprach bei Bernauer dafür, dass sie sogar für einen hartgesottenen Kriminalisten eine interessante und adäquate Gegnerin war.

Laut dem seinerzeit aufgenommenen Protokoll bei der Durchsuchung des Fitnessclubs hatte Adolf Bert angegeben, dass der Teppichhändler Söderbaum der Lieferant von Blanco-Pässen gewesen sei. Diese Behauptung bekam unter den geänderten Verhältnissen plötzlich eine völlig neue Bedeutung. Bert hatte unzweifelhaft bereits damals gewusst, dass der Teppichhändler nicht mehr auftauchen würde um sich zu verteidigen und damit war natürlich verbunden, dass Bert und seine Hintermänner bezüglich der Fälschung von Urkunden in Sicherheit waren. Andernfalls hätte er Söderbaums Namen niemals genannt, denn Verrat konnte in diesen Kreisen sehr schnell lebensgefährlich werden.

Da aber weiterhin Fahrzeuge umgerüstet worden waren, mussten die Typenscheine dazu, so wie seinerzeit die Pässe, von Bert oder einem seiner Geschäftspartner hergestellt worden sein.

Irgendwie standen also der illegale Autohandel und das Verschwinden der Fahrzeugeigentümer in engem Bezug zum Drogenhandel.

Alle Beteiligten kannten sich untereinander: Heinrich Rosner, alias „der schöne Heinz", Barbesitzer in Salzburg, der Teppichhändler Christian Söderbaum aus Salzburg, Johann Mahler, alias Rabbi Joe aus Wien,

Ewald Glaser, süchtiger Sohn der Klavierspielerin Martina aus Wien, der Barkeeper aus Rosners Bar und Adolf Bert, Inhaber des gleichnamigen Fitnessklubs in Salzburg, der nachweislich in ständiger Telefonverbindung mit dem Linzer Drogenarzt und dem Barkeeper aus Rosners Bar stand. War womöglich sogar die Linzer Augenärztin die graue Eminenz im Hintergrund? Sie befand sich als einzige in sicherer Entfernung und es war auch wesentlich leichter, Personen, die unliebsam geworden waren, in Linz verschwinden zu lassen, als in Salzburg, wo nach ihnen gesucht wurde.

Bernauer ließ sich mit Dr. Markovsky in Linz verbinden und teilte ihm vorerst mündlich die neuesten Ergebnisse mit, worauf sie beschlossen, die Augenärztin nicht nur vorzuladen, sondern auch eine Durchsuchung ihrer Ordination vorzunehmen.

Weitere Vorladungen ergingen auch an den Kellner aus Rosners Bar, Adolf Bert, den Inhaber des Fitnessstudios, und Amanda Dostal, die Geschäftsführerin von Rosners Bar. Für sie alle war nun das Ende der Schonzeit angebrochen.

Am Wochenende darauf herrschte eine bemerkenswert fröhliche Stimmung unter den Bridgespielern in Bernauers Club. Der Grund war das zwanzigjährige Bestehen dieses elitären Zirkels, der sich abgespalten hatte, als das seinerzeitige Clublokal im Café Bazar aufgegeben werden musste, da der Betrieb des Kaffeehauses geschlossen worden war. Erfreulicherweise hatte man dann diese Räumlichkeiten an einer der ersten Adressen der Stadt gefunden.

Der zwar an sich ziemlich sparsame Schatzmeister und Verwalter der Ressourcen des Clubs griff zu diesem Anlass ausnahmsweise etwas tiefer in die Vereinskasse und hatte sogar süße und pikante Häppchen samt Getränken bereitstellen lassen.

Als nun der Präsident des Clubs, Hubert von Haugsdorf, mit bewegenden Worten das denkwürdige Ereignis kommentiert hatte, griff man zu den Gläsern und beglückwünschte einander zu dem gelungenen Schritt von damals.

Dann sorgte das muntere Kleeblatt Bella, Nora, Anne und Gundula noch für Unterhaltung und trug abwechselnd ein witzig spöttisches Gedicht vor, das Gundi zu diesem Zweck verfasst hatte.

Wie immer, wenn es Spaß auf Kosten anderer gab, stieg die Stimmung augenblicklich und der Prosecco-Stand begann bedenklich zu kippen.

Bella, die Seidenbluse in den Bund ihrer Designerhose gestopft, hob das Glas: „Ich finde es immer wieder großartig, hier zu sein."

Sie hob bekräftigend den Zeigefinger ihrer rechten Hand, „und besonders dann, wenn ich daran denke, dass ich seinerzeit dem Irrtum aufgesessen bin, ich würde hier so einer Art gemütlichem Boccia-Club beitreten."

„Ich fürchte", sagte Anne, „dieser Meinung bist Du immer noch."

In das allgemeine Gelächter mischte sich die mahnende Stimme Haugsdorfs: „Plätze einnehmen, bitte, das Turnier beginnt."

Er deutete für Iris, die an diesem Abend seine Partnerin war, galant einen Handkuss über den Tisch hin an und ließ sich schwungvoll gegenüber nieder. Da Dr. Markovsky als Student bereits Bridge gespielt und sich bei der Spaltung des Clubs Hubert von Haugsdorf angeschlossen hatte, war auch er zum Gründungsjubiläum nach Salzburg gekommen und spielte natürlich zusammen mit Bernauer.

Gleich zu Anfang kamen Anne und Bella als Gegner an ihren Tisch, wobei Bella eine eigenartig gekünstelte Lebhaftigkeit, die vermutlich Markovskys Interesse wecken sollte, an den Tag legte. Hatte sie womöglich auch heute wieder einen ihrer kleinen Aufheller konsumiert?

Wahrscheinlich sogar, denn sie war, wie immer, halsstarrig und spielte unverbesserlich schlecht, also wappnete sich Bernauer einfach für die nächsten fünfundzwanzig Minuten ihrer Anwesenheit am Tisch mit Gelassenheit und Markovsky ließ sich ohnehin niemals irritieren. Gewöhnlich pflegte bereits sein vages Schmunzeln zu genügen, um den grauen Alltag eines weiblichen Wesens mit Lebensfreude zu vergolden, doch sogar dieser Lichtblick blieb Bella heute versagt, er konzentrierte sich unerschütterlich auf seine Karten.

„Ein Teufelsweib", sagte Bernauer, als sie außer Hörweite waren, „ich glaube, sie hat ein Auge auf Dich geworfen."

„Dein Scharfsinn beunruhigt mich langsam."

Aber Bernauer war in diesem Fall nicht nach einem Scherz zumute.

„Nein, ganz im Ernst, ich habe kürzlich Klartext mit ihr gesprochen, vielleicht versucht sie jetzt, Dich zu ködern."

„Das wäre verständlich", antwortete Markovsky ruhig, „ich würde mich auch zu mir flüchten, wenn ich Dich am Hals hätte."

Doch so einfach kam Markovsky an diesem Abend nicht davon. Nach dem Turnier, als man noch gemütlich zusammensaß, begann Dr. Böhm, der wie üblich die Witwen des Clubs um sich versammelt hatte, dem aber offensichtlich auch Bellas Bestrebungen nicht entgangen waren, Markovsky die Vorteile einer Ehe für die Frau vor Augen zu halten. Wollte er ihn vielleicht sogar warnen?

In seinen bereits sattsam bekannten Spruch: „Die wahre Bestimmung einer Frau ist die Witwenschaft", fielen die Anwesenden sofort mit ein, woraufhin sich Hubert von Haugsdorf, ganz Kavalier alter Schule, veranlasst sah, eine Lanze für die Damen zu brechen.

„Das siehst Du völlig falsch, mein Bester", donnerte er, „man weiß doch wie niederschmetternd es für so ein Frauchen ist, wenn es auf tragische Weise von seinem Gatten verlassen wurde."

Böhm sah in die Runde und sagte lachend: „Vielleicht war es auch nur noch sein letzter verzweifelter Versuch, seine Haut zu retten."

„Interessant", sagte Bella, „so tiefsinnig habe ich das noch nie gesehen" und nahm genüsslich einen Schluck aus dem Prosecco-Glas.

„Also wirklich, meinst Du, es gibt für einen Ehemann nur die Ewigkeit, um sich zu befreien?", mischte sich Nora ein.

Dr. Böhms Geste war offensichtlich.

„Als ultima ratio, sozusagen", spöttelte er.

Gundula sah auf.

„Die Ewigkeit? Ein höchst fragwürdiger Ort, um sich zu befreien. Siehst Du das wirklich so?"

„Warum nicht, es könnte da weitaus angenehmer sein, als man vermutet", grinste er.

Gundula hob ironisch die Hände.

„Egal, ob Du dort die Engel singen oder den Teufel lachen hörst, fest steht nur, dass Du dann mausetot bist."

„Das ist leider unumgänglich, aber gerade daraus ergibt sich die nächste Frage."

„Die da wäre?"

„Wieso sich dann die Witwen als das Opfer betrachten?", antwortete Böhm sarkastisch.

„Weil es", sagte Gundula seelenruhig, „immer einen guten Freund gibt, der jede Gelegenheit nutzt, um sie sensibel und mitfühlend an alles zu erinnern."

Die heitere Beteiligung der Runde wurde unterbrochen durch ein feierlich getragenes Beifallsklatschen Markovskys.

„Alter Schwede", grinste er, „war das jetzt ein Schlag ins Kontor!"

„Zum Teufel mit diesen galanten Rührseligkeiten. Bin ich wirklich der letzte Fackelträger einer gottgewollten patriarchalischen Weltordnung?"

Dr. Böhm betrachtete das volle Rot des schweren Barolos in seinem Glas und blickte schwermütig in die Runde.

„Kein Mitstreiter? Kein einziger? Dann will auch ich jetzt in Ehren untergehen."

„Im Weinfass?", lachte Bernauer.

Böhm hob sein Glas: „Adieu, du schnöde Welt!"

„Ist wahrscheinlich gut gemeint", sagte Gundula, „und ein besonderer Fall von Nachhaltigkeit."

Bernauer lümmelte an seinem Schreibtisch. Nur um etwas zu tun, begann er auf seinem Computer die Notizen über die vermissten Männer zu durchforsten als das Telefon laut und souverän seine trägen Bemühungen unterbrach.

„Joschi", meldete sich Dr. Markovsky aus Linz, „stell Dir vor was sich gestern zugetragen hat."

„Hilft es mir beim Einschlafen?"

„Mal sehen, ich denke eher, Du wirst staunen", stellte Markovsky in den Raum.

„Du bist mit der Ärztin zusammengetroffen?"

„Das nicht gerade, aber sie hat mich angerufen."

„Sie kann Dich nicht vergessen?"

„Ich fürchte, anders als Du andeuten willst, denn sie blaffte mich sofort aus dem Hörer an: Gehe ich recht in der Annahme, dass Sie meine Praxis überwachen lassen?"

„Sind Sie der Meinung, dass ich das tun sollte?" habe ich gefragt."

„Und hast Du?"

„Aber natürlich, mehr konnte ich im Moment nicht tun und sie schien es bemerkt zu haben. Plötzlich säuselte sie ganz sanft: ‚Na, sehen Sie, ich möchte nicht, dass Sie sich meinetwegen sinnlos Umstände machen, nur um einen Grund für den richterlichen Durchsuchungsbeschluss zu konstruieren. Schicken Sie einfach Ihre Schnüffler bei mir vorbei und machen Sie sich ein Bild über meine Ordination und die Wohnung'."

„Ich gebe zu, im Moment hat sie mich ungedeckt getroffen und anschließend gleich noch einmal.

‚Und dann', knurrte sie scharf, ‚packen Sie den Sherlock Holmes da unten, samt den anderen Schnüfflern zusammen und lassen mich endgültig in Ruhe'."

„Und?", fragte Bernauer gespannt.

„Die Durchsuchung ist, auf ihre Aufforderung hin, heute erfolgt. Es hat sich absolut nichts gefunden."

„Sie hat vorher klar Schiff gemacht?"

„Möglich, falls sie wirklich etwas verbergen wollte. Leider ist sie eine intelligente Person und versteht es, sich durchzusetzen. Vermutlich plant sie jetzt ein push around gegen mich.“

„Aber logisch“, dachte Bernauer amüsiert, „sie zeigt sich unbeeindruckt vom großen Macho, ist einen zweiten Blick wert und fordert Markovsky ganz offen heraus. Jetzt sieht er weniger eine Verdächtige in ihr als eine massive Gegnerin.“

„Wir haben heute wieder Side gebucht“, sagte Gundula am nächsten Spielabend im Club, „ein absolutes must.“

„Kostet?“, grinste Iris fragend.

„Sagenhaft billig“, antwortete Anne, „also haben wir zehn Tage Türkei zum Preis von sechs eingeschoben.“ Eigentlich war es ohnehin immer nur Anne, die die administrativen Angelegenheiten des Kleeblatts erledigte, kolportiert wurde es aber ständig als gemeinsame Leistung und es hieß dann immer, wir haben dies und wir haben jenes getan.

„Gott, wie ich Euch beneide“, sagte Haugsdorf, „man selbst bleibt zurück in diesem kühlen Matschwetter und Ihr werdet die Sonne genießen, bedient Euch vom Feinsten und feurige Osmanen werden Euch auf Händen tragen.“

„Also in erster Linie werden wir Bridgespielen und beim Sekt des Hauses zulangen. Dazwischen ein wenig Darts oder Billard und am Abend ein Stündchen in die Diskothek.“

„Das Hamam dürfen Sie nicht auslassen, ein wunderbares Vergnügen", vollendete Haugsdorf, aber Bernauer vermutete, dass es ihm da in der Hauptsache um das angenehme Umfeld weiblicher, unbekleideter Gesellschaft ging.

„Wann ist es denn so weit?", fragte Dr. Böhm.

„Samstag in einer Woche und dabei ist noch so viel zu tun", grinste Bella, „man gönnt sich ja sonst nichts, also soll in den Ferien wenigstens das Outfit stimmen."

„Wozu brauchst Du eigentlich Ferien, Mädchen? Du wohnst doch im Urlaub."

„Eine etwas boshafte Betrachtungsweise, Gevatter Ulrich."

„Nicht für mich, liebe Bella, wobei ich natürlich zugebe, dass ein Mistkäfer eine andere Vorstellung vom Paradies hat als eine Goldammer."

„Chapeau, Doktorchen", sagte sie und deutete eine leichte Verbeugung an, „sonst müsste ich nämlich annehmen, Du wüsstest Dir kein passendes Geschenk für mich."

Bernauer, der das Geplänkel verfolgt hatte, konnte das Gefühl einer merkwürdigen Vertrautheit zwischen den beiden nicht übersehen. Was sollte die Andeutung von einem passenden Geschenk?

„Vielleicht bedeutet dies auch gar nichts", dachte er, konnte aber den Gedanken einfach nicht beiseite schieben, dass es womöglich um die Tütchen ginge, die Bella glücklich machten.

Am Ende der Woche erschien die Putzfrau Fredriks van Veen, die im selben Haus wohnte, auf dem naheliegenden Wachtposten und erklärte, dass das Briefkastenfach des Vermissten völlig vollgestopft sei. Sie selbst hätte allerdings den passenden Schlüssel, da sie meist die Post für van Veen ausgehoben habe, und jetzt wollte sie wissen, ob sie noch berechtigt sei, das Fach zu öffnen.

Nachdem der Beamte sich telefonisch erkundigt hatte, wurde sie gebeten, den Inhalt des Briefkastens mitzubringen. So landeten einen Tag später ein Wust aus Werbematerial und Zeitungen sowie der Brief eines Antiquitätenhändlers auf dem Tisch Joschi Bernauers.

Der Briefumschlag enthielt dann lediglich eine Verständigung, dass für den antiken Tafelaufsatz ein Käufer gefunden worden sei, dieser aber einen Eigentümernachweis haben wolle. Van Veen wurde also gebeten, diesbezüglich so rasch wie möglich Frau Dr. Rehberg zu kontaktieren.

„Sieh mal einer an", grinste Bernauer, „die flotte Gundel."

Offensichtlich verschaffte sie sich also doch ein kleines Nebeneinkommen und dies natürlich mit äußerster Diskretion. Da war der treue und introvertierte Sekretär des verstorbenen Gatten als Mittelsmann genau der richtige.

Auch wenn Bernauer seine Rolle jetzt absolut nicht gefiel, er konnte Gundula die Peinlichkeit nicht ersparen und musste mit ihr darüber sprechen. Dabei hatte sie Glück im sogenannten Unglück, Bernauer war ein sicherer Garant dafür, dass die Angelegenheit niemandem sonst bekannt wurde, aber dieses Geschäft musste sie nun selbst über den Händler abwickeln und wenn nötig, auch in Zukunft. Jetzt verstand Bernauer auch, warum Gundula Fredrik so intensiv gesucht hatte, er war der einzige Mensch, dem sie in ihrer Situation rückhaltlos vertrauen konnte.

Bernauer überlegte. Sollte er Gundula noch kontaktieren, bevor sie mit den anderen in die Türkei flog? Eigentlich hätte er dieses Gespräch lieber verschoben, aber vielleicht konnte sie mit dem Geld den Urlaub besser genießen und womöglich trat sogar der Käufer des Tafelaufsatzes vom Geschäft zurück, wenn Gundula zu lange zögerte.

Er griff also zum Handy und teilte ihr mit, dass er sie umgehend sprechen müsste.

„Ich nehme gerade ein Bad in der Menge", sagte sie „diese verflixte Getreidegasse ist so derartig überfüllt, dass mir jeder zweite auf die Zehen tritt und der Rest der Menschheit lässt von den Schirmen das Regenwasser in meinen Mantelkragen rinnen. Ich bin heute absolut mies gelaunt."

„Was treibst Du denn bei diesem Regen auf der Straße?"

„Ich brauche ein Rezept", sagte sie, „mein Arzt ist ab morgen im Urlaub."

„Dann mache ich mich jetzt auf den Heimweg, Du holst inzwischen Dein Rezept und wir treffen uns in zwanzig

Minuten in unserem Stammbeisl in der Getreidegasse. Ist das für Dich in Ordnung?"

„Natürlich."

„Es war leider zu erwarten, dass die Sache nicht geheim bleibt", sagte Gundula leicht geniert, als Bernauer ihr den Sachverhalt mitgeteilt hatte, „aber trotzdem bin ich froh, dass Du es warst, der mein Geheimnis entdeckt hat."

„Ich weiß", antwortete er, „die zickige Gesellschaft mit ihrer blödsinnigen Arroganz."

„Sag' das nicht", bemerkte sie trocken, „ich bin ohne Zweifel eine von ihnen. Jedenfalls feig und dünkelhaft genug, um mich hinter dem netten kleinen Fredrik zu verkriechen, obwohl ich ganz zu Recht meine Besitztümer nach Lust und Laune verkaufen könnte."

„Jetzt übertreibst Du etwas", meinte Bernauer, „es ist doch keine Charakterschwäche, wenn man seine finanziellen Belange vor einer Schar von Angebern nicht offenlegen will. Fremde Probleme will ohnehin keiner lösen und Scheußlichkeiten keiner sehen, also behält man beides besser sie für sich."

Sie lächelte: „Es geht nichts über den Ratschlag eines guten Freundes. Sich bedeckt zu halten wäre in vielen Fällen der weitaus angemessenere Weg."

Bernauer saß an seinem Schreibtisch und beschäftigte sich abwesend damit, Strichmännchen auf ein vor ihm liegendes Kuvert zu zeichnen, als sich plötzlich der Raum verdunkelte, sodass er grob aus seinen Überlegungen gerissen wurde. So rasch der erste Schneesturm eingesetzt hatte, so schnell war alles auch wieder zu Ende, aber Bernauer war unwillkürlich daran erinnert worden, wie abscheulich das Wetter gewesen war, als er die kranke Zeugin auf dem Mönchsberg aufgesucht hatte.

Konnte der schwarze Wagen, den die alte Frau gesehen haben wollte, nicht vielleicht doch von Gundula gekommen sein, konnte es überhaupt einen Zusammenhang geben? Hatte sich die Zeugin möglicherweise bezüglich der Nummerntafel geirrt und der Fahrer des Wagens war ein Antiquitätenhändler, mit dem Gundula ebenfalls Geschäfte machte? Leider konnte er sie im Moment dazu nicht befragen, da die vier Frauen ihren Flug in die Türkei bereits angetreten hatten. Er machte sich aber auf dem Kalender eine diesbezügliche Notiz.

Dann erkundigte er sich bei der zuständigen Wachstube nach eventuellen Aktivitäten auf dem Schrottplatz und man versicherte ihm, dass bei den täglichen Streifefahrten der Schrottplatz immer menschenleer und verlassen sei.

Gleich darauf klingelte sein Telefon. Amanda Dostal, die Geschäftsführerin aus Rosners Bar, sei eingetroffen, wurde ihm gemeldet.

Beinahe hätte er jetzt vergessen, dass er sie selbst für diese Zeit vorgeladen hatte.

Frau Dostal trug bereits Winterkleidung und entsprach zu seiner Überraschung überhaupt nicht den Vorstellungen, die man gemeinhin mit dem Nachtgeschäft in Verbindung brachte, im Gegenteil, sie erweckte eher den Eindruck der schmucklosen Erzieherin einer sozialen Einrichtung.

Nachdem er ihr den Mantel abgenommen hatte, strich sie ihre glatten brünetten Haare zurück und nahm ohne Scheu oder Koketterie auf dem angebotenen Stuhl Platz.

„Sie wissen, warum ich Sie herbemüht habe?", fragte er.

„Natürlich", sagte sie, „und ich bin inzwischen gar nicht mehr so unfroh darüber. Es musste ohnedies etwas geschehen."

„Sind Sie denn überhaupt ohne Herrn Rosner noch in der Lage den Betrieb weiterzuführen, ich meine, haben Sie so weitgehende Befugnisse, dass Sie die notwendigen Entscheidungen treffen können?"

„Im Rahmen der laufenden Geschäfte, ja. Aber jetzt kommt das Jahresende, Abschlüsse sind zu machen und neue Dispositionen zu treffen. Das kann und darf ich bei bestem Willen nicht mehr selbständig wahrnehmen. Haben Sie denn keinerlei Fortschritte bei der Suche nach Herrn Rosner gemacht? Sollte er nämlich", sie unterbrach sich kurz, „also sollte ihm ernsthaft etwas zugestoßen sein, müsste offiziell eine Person bestimmt werden, die die Verantwortung für die Führung des Betriebes übernimmt. Es geht immerhin um eine Menge Geld."

„Ich weiß", bestätigte Bernauer, „aber Sie werden mir trotzdem helfen müssen, egal wie die Sache weitergeht. Ich denke, dass die Zeit gekommen ist, in der Ihre Loyalität darin besteht, die Diskretion in den Hintergrund treten zu lassen. Die Möglichkeit, dass Herr Rosner aus eigenem Antrieb verschwunden ist und nach einiger Zeit wieder auftauchen wird, ist bereits unwahrscheinlich. Erklären Sie mir jetzt, bitte, die geschäftliche Situation, Herrn Rosner kann es keinesfalls mehr schaden."

Sie zögerte noch kurz, aber es war deutlich, dass sie bereit war, sich von dieser Last zu befreien.

„Ich habe zwar die Geschäfte des gesamten Unternehmens geführt, weiß aber, was Sie meinen", sagte sie, „wir sind ja alle erwachsene Menschen."

Bernauer nickte.

„Also, gehe ich recht in der Annahme, dass Sie bisher wenig in Berührung mit der Szene kamen?"

„Das stimmt", sagte Bernauer, „und ich hatte auch eine wesentlich andere Vorstellung von der Geschäftsführerin eines solchen Clubs."

Sie lächelte wissend.

„Sehen Sie, Major, die Fantasie setzt in die meist ziemlich langweilige Gegenwart der Menschen oft interessante Lichtblicke, doch die Wahrheit ist beinahe immer trivial."

Sie nickte kaum wahrnehmbar, wie zur Bekräftigung.

„Nehmen Sie zum Beispiel mich. Ich komme aus einem winzigen Ort im Pongau, mein Vater besitzt dort ein ererbtes Kleinstanwesen, eine Keusche, wie man bei uns zu Hause sagt, bin also aus ziemlich bescheidenen Verhältnissen. Nach Abschluss der Schule habe ich eine biedere Ausbildung in einem College für Tourismusmanagement gemacht und verrichte jetzt beruflich eine völlig banale administrative Tätigkeit, Buchhaltung bleibt Buchhaltung, die Materie ist beliebig auswechselbar. Trotzdem, denken Sie an Ihre eigene exotische Fantasie in Bezug auf meine Person, nur wegen des Genres."

Hatten schon das praktische Outfit der Frau und die vernünftige Sprache Bernauer erst irritiert, so konnte er das berufliche Umfeld mit ihrer Herkunft jetzt noch weniger in Einklang bringen.

Sie sah ihm ernst in die Augen.

„Eine Bar zu führen, scheint heute kaum einen Menschen moralisch zu berühren, anders ist es in den meisten Fällen, wenn es sich um einen SM-Club handelt, bei uns einen geschlossenen und privaten, nebenbei gesagt. Hier finden sich Menschen völlig freiwillig in einer Gesellschaft zusammen, um ihre Interessen auszuleben, ohne damit die Allgemeinheit zu belasten oder jemanden zu belästigen.

Sie treten nicht wie andere Gruppen provokatorisch an die Öffentlichkeit, um Aufmerksamkeit zu erregen, sie fressen oder saufen sich nicht krank, bis sie der Allgemeinheit zur Last fallen, noch verschaffen sie sich den perversen Höhepunkt eines lebensgefährlichen Kicks, der beispielsweise nur über gefährliche Sportarten, meist zu Lasten der Steuerzahler, erreicht werden kann."

Von dieser Warte her gesehen konnte Bernauer kaum widersprechen, aber vermutlich hatten die Vorbehalte ganz einfach mit tatsächlicher oder vorgeschützter Moral zu tun und das war dann meist auch der Knackpunkt der heiklen Angelegenheit.

Amanda Dostal schien seine Gedanken zu erraten.

„Woher nehmen denn Spießbürger das Recht, über Menschen, die ihre Befriedigung durch eine eigene Art der Kommunikation finden, den Stab zu brechen?", fuhr sie fort. „Sind nicht die Praxen der Psychiater überfüllt von Patienten, die mit ihren Lebensumständen nicht zurechtkommen? Was soll denn schlecht daran sein, wenn beispielsweise Personen, deren berufliches Leben darin besteht, andauernd Härte zeigen zu müssen, sich selbst manchmal zum Gehorsam knechten lassen? Es schadet niemandem und wird zum Gegenpol des ständigen Zwangs zur eigenen Durchsetzungskraft. Warum glauben Sie, übt der weibliche Busen eine so enorme Anziehungskraft auf Männer aus? Weil er die Macht der Mutter symbolisiert, die durch Verweigerung der Brust, Wohl und Genuss des Kindes bestimmt. Ist es nicht in vielen Fällen sogar die unterdrückte Lust an Bestrafung, die Männer magisch zu Frauen mit Riesenbrüsten hin zieht? Fühlen Sie sich wirklich völlig frei von all diesen menschlichen Gelüsten?"

Bernauer musste sich mit der Sichtweise der Dinge, die ihm da offeriert wurde, erst beschäftigen und schwieg einen Moment. Sie sprach weiter.

„Unsere Mitglieder verkehren unter äußerstem Verantwortungsbewusstsein und Disziplin miteinander. Können Sie ermessen, wie viel Vertrauen notwendig ist, sich den Händen einer anderen Person auszuliefern, geschützt lediglich durch das magische Wort, das auf die Sekunde jede schmerzliche Tätigkeit beenden muss? Was glauben Sie, um wie viel angenehmer das Zusammenleben der Menschheit wäre, würde sie sich gegenseitig mit der Gewissenhaftigkeit und dem Einfühlungsvermögen dieser Interessensgruppe behandeln?"

Sie lehnte sich zurück.

Bernauer verstand, Amanda hatte das Feld bereinigt, bevor sie bereit war auszusagen.

„Ich verstehe", sagte er, „hier bleibt man unter sich, aber wie weit hat das Unternehmen mit Herrn Rosner zu tun?"

„Der Club sollte verlegt werden, ist aber zurzeit geschlossen", sagte sie, „grundsätzlich wird lediglich die Räumlichkeit und Einrichtung zur Verfügung gestellt, für Bewirtung gesorgt und ganz wichtig, auch für Anonymität."

„Einrichtung?"

„Ja", sagte sie, „alle benötigten Behelfe sind in bestem Zustand und die beigestellten Geräte haben TÜV-Qualität. Dafür ist das Unternehmen zuständig und für die Instandhaltung von Räumlichkeiten und der Geräte."

„Und die Finanzierung?"

„Die Mitglieder bezahlen den Clubbeitrag, Gäste auf Empfehlung eines Angehörigen des Zirkels entrichten eine freiwillige Spende."

Da Bernauer bereits gehört hatte, dass hochrangige Prominenz aus Politik und Wirtschaft Club oder Bar mit ihrer Aktivität beehrten, schwebten ihm sofort nicht unbeachtliche freiwillige Scherflein der Erlauchten vor Augen. Eigentlich bedauerte er es, dass er sich nicht eingehender mit diesen immerhin interessanten Informationen beschäftigen konnte, aber auch für Amanda schien es Zeit zu sein, zur Sache zu kommen.

Vorsichtig fragte sie: „Was möchten Sie denn jetzt genau von mir wissen, die alltäglichen Dinge habe ich ja eigentlich bereits gesagt?"

„Wird in der Bar mit Drogen gehandelt?"

„Nein, aber soviel ich weiß, kann man dafür eine gute Adresse bekommen."

„Vom Barkeeper?"

„Vermutlich, ich selbst war nie Zeuge."

Bernauer wollte dies auch nicht genauer hinterfragen, sein Interesse bezog sich auf Rosner und dessen Kontakte mit dem Teppichhändler und Rabbi Joe.

„Wohin sollte der SM-Club verlegt werden und wie weit war die Ausführung des Planes bereits gediehen?"

Amanda hatte jetzt sichtlich eine weitere Hemmschwelle zu überwinden.

„An den Stadtrand", sagte sie dann, „etwa fünfzehn Kilometer außerhalb, in ein Privathaus, die Verhandlungen sind aber noch gelaufen."

„Privathaus?"

„Ja, die Lage ist genau richtig, an einem Güterweg am Waldrand, einziger Nachbar, aber in angenehmer Entfernung, ist ein Bauernhof. Dort sagen sich Fuchs und Hase gute Nacht."

Bernauer durchzuckte ein Gedanke.

„Wer ist der Besitzer?" fragte er.

„Ein Gast unseres Hauses, eigentlich eine Frau", antwortete sie."

„Der Name!" Bernauers Nerven waren jetzt zum Zerreißen gespannt.

„Sie wird Bella gerufen und ich vermute, Rosner will da ein wenig nachhelfen."

„Bedrohung oder Erpressung?"

Sie zog hörbar die Luft zwischen die Vorderzähne.

„Erpressen würde ich eher sagen. Er muss etwas über sie in Erfahrung gebracht haben, auf jeden Fall im Zusammenhang mit dem Teppichhändler. Irgendetwas muss geschehen sein, auch der Barkeeper Rabbi Joe aus Wien muss davon gewusst haben, denn er ist dieser Bella und Söderbaum an einem Abend heimlich aus dem Lokal auf den Parkplatz hinaus gefolgt.

Als sich der Wiener Barkellner einige Tagen später über den Verbleib des Teppichhändlers erkundigte und niemand etwas darüber sagen konnte, hat er die Bar verlassen und dabei soll ihm dann wiederum Herr Rosner gefolgt sein."

Sie blickte abwägend auf Bernauer.

„Das weiß ich von unserem Barkeeper. Er hat es mir erzählt, weil in der gleichen Nacht dieser Wiener Rabbi Joe tot neben der Straße gefunden wurde."

„Herr Rosner hat nicht mit Ihnen darüber gesprochen?"

„Nein, das Thema kam nie mehr zur Sprache."

„Und wie lange Zeit später verschwand dann Herr Rosner, Ihrer Beurteilung nach?"

„Es dürften so ungefähr zwei, drei Wochen gewesen sein. Zumindest war dann jeder Zweifel daran auszuschließen, dass irgendetwas zwischen ihnen vorgegangen sein muss."

„Wissen Sie, Bernauer", sagte Hofrat Sassmann, „ich glaube, man kann jetzt zumindest den Teppichhändler und den Rosner nicht mehr einfach nur als vermisst behandeln und im Übrigen abwarten.

Möglicherweise ist ja sogar der Sekretär Fredrik van Veen involviert, obwohl es eigentlich außer seinem Verschwinden keine Übereinstimmung mit den beiden anderen Fällen gibt. Aber es tauchen immer wieder Personen auf, die irgendwie miteinander in Beziehung stehen und es geht anscheinend dauernd um Rauschgift und Sex."

„Nicht zu vergessen vielleicht auch um Autodiebstahl in größerem Umfang, aber mir sind die Hände durch die Kompetenzüberschreitung der Fälle gebunden. Wirklich ermittlungsbefugt befugt bin ich eigentlich nur in der Sache des Rabbi Joe, denn der wurde unzweifelhaft ermordet. Zu dem totgeschlagenen Süchtigen unter der Brücke haben sich weder Zeugen noch sonstige Spuren gefunden. Auch Isabella Weiden kann zurzeit nicht befragt werden, da sie sich zehn Tage lang in der Türkei aufhält."

„Tun Sie, was notwendig ist, Bernauer", sagte Hofrat Sassmann, „ich werde hinter Ihnen stehen, sollte es Schwierigkeiten geben."

An seinen Schreibtisch zurückgekehrt überlegte Bernauer, wie er jetzt vorgehen sollte, denn Bella war für ihn nun nicht mehr nur eine Person, die um das Geschehene wusste, nein, sie war auch direkt in die Sache verstrickt. Er dachte kurz daran, sie über das Handy zu kontaktieren, unterließ es dann aber doch, um ihr keine Gelegenheit zu geben, sich bis zu ihrer Rückkunft eine weiter passende Geschichte zurechtzuzimmern.

Auch Gundula schien ihm nicht mehr so unwissend zu sein, wie sie versucht hatte zu scheinen. Immerhin wusste sie, dass Bella Drogen nahm, wenn auch vielleicht nur gelegentlich, war aber bemüht gewesen, diese Tatsache herunterzuspielen und kannte sicherlich auch die Quelle, die Bella belieferte. Womöglich hatte Gundula sogar die vage Andeutung auf einen Nachtklubbesitzer gemacht, um den netten kleinen Fredrik, wie sie ihn nannte, zu schützen, falls er als Dealer fungieren sollte. Immerhin war der Mann ebenfalls unter mysteriösen Umständen verschwunden. Handelte es sich womöglich um einen länderübergreifenden Drogenhandel mit gleichzeitig großangelegtem Autodiebstahl, wobei dann für Bernauer gelegentlich eine Zufallsleiche zurückblieb?

Er beschloss also, mit Fredrik van Veen zu beginnen und mit Hofrat Sassmanns Hilfe die Öffnung von Fredriks Konten zu erreichen.

Das Ergebnis war erstaunlich.

Fredriks Immobilienhandel musste eine Pleite gewesen sein. Gelegentlich hatte es zwar später noch einige kleine Geschäftsabschlüsse gegeben, aber natürlich bestand auch die Möglichkeit, dass er Einnahmen an der Steuer vorbeigemogelt hatte. Einige Zeit gab es permanente Einzahlungen auf seinem Konto, dann waren es nur noch zeitweilig größere Summen, die, wie die vorigen auch, offensichtlich von ihm selbst erlegt worden waren.

Da es keine Geschäftsunterlagen dazu gab, kamen eigentlich nur Geschäfte unter Umgehung des Finanzamtes in Frage, oder er war im Drogenhandel tätig.

Eine gewisse Klärung des Zahlungsflusses konnte vielleicht noch ein Gespräch mit dem Antiquitätenhändler bringen, bei dem van Veen im Auftrag Gundulas Kunstgegenstände zu Geld machte. Den Versuch war es jedenfalls wert.

Bernauer suchte das Kuvert des Händlers aus der Ablage auf seinem Schreibtisch und beschloss, auf dem Heimweg das Geschäft aufzusuchen. Vielleicht war der Mann sogar selbst anwesend.

Schon die Auslage des Antiquitätengeschäftes strahlte die Würde eines alteingesessenen Betriebes aus. Durch das rot und orange geflammte Opalglas einer sehr schönen Tiffany-Lampe fiel milder goldfarbener Schein auf die kunstvoll gestaltete Platte eines Spieltisches und das große blanke Fenster ermöglichte den Blick auf den glänzenden schwarzen Riemenboden, den kunstvolle alte Teppichbrücken bedeckten. Möbel aller Stilrichtungen standen zwanglos verteilt in dem hohen Raum, vermittelten jedoch nicht das Gefühl von Beengtheit und hinderten nicht den Blick auf die prächtigen alten Bilder an den Wänden.

Da sich Bernauer nicht angemeldet hatte, kam eine junge Dame auf ihn zu um nach seinen Wünschen zu fragen. Bernauer zeigte seine Legitimation und fragte nach dem Besitzer.

Ob er etwas für ihn tun könnte, fragte plötzlich eine Stimme aus dem Hintergrund und der Antiquitätenhändler trat durch den dunkelroten Samtvorhang, der einen Teil des Raumes verhüllte.

„Könnten wir die Unterhaltung vielleicht in meinem Büro führen?", fragte der Mann, „ich nehme an, es handelt sich um einen unserer Kunden."

Bernauer nickte und folgte dem Händler durch den Vorhang in ein elegantes Arbeitszimmer im Stil der Kolonialzeit mit schwarzen Ebenholzmöbeln. Der Mann schob die am Schreibtisch ausgebreiteten Papiere zur Seite und bat Bernauer Platz zu nehmen.

„Ich war dabei, meine Post aufzuarbeiten", erklärte er „daher die Unordnung, aber ich stehe Ihnen natürlich gerne zur Verfügung, darf ich wissen, worum es geht?"
„Fredrik van Veen hat eine Verständigung erhalten, er möge mit Ihnen in Verbindung treten."
Der Händler nickte erst überrascht und versank dann merklich in Abwehr.
„Ist etwas nicht in Ordnung?", fragte er misstrauisch.
„Wieso beschäftigt sich die Polizei mit dieser Angelegenheit, geht es um Dr. Rehberg? Ich habe nämlich noch keine Antwort von ihr erhalten."
„Dr. Rehberg hält sich momentan nicht in Salzburg auf und Herr van Veen wird seit einiger Zeit vermisst. Wussten Sie das nicht? Gab es da vielleicht ein Gespräch, dass er verreisen wollte?"
„Vermisst?", wiederholte der Antiquitätenhändler, wie es Bernauer schien, peinlich berührt, „nein, dazu kann ich leider nichts sagen. Unser Kontakt bestand nur darin, dass Herr van Veen gelegentlich einige gute Stücke zum Verkauf brachte und, soweit ich informiert bin, stammten die Sachen aus dem Besitz von Frau Dr. Rehberg. Wir sind natürlich immer äußerst delikat mit diesem Wissen umgegangen."
„Hatten Sie je Kontakt mit Frau Rehberg?"
„Gesehen habe ich sie nie, nein, das wollte sie offenbar nicht. Sie war nur die Eigentümerin im Hintergrund, wir haben passende Käufer vermittelt und Herr van Veen hat den Kontakt gehalten. Es kam doch wohl zu keinen Unregelmäßigkeiten? Von unserer Seite her wurde alles korrekt abgewickelt, das ist belegbar."

„Wie erfolgten denn die Kaufpreiszahlungen, durch Überweisung?"

Der Händler zog einen schmalen Ordner aus der Aktei.

„Bezahlt wurde immer bar. Herr van Veen übernahm das Geld, quittierte und erledigte die Übergabe. Ich nehme an, da die Dame sämtliche Berührungspunkte vermied, wünschte sie auch keine Transparenz der Einnahmen auf ihrem Konto."

„Gab es eine diesbezügliche Handlungsvollmacht für van Veen?"

„Eine faktische auf jeden Fall, denn verlangte der Käufer eines Kunstwerks neben der Expertise auch einen Besitznachweis, wurde dieser von Dr. Rehberg umgehend beigestellt. Gelegentlich, wenn Eile geboten war, hatte ich dahingehend auch telefonischen Kontakt mit ihr."

„So liefen die Dinge also", stellte Bernauer bei sich fest, Gundula veräußerte dezent von Zeit zu Zeit einige Kunstwerke, um ihren Lebensstil finanzieren zu können und der Mann, der schon das Vertrauen ihres Gatten genossen hatte, war ihr dabei behilflich gewesen. Was aber war jetzt der Grund seines Verschwindens? Hatte er sich vielleicht in andere Dinge verstrickt? Die unregelmäßigen Geldeingänge ließen Geschäftsvorgänge vermuten, die nicht auf Kontinuität sondern Nachfrage beziehungsweise Lieferung basierten. Alle offenen Fragen konnten leichter beantwortet werden, wenn man sie vor den Hintergrund des Drogenhandels stellte.

Am Nachmittag erreichte Bernauer ein Anruf Markovskys aus Linz.

„Joschi", sagte er, „ich bin nicht sicher, ob es von Bedeutung ist, aber das Verfahren gegen den Linzer Arzt bezüglich des Missbrauchs von Substitutionsmaterial hat eine weitere Komponente eingebracht. Personen, die er behandelt haben soll, sind ebenfalls nicht auffindbar, was allerdings nicht ausschließt, dass sie vielleicht nicht gefunden werden wollen."

„Sollten sie aussagen?"

„Ja, und untersucht werden ebenfalls. Es ist zwar bekannt, dass viele Drogenkonsumenten unsteten Aufenthaltes sind, aber sollte es sich hier um echte Substitutionsfälle handeln, müssten diese inzwischen längst einen Arzt aufgesucht haben."

„Wie Du bereits gesagt hast, sie könnten sich auch absichtlich vor der Polizei verbergen und zum Heroin zurückgekehrt sein", stellte Bernauer fest. „Entzug ohne Hilfe ist unvorstellbar."

„Wenn sie allerdings gewaltsam von einem Arztkontakt abgehalten wurden, dürften sie kaum noch am Leben sein."

„Grundgütiger", allein die Vorstellung weiterer Opfer ließ Bernauer schaudern.

„Zufällig habe ich jetzt erfahren", fuhr Markovsky fort, „dass unsere tüchtige Frau Doktor zwar eine Stadtwohnung hat, aber seit einiger Zeit auch einen netten alten Bauernhof ihr Eigen nennt. Ich habe mich daher privat etwas schlau gemacht und herausgefunden, dass Madame große Pläne wälzt und mit der Sanierung des weitläufigen Gartens bereits begonnen hat. Bis jetzt wurden die Arbeiten von ihrer Familie in Eigenregie betrieben, tatkräftig unterstützt von der überaus netten blonden Sekretärin im Vorzimmer der Ordination.

Kurz und gut, derart umfangreiche Erdbewegungen sind mir zu diesem Zeitpunkt suspekt und ich habe eben das Pouvoir bekommen, das Grundstück durchsuchen zu lassen und die Erdarbeiten zu kontrollieren."

„Das ist ja ein Hammer."

Bernauer war nun doch ein wenig fassungslos, Markovsky hatte die Samthandschuhe abgelegt.

„Es ist jetzt einfach genug", stellte Markovsky fest „ich will Gewissheit haben. Vielleicht kann ich damit auch Dir einen Teil der Arbeit abnehmen oder sie Dir wenigstens etwas erleichtern."

Kurz darauf kam für Bernauer ein Anruf aus der Vermisstenstelle. Die Schwester des verschwundenen fünfundsiebzigjährigen Rentners hatte begonnen, das Haus des Bruders aufzuräumen und war hinter einer alten Psyche auf das Foto einer Frau gestoßen, welches vermutlich im Spiegel gesteckt hatte und hinter das schwere Möbel gerutscht war. Die Widmung auf der Rückseite lautete: In Liebe! Deine Prinzessin.

Bernauer ersuchte den Kollegen, ihm das Foto umgehend zukommen zu lassen, da dieser aber mit der elektronischen Übermittlung von Nachrichten noch nicht ausreichend vertraut war, musste sich Bernauer etwas gedulden.

Sollte vielleicht nun doch ein verwertbarer Fingerzeig aufgetaucht sein? Offensichtlich gab es im ganzen Haus des Vermissten kein Foto eines weiblichen Wesens, was wohl schon deswegen ziemlich ungewöhnlich war, da der Mann bereits in Kürze heiraten wollte. War es nicht möglich, dass diese Frau in sein Haus gekommen war, um die Spuren, die auf ihre Person hinwiesen, zu beseitigen? Zeit dazu war ihr genug geblieben, denn der vermutliche Bräutigam wurde damals ja noch nicht einmal vermisst, also würde auch niemand irgendeinen Verdacht geschöpft haben und Kontakte mit seinen Nachbarn hatte er nie gepflegt. In erster Linie konnten natürlich Fotos verräterisch sein. Eines davon war der Ordnung schaffenden weiblichen Person anscheinend entgangen.

Das Wetter war immer feuchter geworden und das Tageslicht vor seinen Fenstern verschwand trübe zwischen den Wolkenballen.
Er angelte nach dem linierten Block mit der blödsinnigen Vertiefung für den Bleistift unter dem oberen Rand, riss das bekritzelte Blatt ab und überlegte:
Wenn man von der Variante des ausschließlichen Drogenkonsums absah, was hatten alle die vermissten Männer gemeinsam?
Er notierte in deutlichen Druckbuchstaben auf der linken Seite: „Geld", vermutlich, fügte er hinzu. „Teure Wagen", vermutlich die eigenen, fügte er an.

Das Alter der Herren lag deutlich über fünfzig, lediglich der Teppichhändler Söderbaum hatte die vierzig noch nicht erreicht.

Auf der rechten Seite des Blattes, bei den Verschiedenheiten, wurde die Zuordnung schon diffiziler. Kamen der Nachtclubbesitzer Rosner, der Teppichhändler Söderbaum, Johann Mahler, alias Rabbi Joe, der italienische Gast aus dem Golfhotel im Nonntal oder der Feinkosthändler für den Drogenhandel und/oder die SM-Szene in Frage? Konnte sein, doch bereits der stocksteife Botschaftssekretär stellte einen absoluten Grenzfall dar und der alte Herr, der heiraten wollte, schied eindeutig aus.

Dann legte sich ein weiterer Schatten auf Bernauers Spekulationen: Waren nicht vielleicht in Linz, und da gab es genügend Verkettungen, ebenfalls einige Menschen verschwunden? Einer davon wurde allerdings damals tot vor einer Augenarztpraxis aufgefunden, aber allesamt waren arme Schlucker. Wenn überhaupt, wie waren diese hier einzuordnen?

Bernauer sah auf die Uhr.

„Nein", dachte er, „ich werde die Sache auf morgen verschieben, wenn ich das Foto bekommen habe. Für heute ist Schluss."

Doch die Entspannung am Ende eines Arbeitstages wurde ihm nicht gegönnt, denn Hofrat Sassmann suchte nach ihm.

„Ich nehme an, Sie sind inzwischen nicht weitergekommen?", sagte er, doch ehe Bernauer antworten konnte fügte er hinzu: „Unter diesen exponierten Umständen meine ich natürlich."

Ein sicheres Signal! Wenn sich Sassmann im selben Satz zurücknahm, gab es ein besonderes Problem und daher begnügte sich Bernauer damit sein Einverständnis durch ein leichtes Nicken anzuzeigen.

„Also, die Sache ist die", zögerte Sassmann und drückte die gespreizten Fingerkuppen beider Hände aneinander.

Gegen seinige sonstige Gewohnheit, abzuwarten, stellte Bernauer lakonisch fest: „Der Staatsanwalt hat Sie angerufen."

„Zum Teufel, ja. Das hat er getan."

„Es geht um seinen Neffen. Er ist wieder ausgebüxt?"

„Sie sagen es."

„Was ist geschehen?"

„Er ist nach dem gestrigen Arzttermin nicht nach Hause gekommen, das heißt, er war überhaupt nicht in der Ordination. Aber er ist gesehen worden am Kai mit einer Gruppe anderer, na sagen wir Kumpels, und später in der Nähe von Berts Fitnesscenter. Offenbar hatten sie beschlossen, dort Krach zu schlagen, aber im Moment ist der Betrieb ohnedies geschlossen. Das hat die Burschen dann allerdings nicht daran gehindert, Steine gegen die Fensterscheiben zu werfen. Als die Polizei eintraf, ergriffen sie die Flucht. Kurz und gut, die drei anderen Kerle hat man erwischt, aber um den überaus sensiblen Sohnemann, der wieder einmal verschwunden ist, macht sich seine Mutter die größten Sorgen."

„Herzlichen Glückwunsch", sagte Bernauer freudlos, „dann ist er ja der nicht standesgemäßen Atmosphäre einer proletarischen Zelle entkommen. Ist doch gut so." „Aber der Staatsanwalt will ihn wiederhaben und ebenso die staatsanwaltliche Schwester. Man wird mich mit Anrufen bombardieren und spätestens morgen lässt es sich nicht mehr vermeiden, dass ich diesen öffentlichen Ankläger in der Verbindung treffe. Mit einem Wort, ich werde keine ruhige Minute mehr haben."

„Was soll ich tun, Hofrat Sassmann?", fragte Bernauer, „ich bin von der Mordkommission und nicht vom Suchdienst. Außerdem, wie soll ich den Jungen aufstöbern, wenn ich nicht wenigstens weiß, wo sich diese Typen so ungefähr herumtreiben?"

„Das, Bernauer, sollten Sie ja gerade herausfinden", drängte Sassmann, „Sie kennen doch inzwischen das Milieu und haben die richtigen Verbindungen. Man muss da nur richtig ansetzen. Der Bursche braucht natürlich jetzt Drogen und Sie wissen, welche Quellen ihm offenstehen."

Bernauer lächelte innerlich. Was würde Sassmann erst sagen, wenn er wüsste, in welch obskurem Milieu sich für ihn noch eine zusätzliche Quelle aufgetan hatte. Wäre er dann eher neugierig oder schockiert? Er entschied sich für ‚neugierig kribbelnd schockiert' und sagte:

„Wenn ich richtig informiert bin, ist doch der Fitnessmann Bert wegen Drogenhandels zumindest vorderhand in staatlichem Gewahrsam. Also wäre es doch für den Staatsanwalt ganz einfach, ihm die passenden

Fragen zu stellen, schließlich muss es dem Mann im Hinblick auf das kommende Verfahren wichtig sein, Punkte zu sammeln, die ihm den Ankläger geneigt machen könnten."

„Das tut Bert aber nicht, er schweigt eisern und beruft sich auf seinen Anwalt, einen bewährten erfahrenen Mann übrigens."

Nicht nur Hofrat Sassmann fürchtete um seine Ruhe in näherer Zukunft, auch Bernauer war klar, dass es mit seinem Frieden aus und vorbei war, wenn er jetzt seine Mitwirkung in der Angelegenheit des Staatsanwaltes verweigerte.

Freudlos sagte er: „Wenn ich mich in dieser Sache mit Bert beschäftigen soll, brauche ich umfassende Hintergrundinformationen, Herkunft, Familie, Geschäftsweg und eventuelle weitere Kollisionen mit dem Gesetz. Irgendwie muss ich ihm ja beikommen."

„Kann in Kürze erledigt sein."

„Dann werde ich mich zuerst mit dem Kellner aus Rosners Bar befassen, vielleicht ist er bereit, mir zu helfen. Schließlich befindet er sich in Freiheit und möchte diese sicherlich auch behalten."

„Sehr gut, Bernauer", versicherte Sassmann, „versuchen Sie es im Guten oder mit Drohungen, flirten Sie meinetwegen mit ihm, wenn es nötig ist, aber schaffen Sie dieses Früchtchen her, bevor ich wahnsinnig werde."

„Wie Sie wünschen, Hofrat."

Bernauer überlegte. Sollte er den Barkeeper ins Präsidium bestellen oder war es besser, sich entspannt zu geben und in die Bar zu kommen? Er suchte die Telefonnummer aus seinen Unterlagen und griff zum Hörer. Der Barkeeper meldete sich beinahe sofort.

„Aha", sagte er, als er den Namen Bernauer gehört hatte, „die hohe Staatsgewalt, wie erfreulich."

Bernauer entschied sich im gleichen Augenblick, mit offenen Karten zu spielen.

„Ich habe da eine ganz wichtige Sache mit Ihnen zu besprechen, hätten Sie Zeit für mich?"

Der Barkeeper lachte röhrend: „Das ist gut, Sie machen mich neugierig, Major."

Er schien zu überlegen. „Ich könnte morgen Vormittag bei Ihnen vorbeikommen, wenn Sie es aber sehr eilig haben, müssten Sie mich hier in der Bar aufsuchen. Das Geschäft ist ohnehin ziemlich ruhig heute", fügte er hinzu.

Bernauer entschied sich dafür, auf dem Heimweg vorbeizukommen.

Das Lokal war tatsächlich ziemlich spärlich besucht. Der Barkeeper winkte Bernauer schon beim Eintreten zu und hatte ihm auch einen Hocker am Ende des Tresens gesichert, wo sie sich, vor neugieriger Nachbarschaft geschützt, unterhalten konnten.

„Ich nehme an, es soll Mineralwasser sein", grinste er.

Bernauer graute allein schon vor der Möglichkeit, bei dem feuchtkalten Wetter Mineralwasser zu trinken.

„Könnte ich Tee haben?", fragte er.

„Tee für den Herrn Major", sagte der Kellner, „wäre Earl Grey angenehm?"

„Ich bitte darum."

„Also, worum geht es denn?", fragte er, als Bernauer die kalten Hände um die Tasse gelegt hatte.

„Eine Personensuche", sagte Bernauer. „Einige Burschen haben die Fensterscheiben von Berts Studio eingeschlagen. Drei davon sind gefasst worden, den vierten würde ich ganz dringend brauchen."

„Ach", sagte der Kellner „und was soll das nun werden? Wollen Sie dem Kleinen das Leben versauen?"

„Im Gegenteil, dieser Kleine braucht Hilfe, er hat den lebenswichtigen Arztbesuch geschwänzt und seine Mutter weint sich die Augen aus."

Der Barkeeper sah ihn prüfend an und Bernauer erkannte, dass der Mann über den Vorfall Bescheid wusste.

„Sind Sie willens, ein Gentlemans Agreement einzuhalten?"

„Kommt darauf an."

„Sie haben mich in dieser Chose nie kontaktiert und Sie werden keine große Sache daraus machen?"

Bernauer nickte.

„Gut, der Kleine hat sich in Gesellschaft der anderen eine Ladung hineingezogen, sie kam aber nicht von mir. Dann wurde der dümmliche Einfall zum Racheakt an Bert geboren und jetzt sieht die Sache schon ordentlich Scheiße aus für ihn, nehme ich an."

Der Barkeeper überlegte gründlich und räumte schließlich ein:

„Aber wenn Sie ihn wirklich nur zu Mutti bringen wollen?"

Bernauer nickte ernst.

„Er hockt im Souterrain des gelben Hauses hinter dem Theater. Lassen Sie aber die übrigen Bewohner dieses Elendsquartiers in Ruhe. Sie sind allesamt arme Schweine."

Als Bernauer die Bar verließ, rief ihm der Barkeeper, ohne den Blick von der Fußballübertragung am Fernsehschirm zu wenden, nach: „Ich habe jetzt etwas gut bei Ihnen, Meister."

Bernauer überlegte, wie er weiter vorgehen sollte. Am einfachsten wäre es, einen Beamten in das vom Barkeeper genannte Elendsquartier zu schicken und den Neffen des Staatsanwaltes mit dem Auftrag, ihn seiner Mutter zu übergeben, abholen zu lassen, aber Hofrat Sassmann wäre sicherlich nicht glücklich darüber. Die Sache bekäme dann etwa den Charakter eines öffentlichen Vorganges, mit auch möglicherweise nicht vorhersehbaren Konsequenzen und genau das sollte ja verhindert werden. Also beschloss er, die Angelegenheit selbst in die Hand zu nehmen.

Das Haus war ihm bekannt und verschlossene Türen gab es nicht. Es war auch nicht nötig, lange zu suchen. In einem ungeheizten, nur durch zwei Kerzenstümpfe notdürftig erleuchteten Kellerraum hockten kaum erkennbare Gestalten auf undefinierbaren Lumpen und einer nackten Doppelmatratze. Keiner dieser Leute nahm Notiz von ihm. Es war, als hätte niemand ihn gesehen und einige Sekunden lang hatte Bernauer sogar das Gefühl, er selbst wäre der einzige Mensch, der die reale Existenz dieser Geschöpfe wahrnehmen konnte.

Dann sah er die schmale Gestalt des Gesuchten an der Wand hinter der Türe. Der Junge blickte starr vor sich hin und zeigte auch keinerlei Reaktion, als er ihn ansprach, irgendwie musste er wieder an Stoff herangekommen sein. Momentan befand er sich zwar im Zustand völliger Gleichgültigkeit, doch war es nur eine Sache weniger Stunden, bis die Wirkung nachließ und die Hölle über ihn hereinbrach.

Kurzentschlossen zog er den Reglosen hoch, um ihn dann zu stützen, bis sie langsam und schwerfällig den Raum verlassen konnten.

„Wir gehen jetzt nach Hause", sagte Bernauer, war aber nicht sicher, ob es der Junge gehört oder verstanden hatte. Widerstandslos ließ er sich in den Wagen verfrachten, aber als Bernauer an einer Verkehrsampel anhalten musste, sah er, dass Tränen langsam über das bewegungslose Gesicht dieses noch halben Kindes sickerten. Trotz allen Ärgers fühlte er nun Mitleid mit diesem jämmerlichen menschlichen Bündel, das sein Leben schon wegwarf, ehe es eigentlich begonnen hatte. Im Grunde müsste Bernauer ja die Verantwortung abgeben und den offiziellen Weg gehen, aber er entschied nun selbst, dass der Junge in die Obhut seiner Mutter kommen müsse, sie allein sollte tun, was sie für richtig hielt.

Auf diese Weise hatte er dann auch dem Ersuchen des Staatsanwaltes entsprochen und den Jungen vor der Verfolgung durch die Polizei geschützt.

Gegen Mittag des nächsten Tages rief die Schwester des Staatsanwaltes Bernauer im Auftrag ihres Sohnes an. Sie sollte ihm ausrichten, erklärte sie, dass die benötigten Drucksachen, wie beispielsweise Papiere und Typenscheine, von Berts Vater hergestellt würden. Inzwischen, betonte die Mutter eisig, hätte sich der Zustand ihres Sohnes normalisiert und es habe sich lediglich um ein Zusammentreffen unglücklicher Imponderabilien gehandelt.

Wie schwer musste es dieser arroganten Frau gefallen sein, ihm die Botschaft ihres Sohnes zu übermitteln und trotz innerer Widerstände eine gewisse anständige Haltung zu zeigen, auch wenn sie anschließend ziemlich unverblümt klargestellt hatte, dass seine Einmischung jetzt nicht mehr erwünscht war.

Da aber, Gott sei Dank, nicht nur negative Ereignisse im Doppelpack oder noch öfter zusammen auftauchten, hatte Bernauer wenige Stunden später die Unterlagen über Bert und seine Familienverhältnisse in Händen.

Daraus ging hervor, dass dessen Vater, der seinerzeit wegen krimineller Unternehmungen der Kunstschule verwiesen worden war, einige Zeit als Reporter politisch zwielichtiger Blätter, allesamt aber Eintagsfliegen, agierte, um sich dann als Herausgeber einer kleinen Zeitschrift, die später mangels Nachfrage eingestellt worden war, selbständig zu machen.

Nun war Bernauer ganz sicher, dass die erforderlichen Gerätschaften des Zeitungswesens noch im Besitz dieses Mannes waren und jetzt dazu dienten, Typenscheine, Pässe und andere Drucksorten zu erzeugen. Wie unglaublich praktisch war es daher für Bert gewesen, dass der Teppichhändler Söderbaum plötzlich verschwand. Jetzt konnte er ihn gefahrlos und unwidersprochen der Fälschungen bezichtigen.

Am nächsten Morgen, als Bernauer noch einmal eingehend die Recherchen zu Berts Leben studierte, meldete sich wieder das Telefon. Es war Markovsky, der ihm von der Durchsuchung des bemerkenswerten ländlichen Besitzes der Ärztin im oberösterreichischen Mühlviertel berichtete.

„Wir mussten uns beeilen, bevor die ersten Bodenfroste kommen", sagte er „und man Winterpflanzungen vorgenommen hätte. Die Erdarbeiten dafür waren bereits abgeschlossen."

„Und, wie erfolgreich bist Du gewesen?" fragte Bernauer.

„Nichts", antwortete Markovsky, „absolut nichts. Wir haben das unterste zuoberst gekehrt, das gesamte Grundstück ist sauber."

„Und was hat die Ärztin dazu gesagt?"

„Wir könnten zwischendurch ins Haus kommen, es wären Kaffee und Kuchen in der Küche."

„Sie hat Euch also anständig verarscht", lachte Bernauer, „denkst Du, Sie hat derartiges schon etwas länger erwartet?"

„Möglich, wahrscheinlich sogar. Jedenfalls mussten wir sofort handeln, denn hätten die Familie und ihre Helfer noch vor dem Winter die schon bereitgestellten Platten gelegt oder Bäume gesetzt, wäre die Sache wesentlich schwieriger geworden. All die hübschen jungen Bäumchen wären rasch überaus deckend geworden und der Garten womöglich ein beschaulicher Ort ewiger Ruhe."

„Dann klammerst Du also jetzt die Ärztin aus?"

„Gänzlich natürlich nicht, vielleicht hat sie uns auch nur angeführt, schließlich ist sie eine überaus gewitzte Person. Ich bleibe dran."

„Gut so, aber Du bringst auch mich auf eine Idee", bestätigte Bernauer, „außerdem habe ich einige Neuigkeiten für Dich, aber dies später, ich habe jetzt sofort mit Sassmann zu reden."

Es war ihm überaus wichtig, rasch den Hofrat daran zu erinnern, dass ihm der Staatsanwalt noch eine Gefälligkeit schuldete.

Schneller als erwartet hielt der Staatsanwalt sein Wort und so hatte Bernauer die von ihm benötigte Genehmigung schon am nächsten Tag in Händen. Jetzt würden sich einige wichtige Dinge klären und wenn Bernauer nun tatsächlich Recht hatte mit seinen Vermutungen? Es graute ihm davor, die Dinge zu Ende zu denken. Beinahe hoffte er fast, sich geirrt zu haben.

Als zwei Tage später Gundula, Nora, Bella und Anne den Flughafen verlassen wollten, wurden sie von Beamten der Kriminalpolizei angehalten und aufgefordert, mit aufs Präsidium zu kommen.

Einer der Beamten wies seinen Dienstausweis vor.

„Was soll das?", fragte Gundula.

„Sie werden später Gelegenheit bekommen, diese Frage zu stellen."

„Aber worum geht es denn, haben Sie überhaupt eine Berechtigung für Ihr Vorgehen?"

„Die haben wir und Sie haben das Recht, Ihre Anwälte beizuziehen."

„Sind Sie völlig verrückt, Sie Staatsdiener", keifte Bella sofort wütend, „Sie wissen wohl nicht, wen Sie vor sich haben?"

Sie griff nach ihrem Koffer und versuchte, an dem Beamten vorbeizukommen.

„Ich bin mit einem Ihrer Vorgesetzten befreundet und das gilt auch für meine Freundinnen."

Der Mann gab keine Antwort, blieb aber vor Bella stehen und bewegte sich nicht.

„Das ist Nötigung und Freiheitsberaubung."

Bellas Stimme wurde schrill.

„Ich kenne meine Rechte, Sie ungehobelter Klotz, verschwinden Sie."

„Bella", mischte sich Gundula ein, „wir erregen hier schon ziemliches Aufsehen, es wird sich alles klären. Bitte mäßige Dich."

„Ich will mich nicht mäßigen und alle Anwesenden hier sind Zeugen dieser Polizeiwillkür. Das gibt einen Skandal, der sich gewaschen hat."

Jetzt fasste Anne, die bodenständigste des Kleeblatts, Bella am Oberarm.

„Aua", schimpfte Bella, „lass mich sofort los", aber Anne hatte hart zugefasst und verstärkte den Druck.

„Du hältst jetzt den Mund und gehst ruhig mit hinaus", zischte sie, „oder ich breche Dir den Arm."

Vor dem Flughafen wurden sie von zwei Streifenwagen erwartet.

„Warum können wir nicht in einem Wagen fahren?", fragte Bella hochaggressiv, „ich will mit meinen Freundinnen zusammen sein."

„Ab sofort führen Sie keine Gespräche miteinander", kam die Antwort, „und sollten Sie weiterhin renitent bleiben, haben Sie sich die Folgen selbst zuzuschreiben."

Gundula und Nora waren in Begleitung des Kriminalbeamten bereits wortlos in einen der Wagen gestiegen, aber Anne drehte sich um und sagte ärgerlich zu Bella: „Möchtest Du in Handschellen abtransportiert werden?"

„Ich will jetzt sofort Dr. Bernauer sprechen", wehrte sich Bella einzusteigen.

„Dazu werden Sie noch genügend Gelegenheit haben."

Annes ohnedies blasses Gesicht nahm eine teigige Färbung an.

„Halt endlich die Klappe", sagte sie entnervt.

Die erste Einvernahme betraf Dr. Gundula Rehberg. Ruhig saß sie am Vernehmungstisch und hielt die Hände im Schoß als wollte sie es vermeiden, mit dem hässlichen Möbelstück in Berührung zu kommen.

„Was soll dieses Theater?", fragte Gundula, als Bernauer neben einer Beamtin in Uniform Platz genommen hatte.

„Du bist vom Botschaftssekretär erpresst worden", antwortete Bernauer ruhig.

„Das ist doch Unsinn." Gundula schüttelte den Kopf.

„Und Du hast eben zu der Zeit, in der Fredrik laufend Geld auf sein Konto eingezahlt hat, die gleichen Summen bei Dir abgehoben."

„Du hast ohne meine Zustimmung meine Konten überprüft?"

„Auf Anweisung des Richters. Nach einiger Zeit kam es offenbar statt der Bargeldzahlung zur Übergabe von Antiquitäten, die Fredrik wegen des oft notwendigen Eigentumsnachweises in Deinem Namen, aber zu seinen Gunsten verkauft hat."

„Natürlich nicht, das haben wir doch schon geklärt", gab Gundula ruhig zu, „Ich brauche Geld und Fredrik hat aus Gefälligkeit Kunstgegenstände für mich verkauft, so dass ich keine Peinlichkeiten zu befürchten hatte."

„Nur ist auf Deinem Konto nie Geld eingegangen, obwohl Verkäufe abgeschlossen wurden."

„Herrgott, Joschi", lächelte sie, „es geht mir zwar nicht schlecht, aber wenn ich zusätzliche Geschäfte mache, lege ich das Geld sicher nicht auf die hohe Kante, kurz und gut, ich gebe es aus. Glaubst Du wirklich, ich könnte mir meinen Lebensstil ohne ein wenig Zubrot leisten?"

Eine Frage, die für Bernauer in Kenntnis ihrer Verhältnisse berechtigt war. Er wechselte das Thema.

„Wie kam denn Fredrik van Veen damals so schnell in den Immobilienhandel? Die Sache dürfte in der Folge zwar nicht besonders gut gelaufen sein, aber immerhin hat der Mann Startkapital gebraucht und eine Gewerbeberechtigung."

„Da hat ihm mein Mann ein wenig unter die Arme gegriffen, sowohl mit Barem als auch zum Erwerb dieser Berechtigung. Van Veen hat ihm später alles auf Heller und Pfenning zurückgezahlt. Dass sein Geschäft nicht besonders gut lief, hat er gelegentlich erwähnt, so habe ich ihm neben den Provisionen für die verschiedenen Verkaufsabschlüsse einige Zeit etwas Geld geliehen, um das ganze wieder in Schwung zu bringen. Auch diese Darlehen hat er in Raten zurückgezahlt. Beantwortet dies Deine Fragen und außerdem, warum sprichst Du von ihm dauernd in der Vergangenheit, gibt es etwas, das ich wissen sollte?"

Bernauer schob einige Blätter des vor ihm liegenden Aktes zur Seite.

„Kennst Du Martin Baldauf?"

„Nein, wer sollte das sein?"

„Ein Feinkosthändler in Lehen. Fährt einen schwarzen Jaguar mit Speichenrädern."

„Nein, niemals von ihm gehört, wieso fragst Du?"

„Sein Wagen wurde einige Male gesehen, als er die Neutorgasse herunterkam und eine Zeugin hat ihn auf dem kleinen Parkplatz am Ende der Straße wiedererkannt. Der liegt doch in unmittelbarer Nähe Deines Besitzes."

„Also wirklich, Joschi, da kommen wohl noch eine ganze Menge anderer Nachbarn in Frage und deshalb fragst Du mich?"

„Der Mann ist verschwunden samt seinem Wagen, ebenso wie Fredrik van Veen."

Gundula erhob sich. „Merkwürdige Zufälle, sicherlich, aber bestimmt kein Grund für Dich, mir weiter diese Geschichten zu erzählen."

„Auch Friedrich Faber kennst Du nicht? Er ist ein gut betuchter älterer Herr."

„Nein, nie gehört. Aber ich habe gesagt, was ich weiß und werde jetzt gehen."

„Das wirst Du nicht."

„Wieso nicht?"

„Es besteht begründeter Verdacht auf zumindest Beihilfe zu einer Straftat und Vertuschung."

„Gehe ich Recht in der Annahme, dass Ihr vollkommen im Dunkeln tappt und es sich bei den Anschuldigungen um eine Intrige handelt, bei der an sich harmlose Fakten so lange gedreht und gewendet wurden, bis sie mit einer durchaus verschlagenen Auslegung bestimmten

Interessen entgegenkommen. Konstruiert einzig und allein zu dem Zweck, die Polizei in der Öffentlichkeit nicht so blamabel unfähig dastehen zu lassen?" Gundula erhob sich, schüttelte ärgerlich den Kopf und drehte ihm den Rücken zu. Wortlos verließ sie mit der uniformierten Beamtin den Raum.

Bernauer nahm unangenehm berührt den schalen Geschmack im Mund wahr und schloss lustlos den Akt, den er sofort an einen Kollegen abgeben würde.

Auch Nora von Weinhaus befand sich sichtlich in Abwehrhaltung. Ihr arroganter Gesichtsausdruck schien zwar ruhig und selbstsicher, doch hatte sie beide Arme verschränkt an sich gezogen.
Obwohl Bernauer lediglich die notwendigen Daten aufgenommen und dann geschwiegen hatte, verlor sie nicht die Contenance, sondern verharrte wortlos in ihrer distanzierten Haltung.
„Es geht um eine Vermisstensuche", sagte er.
Noras leichtes Nicken drückte sowohl Zustimmung als auch wortloses Desinteresse aus.
„Kennst Du einen Mann namens Martin Baldauf?",
fragte Bernauer.
Ein leichtes Schütteln des Kopfes.
„Oder Friedrich Faber?"
„Nein, wer soll das sein?"
„Ein begüterter Mann, fünfundsiebzig Jahre alt, der eine jüngere Witwe von Adel heiraten wollte. Seine Schwester hat ihn als vermisst gemeldet."

„Nicht ungefährlich", sagte sie, „für einen Mann in diesem Alter."

„Es wurde beobachtet, dass eine Frau, zu einer Zeit, als er bereits nicht mehr gesehen wurde, das Haus betreten und nach längerem Aufenthalt wieder verlassen hat."

„Dann sollte man sie befragen", antwortete Nora.

„Sie hat vermutlich ihre Spuren im Haus zu beseitigen versucht, leider zu wenig intensiv", sagte Bernauer, „eine Fotografie mit Widmung ist zurückgeblieben."

„Dann wird man sie sicherlich bald finden."

„Das wird man auf jeden Fall, denn das Foto zeigt Dich."

„Mich?", fragte sie gelassen.

„Na, warum auch nicht? Der Mann ist zwar etwas zu alt, als dass ich ihm mein Foto gegeben hätte, aber andererseits habe ich schon mehrere verschenkt und sicherlich wurden einige davon entsorgt, nichts währt schließlich ewig. Es gab aber auf keinem eine schriftliche Widmung, das ist doch romantischer Kinderkram."

„Es soll also Zufall gewesen sein, dass Faber irgendwie in den Besitz Deines Fotos kam und es behielt, weil es ihm gefiel?"

„Das ist doch kompletter Unsinn", sagte sie ruhig, „mein Foto wurde zielgerecht und auffindbar platziert, ein wenig versteckt vielleicht, dann ist die Sache um so glaubwürdiger, denn die Besucherin sollte ganz sicher in diesem Haus nichts beseitigen, sondern eine Spur legen. Eine gute Gelegenheit übrigens, die Polizei wieder für einige Zeit zu beschäftigen."

Hier war es für Bernauer nicht einmal nötig gewesen auf die gesetzliche Grundlage für die Festnahme hinzuweisen, denn Nora sagte lediglich: „Wenn dies bedeuten soll, dass ich unter irgendeinem Verdacht stehe, solltest Du Dich mit der Herbeischaffung von Beweisen beeilen, in Kürze wirst Du sie nämlich dem Haftrichter vorlegen müssen. Dazu brauche ich nicht einmal einen Anwalt."

Anne Prager hatte beide Hände auf den Tisch gelegt und verbarg ihren Ärger in keiner Weise.
„Was soll der Zinnober?", fragte sie, „hältst Du uns für Terroristen, die in der Türkei geschult wurden?"
Auch bei ihr kam Bernauer nicht einen einzigen Schritt weiter. Trotz aller Widersprüche, die sich durch Bellas seinerzeitige Aussagen im Hinblick auf den Abgang des Teppichhändlers am Parkplatz hinter Rosners Bar ergeben hatten, blieb sie bei der von ihr geschilderten Version.
„Solltest Du irgendwelche Zusammenhänge im Drogenhandel suchen, vergiss es", sagte sie seelenruhig, „wir haben damit nichts zu tun, und mit dem Teppichmann samt dem ‚schönen Heinz' sind wir lediglich durch unsere Barbesuche bei Rosner bekannt geworden."

Bernauer gab auch die Ermittlungsakte Weinhaus und Prager an den Kollegen ab.
Da er die Befragung Bellas im Zuge der vorangegangenen Untersuchungen bereits zurückgelegt hatte,

wohnte Bernauer ihrer Vernehmung nur mehr als Beisitzer teil.

Die Nacht in einer Zelle hatte Bella hochaggressiv und boshaft gemacht.

Sofort verlangte sie Kaffee und eine Zigarette. Als der Beamte ihr daraufhin ein Glas Wasser anbot, grinste sie hämisch.

„Erwarten Sie vielleicht ein besonderes Angebot von mir, bevor Sie sich herablassen, mir in angemessener Form zu erklären, warum Sie mich festhalten?"

„Es geht hier nicht um Unterhaltung", sagte der die Vernehmung führende Beamte, „beantworten Sie lediglich meine Fragen."

„Ich werde nichts dergleichen tun", erwiderte sie, „und wenn Sie Fragen haben, so lassen Sie sich diese von Dr. Bernauer beantworten, wir haben uns nämlich schon mehrmals ausführlich unterhalten. Er weiß auch, wovon ich spreche."

„Ich kann Sie natürlich auch in die Zelle zurückbringen lassen."

„Tun Sie, was Ihnen Spaß macht, ich werde ohne meinen Anwalt an Ihren lächerlichen Spielchen nicht weiter teilnehmen."

Noch ehe der Beamte seine Unterlagen zusammengeschlagen hatte, bat man Bernauer in den Nebenraum, Hofrat Sassmann erwarte umgehend sein Erscheinen.

Als Bernauer in das Zimmer der Sekretärin kam, schob sie in warnender Geste die rechte Handfläche vor das Gesicht.

„Dicke Luft?", fragte er.

„Ein schwacher Ausdruck", flüsterte sie, „er führt seit einer halben Stunde Telefongespräche und zwar ungewohnt laut."

Sassmann saß aufrecht an seinem Schreibtisch, ein Abbild des angeekelten Vorwurfs.
Wortlos zeigte er auf einen Stuhl und Bernauer vermutete, dass er kurzfristig die Stimme verloren hatte.

„Bernauer", schnaubte er, „sind Sie verrückt geworden?"
Da daraus nicht eindeutig hervorging, ob er nun eine Antwort erwartete oder erst die Anklage, die ihm offenbar so schwer am Gemüt lag loswerden wollte, nahm er wortlos Platz.

„Also reden Sie schon, was geht hier vor?"
Doch wieder gab es für Bernauer keine Möglichkeit, denn der Hofrat setzte sofort nach:

„Ich wurde mit Telefonanrufen überfahren, seit ich das Haus betreten habe, und eine Beschwerde jagt die andere. Die Kollegen unten werden von Anwälten bedrängt, die sofort ihre Mandantinnen zu sprechen wünschen und ich frage mich, wie kommt das wohl?"

„Ich habe für vier Verdächtige Festnahmen veranlasst und sie einer Befragung unterzogen."

„Bernauer", warf Sassmann besorgniserregend scharf ein, „Sie haben eine Dame der ersten Gesellschaft und drei weitere mit ebenfalls einflussreichen Freunden für eine Straftat festnehmen lassen, die ihnen nicht einmal bekannt gemacht wurde. Haben Sie einen einzigen handfesten Beweis? Außerdem wurde den Festgenommenen das ihnen zustehende Recht auf einen Anwalt verwehrt."

„Niemandem wurde dieses Recht verweigert, denn man hat Sie bereits auf dem Flugplatz über ihr Recht einen Anwalt beizuziehen, aufgeklärt, doch sie haben sich lediglich über uns lustig gemacht. Da die Festgenommenen aber selbstbestimmte mündige Personen sind, obliegt es unzweifelhaft ihrer eigenen Disposition, ob und wann sie anwaltlichen Beistand wünschen. Wenn sie sich jetzt dazu entschlossen haben, werden sie ihn in Kürze auch bekommen."

„So wie das Ganze gehandhabt wurde, hatten die Damen auch keine andere Möglichkeit. Und eben die Tatsache, vorerst nach keinem Anwalt verlangt zu haben, spricht doch deutlich dafür, dass sie sich keiner Schuld bewusst sind und daher mit einer umgehenden Aufklärung rechnen durften. Veranlassen Sie um Himmels Willen sofort, dass die Anwälte mit den Mandantinnen Kontakt aufnehmen können."

Hofrat Sassmann drückte beide Hände an die Schläfen und zog die Schultern zurück.

„Gehen Sie schon", sagte er beherrscht.

Bernauer wusste, dass es für ihn jetzt um alles ging. Möglicherweise lag er ja auch vollkommen falsch, doch selbst dann würde eine kurze Verzögerung die formalrechtlichen Folgen dieser Aktion kaum mehr spürbar beeinflussen können, nur im Moment musste er Sassmann dazu bringen, ihm zu vertrauen. Einmal, nur dieses eine Mal, durfte es kein Versagen geben, jetzt hatte er alles auf eine Karte gesetzt und wenn es ihm nicht gelang, nur noch einen kurzen Aufschub zu bekommen, war ein Großteil seiner Arbeit ohnedies umsonst gewesen.

Er blieb also stehen:
„Hofrat Sassmann", sagte er ruhig, „Sie haben völlig Recht, soweit es die Formalien betrifft, aber ich habe nur noch diese eine Chance, um den Tod des Wiener Barkeepers aufzuklären, denn die Möglichkeit zur Verabredung und Verdunkelung besteht in gefährlichem Maß. Wenn ich im Ernstfall diese einzige Möglichkeit nicht nutzen kann und dadurch vermeidbar gewesene Folgen eintreten sollten, wird man uns später öffentlich für alles verantwortlich machen. Ich erwarte jeden Moment einen Anruf und bitte Sie, die Anwälte bis dahin noch irgendwie beschäftigen zu lassen, denn einstweilige Verfügungen könnten jetzt böse Auswirkungen nach sich ziehen."

„Ist Ihnen vielleicht gelegentlich der Gedanke gekommen, dass es sich hier um einen heimtückischen Plan handeln könnte, der versucht, die Frauen mit Halbwahrheiten zu belasten, um die wahren Hintergründe zu verschleiern?"

„Auch daran habe ich gedacht, Hofrat, mit den gleichen Argumenten."

„Und wenn Sie sich dann also geirrt haben sollten?"

„Ich weiß, dass ich Recht habe", sagte Bernauer zwar nachdrücklich, hoffte aber ebenso dringlich, dass ihn seine Ahnung nicht getäuscht hatte.

Offenbar hatte Bernauers zur Schau getragene, stoische Überzeugung ihre Wirkung auf Sassmann nicht ganz verfehlt.

„Eine Viertelstunde", stellte er fest „keine Minute länger."

Dann griff er zum Telefon und erteilte Weisung, dass die Anwälte eine Viertelstunde aufzuhalten seien.

Zehn Minuten später erhielt Bernauer den Anruf, den er erwartet hatte.

„Ich danke Ihnen, Hofrat", sagte Bernauer, „die Meute der Anwälte kann ab sofort ihre Arbeit tun."

„Was ist geschehen?"

„Man hat drei der vermissten Männer gefunden."

„Was? Wo?"

„Im Garten von Isabella Weiden."

Hofrat Sassmann fragte verständnislos:

„Wieso bei der Weiden? Was haben denn die da zu suchen?"

„Jetzt nichts mehr, weil sie bereits dort vergraben sind und eben habe ich die Nachricht erhalten, dass zwei der drei Leichen auch identifiziert sind."

„Vergraben im Garten der Weiden? Allmächtiger! Um wen handelt es sich denn?"

„Den Barbesitzer Rosner und den Teppichhändler Söderbaum."

Sassmann presste erschrocken die Handflächen an die Schreibunterlage.

„Das ist doch nicht möglich", sagte er ungläubig, doch gleich darauf erstarrte er und fragte entsetzt:

„Bernauer, Sie haben doch nicht auf eigene Faust gehandelt und die Erdarbeiten..." Sassmanns fragende Stimme erstarb vor Beendigung des Satzes.

„Natürlich nicht", beruhigte ihn Bernauer, „es war die Dankbarkeit des Staatsanwaltes für unsere kleine Hilfeleistung in seinem privaten Spiel. Alles lief korrekt ab."

Sassmann atmete tief durch.

„Ja, ja. Eine Hand wäscht die andere", lachte er befreit, „aber Gott sei Dank benötigen wir hier so etwas nicht, ich habe Ihnen immer vertraut und wurde nie enttäuscht."

„Daran habe ich auch keinen Moment gezweifelt", sagte Bernauer wenig überzeugt und deutlich bemüht, nicht zu grinsen.

„Trotzdem", bohrte Sassmann neugierig nach.

„Wie konnten Sie nur so sicher sein, dass Sie, wenn auch mit einer kleinen Unterstützung durch die Justiz, aber noch ohne wirklich greifbare Beweise, diese Aktion starten konnten? Wie sind Sie denn überhaupt zu diesem Verdacht gelangt?"

„Den Anstoß hat Markovsky gegeben."

„Wie kam denn der zu dieser Mutmaßung?", zuckte der Hofrat verständnislos die Schultern.

„Kam er ja auch nicht, aber in Linz sind momentan einige süchtige Unterstandslose nicht zur Behandlung erschienen und werden gesucht. Da Markovsky die Linzer Augenärztin in puncto Drogenhandel im Visier hat, ließ er, sobald er von einem weiteren Besitz der Dame in einer ländlichen Gegend Kenntnis erhalten hatte, ihren Garten einer umfassenden Erdkontrolle unterziehen. Ohne Erfolg allerdings, aber er rechtfertigte mir gegenüber die Maßnahme mit ungefähr folgendem Satz: ‚All die hübschen Bäumchen, die man dort eben pflanzen wollte, wären rasch flächendeckend über einem beschaulichen Ort der ewigen Ruhe gewachsen.'

War es da für mich so weit hergeholt, eine mögliche Parallele in einem Garten zu vermuten, dessen ohnehin schon bewaldete Seite mit einer Reihe von Bäumen bepflanzt wurde, während plötzlich einige Bekannte der Besitzerin verschwanden?"

„Absolut nicht, aber trotzdem, eine mutige Entscheidung. Wollen Sie jetzt den Rest des Gartens weiter absuchen?"

„Wer nicht wagt, der nicht gewinnt", grinste Bernauer, „ich brauchte nur erst den schnellen Erfolg, die Geräte sind noch vor Ort."

Bernauer kontrollierte, ob Nachrichten eingegangen waren, und öffnete sofort neugierig den Anhang mit dem Ergebnis der gerichtsmedizinischen Untersuchung der Leichen aus Bellas Garten. In jedem der drei Fälle war das Opfer keines natürlichen Todes gestorben. Während Rosner und die noch nicht identifizierte Leiche hohe Dosen Ketamin aufwiesen, war der Teppichhändler Söderbaum an den Folgen einer Schädelfraktur im hinteren Bereich verstorben. Die Tatwaffe musste eine völlig glatte Oberfläche gehabt haben und es war zweimal zugeschlagen worden.

Bella hatte auf Anraten ihres Anwaltes erst keine Aussage gemacht, war aber nicht länger als vierundzwanzig Stunden in der Lage gewesen, sich zu beherrschen und verlangte energisch danach, vernommen zu werden.

Bernauer vermutete, dass Bella doch mehr Drogen genommen hatte, als sie zugab, und nun durch die Haft bis zu einem gewissen Grad auf Entzug und in Folge dessen auch sehr labil war. Wollte er nun zu einem realistischen Ergebnis kommen, musste der Überraschungseffekt genutzt werden. Er behielt also den Fund der Leichen noch für sich, mit der Absicht, sie dann unerwartet beim Verhör damit konfrontieren zu lassen. Ihr Anwalt würde zwar augenblicklich eine zeitliche Aussetzung beantragen, aber Bellas Sofortreaktion konnte er nicht verhindern und darauf kam es an.

Bernauer blieb jetzt nur mehr wenig Zeit. Innerhalb knapper Stunden musste er in seinen Ermittlungen so weit sein, dass der Haftrichter die Notwendigkeit sah, die ordentliche Untersuchungshaft über das gesamte Kleeblatt zu verhängen und damit jeder Art von Verabredung oder Beweisvernichtung vorzubeugen. Schon viel zu lange hatte Bernauer das Verschwinden der Männer und ihrer Fahrzeuge nur der Drogenszene zugeschrieben und wertvolle Zeit damit verloren.

Nachdem er eine Stunde lang gegrübelt und einen Gedanken nach dem anderen verworfen hatte, griff er zum Handy und wählte Markovskys Nummer.
„Ich war gezwungen eine unangenehme Entscheidung zu treffen", sagte er."
„Worum geht es?"
„Wie stehst Du zu Gundula?"
Markovsky schwieg.
„Ich muss es wissen."
„Der Grund dafür?", antwortete Markovsky abweisend.
„Leider folgender: Ich musste sie festnehmen lassen."
Markovsky Stimme änderte sich rapid.
„Kannst Du mir das näher erklären?"
Bernauer informierte ihn kurz über die Fakten, gab aber selbst keine Stellungnahme ab.
„Gundula ist über jeden Zweifel erhaben. Sei kein Narr, Du kannst keine Erfolge erzwingen, nur weil der Druck über Dir zusammenschlägt."
„Du verstehst mich nicht, ich versuche hier nur die Situation, unter Rücksichtnahme auf das Faszinosum

einer Beziehung, zu erklären, denn die Ermittlungen selbst sind nicht mehr aufzuhalten."

„Nun gut", antwortete Markovsky kalt, „Freundschaft ist kein Toleranzpatent, aber Du solltest wissen, dass ich Deine Vorgangsweise höchst fragwürdig finde und wenn ich es richtig sehe, werde auch ich Gundula vor Dir nicht schützen können."

„Du glaubst also, dass sie das nötig haben wird?"

„Unsinn, aber es wird sie verletzen. Gundula ist eine Dame und schon von daher an andere Umgangsformen gewöhnt. Sie lacht auch dann noch wohlerzogen, wo andere bereits brüllen. Willst Du den Kerl mit der sanften Stimme spielen?"

„Wir sind beide ein Resultat unseres Berufes, mein Freund, aber ich verspreche Dir, sie fair zu behandeln."

Das nächste Gespräch führte Bernauer mit dem Staatsanwalt.

„Bernauer", sagte dieser, „ich hoffe für Sie, dass Sie den erhofften Erfolg einfahren werden, aber beeilen Sie sich, in drei Stunden geht der Haftrichter nach Hause."

Innerhalb dieser drei Stunden wurde dann über die vier Frauen offiziell die Untersuchungshaft verhängt.

Zwei Tage später kam Bernauer in Hofrat Sassmanns Büro um ihn zu informieren, wollte aber seinen Augen nicht trauen.

Nicht nur, dass des Hofrats Sekretärin bereitstand um den Espresso zu servieren, sogar Knabbergebäck war vorhanden und Sassmann selbst bedeutete ihm einladend, auf der Sitzgarnitur Platz zu nehmen. Offensichtlich war alles ausgerichtet auf ein bequemes, unterhaltsames Gespräch.

„Für mich will sich die Sache einfach nicht zusammenreimen, Bernauer", begann er schon, ehe dieser seiner Aufforderung nachkommen konnte.
„Jetzt setzen Sie sich schon und fangen Sie an. Das ganze ist ja der reine Irrwitz", sagte er ungeduldig.
„Ganz und gar nicht, Hofrat Sassmann", antwortete Bernauer und ließ sich in das schaukelnde, niedrige Sitzmöbel plumpsen, „hier hatte alles Methode, nur zwei der Toten sind ein unbeabsichtigter Kollateralschaden."
„Zwei Leichen ein Kollateralschaden?"
Er schüttelte verständnislos den Kopf und wies auf die Kristallschale mit Konditorkeksen.
„Nehmen Sie Gebäck, Bernauer, und erklären Sie mir das ganze etwas verständlicher."
„Sofort, Hofrat, aber dazu muss ich ein wenig ausholen."
Bernauer griff nach seinen Unterlagen und bemühte sich, nicht bei jeder Bewegung in den eleganten Lederwellen zu versinken, während sich der Hofrat gemütlich positioniert hatte und ihn erwartungsvoll ansah.
Bernauer schmunzelte innerlich, riskierte es aber nicht, das Sofa wieder in Schwingungen zu versetzen und

rutschte deshalb energisch auf dessen vordere Kante, bevor er einen Schluck aus seiner Tasse nahm und zur Klärung der unerfreulichen Vorkommnisse ansetzte.

„Bei dem Mord an dem Wiener Barkeeper Rabbi Joe schien noch alles auf das Drogenmilieu hinzuweisen. Nun, Rauschgift spielte in unserem Fall zwar eine sekundäre, aber dann doch wieder ganz wichtige Rolle. Hätten wir nämlich diese Fährte nicht verfolgt, wären wir niemals auf die andere Spur gestoßen, die unzweifelhaft noch weitere Opfer nach sich gezogen hätte."

„Wieso weitere Opfer? Ging es denn bei der anderen Spur um ein Verbrechen mit System?"

„So könnte man es ausdrücken. Es ging um eine ausgeklügelt funktionierende Mord GesmbH."

Sassmanns Espressoschale landete unsanft auf der Untertasse.

„Die vier Frauen", fuhr Bernauer fort, „hatten in ihrer Ehe ein sorgloses Leben in Luxus und Unbeschwertheit geführt und gedachten es auch als Witwen weiter so zu halten.

Leider hatte Botschafter Rehberg zu Lebenszeiten schlechte Papiere gekauft und sich zur Erhaltung seines Lebensstils auf Abwege begeben. Er hatte Pässe und jede andere Art von Dokumenten beschafft und den illegalen Transfer hoher Geldsummen ins Ausland vermittelt. Dafür kassierte er nicht unerhebliche Provisionen.

Gundula Rehberg hatte die prekäre Situation allerdings erst erkannt, als der frühere Sekretär ihres verstorbenen Mannes, nachdem er mit seinem Immobiliengeschäft in die Pleite geschlittert war, sie in die Verfehlungen Rehbergs eingeweiht hatte und für sein weiteres Schweigen Geld verlangte. Als penibler Mensch hatte er Aufzeichnungen geführt und Beweise kopiert. Nur, flüssiges Vermögen war für Gundela nach dem Ableben des Gatten ohnehin kaum übriggeblieben und auch diesen Rest hatte sie inzwischen längst ausgegeben. Also überwies sie Fredrik zähneknirschend einige Zeit von ihrer Witwenpension monatlich eine nicht unerhebliche Summe Schweigegeld und übergab ihm später, statt des Geldes, ihre Antiquitäten."

„Warum ließ sie es nicht einfach darauf ankommen, wenn ich nicht irre, hatte sie doch keine Ahnung von den Unregelmäßigkeiten in den Geschäften ihres Gatten?"

„Hofrat, ihre gesellschaftliche Stellung stand auf dem Spiel und hätte sie gewisse Summen rückerstatten müssen, wäre sogar das Haus für sie verloren gewesen."

Dies schien dann auch Sassmann Anlass genug zu sein, eine Sache zu vertuschen.

„Jetzt gab es nur noch eine einzige Möglichkeit für Gundula: Ein zahlungskräftiger Begleiter musste gefunden werden.

Alles lief gut, denn erfreulicherweise hatte ein betuchter Feinkosthändler schon längere Zeit Interesse an

Gundula gezeigt und kam aus mehreren Erwägungen für diese Rolle vorzüglich in Betracht. Er war verheiratet, verbrachte aber sehr viel Zeit auf Geschäftsreisen und seine Frau war mehr an seinem Geld interessiert als an seiner Person. Gundula musste sich also nicht öffentlich mit ihm zeigen, was ihr sehr zu pass kam, aber er fühlte sich verpflichtet, sie für das Versteckspiel reichlich zu verwöhnen. Bis Fredrik hinter die Liaison kam und versuchte, auch den Liebhaber zu erpressen.

Daraufhin beendete der Mann das Verhältnis mit Gundula und verlangte seine Geschenke zurück, notfalls drohte er, die Sache vor Gericht zu bringen. Aber Gundula hatte bereits alles zu Geld gemacht, sie konnte nichts mehr zurückgeben. So vertraute sie sich ihren drei Freundinnen während einer Urlaubsreise in die Türkei an.

Dabei kam allerdings zur Sprache, dass auch Nora von Weinhaus unter schweren Geldnöten litt, da ihr Mann einen enormen Kredit aufgenommen hatte, um eine Pferdezucht aufzubauen. Als er bei einem Autounfall ums Leben kam, warf dieser Betrieb noch immer keinen Gewinn ab und Nora hatte mit schweren Verlusten zu Geld gemacht, was noch übrig geblieben war. Doch auch diese Reserven gingen jetzt rapide zu Ende.

Anne Prager, die Witwe eines Hofrates, kam zwar noch in den Genuss einer mittelmäßigen Lebensversicherung, befand sich aber trotzdem für ihren gewohnten Lebensstil bereits in ziemlich angespannten finanziellen Verhältnissen.

Noch schlimmer stand es um Bella. Die von ihr erwartete hohe Lebensversicherung ihres Gatten war bereits verpfändet gewesen, also verkaufte sie sofort den neuwertigen Porsche 718 Cayman ihres an einem Aneurysma verstorbenen Ehemannes, um sich auch weiterhin ins Luxusleben stürzen zu können. Leider schmolz das Kapital durch ihre Verschwendungssucht immer rascher dahin und sie hatte sich, wie zu erwarten war, bald ziemlich unangenehm verschuldet.

Nachdem die vier Witwen ausführlich alle Möglichkeiten zur Flucht aus der Krise drohender Entbehrungen durchgespielt hatten, entwickelten sie bei Sekt und dem Genuss der letzten Seligmacher aus Bellas Wundertüten einen Plan, wie sie das Unglück, welches durch ihre Männer über sie hereingebrochen war, nicht weiter tatenlos hinzunehmen bräuchten. Diesmal musste man den Spieß umdrehen.

Das hieß nun für jede von ihnen, den geeigneten Mann auszusuchen, in aller Stille mitzunehmen, was zu kriegen war, und dann für sein Ableben zu sorgen. Mit zynischem Humor kamen sie überein, dass jedes ihrer Opfer über seiner letzten Ruhestätte, zum sichtbaren Zeichen der Dankbarkeit, einen eigenen Baum bekommen sollte.

Die teuren Fahrzeuge der Herren könnte man dann gefahrlos über Paul Reiter, einen Gast des Casinos, verkaufen, was nach Abzug der Provision für Reiter ebenfalls gutes Geld bringen würde, denn Reiter vermittelte verlässlich den Verkauf von Luxusgefährten, auch wenn deren Herkunft dubios war.

Als die vier Frauen am nächsten Tag wieder nüchtern geworden waren, hatte man zwar nicht mehr über diese Idee gesprochen, aber im Laufe der Zeit, als sich teilweise sogar schon besorgniserregende Schulden angehäuft hatten, machten sie sich, der Not gehorchend, stillschweigend an die Umsetzung ihres genialen Plans."

„Aber wie konnten denn vier schwache Frauen diese Männer so ohne weiteres umbringen?", fragte Sassmann hochinteressiert.

„Mit Ketamin", antwortete Bernauer, „man benutzt es als Schmerz- und Betäubungsmittel, in höheren Dosen vornehmlich bei Pferden."

„Bei Pferden? Dann wurde es also von Gräfin Nora geliefert", sagte Sassmann kopfschüttelnd, „ein listiger kleiner Satansbraten."

Hofrat Sassmanns Herz für die Damenwelt war und blieb einfach unergründlich, sogar von einer eiskalten Giftmörderin sprach er noch in verniedlichender Form. Bernauer hinderte ihn aber erbarmungslos daran, sich weiter so romantischen Vorstellungen hinzugeben und sprach weiter.

„Mit Hilfe des Ketamins gelangte also der Feinkosthändler Gundulas still und formlos unter einen Rosenstrauch in ihrem Garten", sagte er.

„In Gundulas Garten?", fragte Sassmann entsetzt.

„Oh ja, auch unter Gundulas Rosen wurden drei männliche Leichen bestattet."

Sassmann begnügte sich nur noch mit einem müden Winken seiner rechten Hand, um Bernauer zum Weiterreden aufzufordern.

„Auch der Sekretär Fredrik war bei der Geburtstagsfeier von Botschafter Rehberg nicht mehr am Leben und befand sich bereits tief unter dem Plätzchen, das für den prächtigen Rosenstock mit Botschafter Rehbergs Namen vorgesehen war. Gundula hatte Fredrik am Vortag des Festes zur Besprechung der Laudatio in die Villa bestellt und sein Getränk mit Ketamin versetzt.

Angerufen wurde Gundula während der Feier natürlich von Anne, die Fredriks Handy benutzte und dann vernichtete, während ich einen verlässlichen Zeugen für das Telefongespräch Gundulas mit dem lebendigen Fredrik abgab und Fredriks Wagen schon bereit zur Umrüstung in der Werkstatt am Schrottplatz stand."

In Hofrat Sassmann verdrängte nun bereits sichtlich die Faszination des spannenden Verlaufes die normale Abscheu vor den mörderischen Umtrieben der vier einfallsreichen Witwen.

„Und wie lief das dann bei den anderen?", fragte er erwartungsvoll.

Nun, Bella, die es auf den Testarossa des Teppichhändlers abgesehen hatte und ihn in ihr Haus lockte, wusste zwar von seinen speziellen Wünschen, die sie aber dann keineswegs zu erfüllen gedachte, ahnte aber noch nichts von seiner Brutalität. Der erste Fehlschlag erfolgte, sobald sie die Villa Bellas betreten hatten, denn Söderbaum lehnte jegliches Getränk ab. Seine Absicht war es lediglich, sofort zur Sache zu kommen.

Ihre Rettung verdankte Bella dann Anne und Nora, die, als sie in der Nacht die Bar verließen und Bellas Wagen immer noch auf dem Parkplatz vorfanden, besorgt zu ihrem Haus gefahren waren, wo sie die nach Luft röchelnde Bella gefesselt und mit verbundenen Augen in seinen Klauen vorfanden. Anne griff nach einer Bratpfanne aus der Küche und versuchte, den Teppichhändler mit einem Schlag außer Gefecht zu setzen. Als er aufsprang, schlug sie noch einmal zu.

Die sicherste Möglichkeit, dezent den toten Teppichhändler loszuwerden war nun, ihn vor dem Maschenzaun in Bellas Garten zu vergraben und darüber, wie vereinbart, einen Baum zu pflanzen.
So entkam er zwar dem Ketamin, hauchte aber sein Leben unter der Bratpfanne aus.

Es war dann auch Anne, die von der alten Dame, die Anzeige wegen Fahrzeugdiebstahls erstattete, beobachtet wurde, als sie den Wagen Bellas abholte und dabei mit der Bedienung des ungewohnten Fahrzeugs sichtlich in Schwierigkeiten kam.

Was aber Bella, Anne und Nora nicht wissen konnten, war, dass die Drogenszene nach dem plötzlichen Verschwinden des Teppichhändlers den Computer, auf dem er seine Geschäftsverbindungen gespeichert hatte, mit allen Mitteln suchen würde.

Heinrich Rosner entwickelte sich, da nicht eingeplant, erst zum Todeskandidaten, als er versuchte, Bella mit dem Mord an dem Teppichhändler zu erpressen. Ihm wurde die Zeder Nummer zwei neben seinem Kumpel Söderbaum zugewiesen.

Der schöne Heinz hatte nämlich seinerzeit erkannt, dass Rabbi Joe dabei war, den drogensüchtigen Sohn der Wiener Klavierspielerin Martina über den Salzburger Teppichhändler aufzuspüren.

Rabbi Joe, der vor der Bar Bellas Autokennzeichen auskundschaftete, schöpfte sofort Verdacht, als Söderbaum, nachdem er mit Bella eines Abends die Bar verlassen hatte, tagelang nicht mehr aufgetaucht war.

Also nutzte er die günstige Gelegenheit, dass sich Bella im Spielcasino aufhielt, um ihr Haus und den Garten zu untersuchen. Um keinerlei Aufsehen zu erregen hatte er seinen Wagen einige hundert Meter vorher in einer Waldschneise geparkt, war zu Fuß die Abkürzung durch die Felder zu Bellas Haus gegangen und hatte den Testarossa des Teppichhändlers in ihrer Garage entdeckt. Dabei wurde er von dem misstrauischen Rosner, der ihm aus der Bar nachgefahren war, überrascht.

Daraufhin rannte Rabbi Joe hinunter zu seinem Wagen, wurde aber von Rosner verfolgt und gestellt. Als er dann vermutlich die Dummheit besaß, Rosner mit Anzeige wegen Beihilfe zum Mord und Drogenhandel zu drohen, dürfte ihn Rosner mit einem herumliegenden Ast erschlagen haben, wobei er von Bella und Paul Reiter, die eben mit dem Wagen vom Spielcasino zurückkamen, beinahe überrascht worden wäre. Er ließ daher den Toten auf der Straße liegen, lief durch das Feld zu seinem Wagen vor Bellas Haus zurück und verschwand.

Bella und Paul wiederum konnten den Toten, den Bella natürlich sofort erkannt hatte, nicht einfach auf der Straße liegen lassen, denn nun war bereits ein nachfolgendes Taxi erschienen und blieb neugierig stehen.

Um ihn loszuwerden hatte die betrunkene Bella Bernauer angerufen und Paul ließ den SUV Rabbi Joes für den Verkauf verschwinden, ehe die Polizei kam.

Um die Anwesenheit des Toten an dieser Stelle zu erklären, hatte Bella dann immer wieder von einem verschwundenen Wagen im Wald gesprochen.

Leider hatte aber Heinrich Rosner, als er Rabbi Joe vor Bellas Haus überraschte, in Bellas Garage nun auch den Testarossa des Teppichhändlers gesehen und zog den richtigen Schluss aus dieser Entdeckung. Der Mann war entweder von Bella ermordet worden, oder sie hatte hierzu Beihilfe geleistet.

Nun war er aber durch die nachbarlose, ruhige Lage von Bellas Haus so begeistert, dass er beschloss, auf jeden Fall den SM-Club hier in die Parterrewohnung mit Terrasse zu verlegen. Bellas Zustimmung zu erpressen gedachte er mit dem Foto von Söderbaums Testarossa in ihrer Garage und den angeblichen Beweisen für die Ermordung des Teppichhändlers, die er Rabbi Joe abgenommen haben wollte.

Auch für Bella gab es nun keinen Zweifel mehr, dass Rosner Rabbi Joe umgebracht hatte und so musste sie, wohl oder übel, erkennen, dass auch sie nie mehr Ruhe vor Rosner finden würde, so lange er am Leben war.

Unter dem Vorwand, gemeinsam die Räumlichkeiten für den SM-Club zu begutachten, lockte sie ihn erst ins Haus und dann in ihr Bett.

Sein Lieblingswein war nur unmerklich mit Ketamin versetzt, die tödliche Dosis kam erst später, als er nicht mehr in der Lage war sich zu bewegen.

Nora von Weinhaus wurde von ihrem fünfundsiebzigjährigen Begleiter mit dem wertvollen Schmuck seiner verstorbenen Frau und einem Oldtimer von Bugatti beschenkt. Als Nora es aber immer wieder ablehnte, ihn zu heiraten, bestand er auf Trennung und wollte natürlich auch seine Geschenke zurückhaben.

Mangels eines eigenen Gartens ruhte auch er unter der edlen Rosenrabatte Gundulas.

Anne Prager, die Witwe eines Hofrats, der während einer Pokerpartie einem Herzinfarkt erlegen war, musste leider feststellen, dass ihr Mann bei Wetten und Poker Unsummen verloren hatte und sogar einen Teil der Lebensversicherung belehnt hatte. Annes Ärger war grenzenlos. Dieser herzlose Kerl hatte ihre Versorgung verzockt und sollte trotzdem einem Herzinfarkt erlegen sein? Welche Ironie!

Doch es gab auch Glück im Unglück. Bevor sie nun selbst einer Herzattacke zusteuerte war das Schicksal plötzlich gnädig geworden und hatte ihr auf dem Golfplatz diesen Spediteur und Drogenkurier aus Italien zugeführt. Auf Dauer wäre für sie ein Mann aus dem Drogenmilieu natürlich zu gefährlich geworden, also musste sie sich erbittert mit dem Erlös aus seinem Wagen begnügen. Bedauernd lockte sie ihren glutäugigen Lover samt seinem schnittigen Lamborghini zu einer feurigen Nacht in Bellas Haus, wo er dann auf dem besten Platz, noch vor seinen Schicksalsgenossen, unter Bellas Zedern seine letzte Ruhestätte fand.

Somit hätte alles seine Ordnung gehabt und bei der wasserdichten Beseitigung der letzten Hinweise auf die verschwundenen Eigentümer der Fahrzeuge, hatte die Werkstatt auf dem Schrottplatz zweifellos hervorragende Arbeit geleistet.

Einschließlich aller Luxuswagen, die man über Paul Reiter verkauft hatte, war die Ausbeute der Frauen eine wirklich beträchtliche gewesen und die Fortsetzung des Plans in seiner Einfachheit hätte ihnen auch weiterhin eine glänzende Zukunft ermöglicht."

„Wie viel Platz gab es eigentlich noch für Neupflanzungen?", fragte Sassmann interessiert.

„Genug", sagte Bernauer, „wobei allerdings die Gartenmauer Gundulas noch die weitaus größere Kapazität aufweist."

„Ein ergiebiges Feld also, wären nicht gerade Sie hinter dem Mörder Rabbi Joes her gewesen", meinte Sassmann nachdenklich.

„Das ist für die rührigen Damen zwar schon wieder einer ihrer bejammernswerten Schicksalsschläge geworden", lachte Bernauer, „aber leider ist mein Bedauern schon vergeben an die kleinen Leutchen, die man um die selbsterarbeiteten Früchte ihrer Arbeit betrügt, und deren Leben zusätzlich meist überaus gering geschätzt wird."

Hofrat Sassmann schüttelte lächelnd den Kopf.

„In den lichtlosen Galerien unserer Pflichten auf Sie zu treffen, Bernauer, wärmt das Herz. Aber was sagt denn Markovsky zu der ganzen Sache?", erinnerte er sich.

„Für ihn war es viel Lärm um nichts, die Morde sind geklärt und Drogengeschichten fallen nicht in seinen Bereich."

Dass Markovsky durch Gundula einen argen persönlichen Schlag zu verkraften hatte, würde Bernauer niemals preisgeben.

„Und da war doch noch die Sache mit dieser Augenärztin aus Linz", fragte Sassmann neugierig, „wie steht es denn mit ihr?"

„Die Frau wäre beinahe das Opfer einer perfiden Geschäftsidee des Linzer Drogenarztes geworden. Als ihm nämlich aufgrund einer Namensähnlichkeit irrtümlich ein Paket für die Augenarztpraxis zugestellt wurde, kam er auf die glänzende Idee, diese Adresse für den internationalen Drogenhandel zu nutzen. Wer würde sich schon für die Päckchen eines Augenarztes interessieren? Da käme im Ernstfall schon weit eher ein praktischer Arzt in Betracht, weil der des Öfteren auch auf die Behandlung Süchtiger spezialisiert ist.

Und natürlich hat Berts Vater nicht nur Dokumente, sondern auch die Aufkleber und angeblichen Geschäftspapiere dieser Augenarztpraxis erzeugt. Einige Dutzend dieser Etiketten, die er nicht mehr an die Dealer versenden konnte, wurden noch bei ihm gefunden."

„Aber der Tote im Stiegenhaus des Ärztezentrums in Linz?"

„Der dürfte während der Substitution bei seinem Arzt einen dieser Aufkleber gesehen haben und versuchte jetzt festzustellen, ob er nicht eine weitere Drogenquelle erschließen könnte. Also versuchte er, das Terrain auszukundschaften, indem er unter falschem Namen sein tränendes Auge untersuchen ließ. Wäre leicht möglich, dass er sich auch anderweitig bereits verdächtig gemacht hatte.

Jedenfalls, diese Neugier könnte ihm zum Verhängnis geworden sein, denn für die Drogenhändler war die

Gefahr natürlich hoch, dass die ahnungslose Ärztin durch ihn vom Missbrauch ihres Namens erfuhr und Anzeige erstattete. Schwachstellen zu liquidieren ist eine gängige und einfache Methode in dieser Szene."

„Vielleicht war es aber auch sein eigener Fehler, weil er in Eile war", überlegte Sassmann, „wie ist sie denn so, diese Ärztin, als weibliches Wesen, wenn Sie mich verstehen?"

„Sieht gut aus und ist überaus charmant."

„Aha", lächelte Sassmann, „dann wird sie die Attraktivität Markovskys vermutlich hinreichend für die erlittenen Unannehmlichkeiten entschädigen."

„Hofrat", sagte Bernauer, bemüht das Lachen zu unterdrücken, „dies war jetzt wohl die gröbste Fehleinschätzung, die Sie je getroffen haben."

„Dann ist diese Dame blind wie ein Maulwurf oder Markovsky hat ein Keuschheitsgelübde abgelegt."

„Woran immer es liegt, an den Augen der Lady sicherlich nicht", versicherte Bernauer faustisch grinsend, „sie ist nur einfach das einzig weibliche Wesen, mit dem ich je zu tun hatte, an dem das geradezu göttliche Charisma Markovskys wirkungslos verpufft."

Für Hofrat Sassmann gab es da nur eine Erklärung.

„War die Ärztin nicht einmal Primaria in einem Krankenhaus? Ich meine, eine ziemlich exponierte Stellung für eine Dame, man braucht da schon das Durchsetzungsvermögen eines Mannes."

„Hat sie", sagte Bernauer.

„Vielleicht ist sie schon von Berufs wegen eher etwas streng, also ich will sagen .."

Jetzt hatte sich der elegante Hofrat etwas verheddert und hoffte von Bernauer aus dieser Peinlichkeit befreit zu werden.

„Nicht so, wie Sie denken, Hofrat Sassmann", grinste Bernauer, „diese Art von Strenge ist es nicht. Frau Primaria ist äußerst feminin, glücklich verheiratet und hat zwei Kinder.

„Unterstellen Sie mir nichts Ungalantes, Bernauer", lächelte der Hofrat süffisant, „nicht jeder hat Ihre Begabung, eine Dame sofort richtig einzuschätzen."

„Meine Begabung? Um Gottes Willen, Hofrat Sassmann. Bisher war jeder meiner Versuche ein glatter Schuss in den Ofen."

Im Bridge-Club hatte die Nachricht von der Verhaftung des Kleeblatts wie eine Bombe eingeschlagen und der aufregende Duft von Luxus, Dekadenz und Lebensgier ließ nicht wenige Spieler in ihren Fantasien alle die Vergnügungen auskosten, die sie in Gesellschaft natürlich streng verurteilt hätten.

„Soll doch jeder vor seiner eigenen Türe kehren", sagte Dr. Böhm missmutig, „ich jedenfalls vermisse mein Kleeblatt."

„Solltest Du auch", entgegnete Bernauer hinterhältig grinsend, „denn die umfassenden Lebensweisheiten, die Du dem Kleeblatt ständig gepredigt hast, waren für die Mädel doch die Wurzel aller Übel."

„Das kann gar nicht sein. Ich bin ein Apostel der Lebensfreude, nicht aber der Übertreibung."

Bernauer glaubte, nicht richtig gehört zu haben.

„Übertreibung hast Du das Ganze eben genannt?"

Böhm nickte düster.

„Muss ich leider. Da lässt sich nichts mehr beschönigen."

Weitere Titel der Autorin:

Band 1 der Krimi-Reihe
„Die Fälle des Major Joschi Bernauer"

Mörderischer Kontrakt

Hochrangige Mitglieder der eleganten Gesellschaft eines privaten Salzburger Bridge-Clubs finden auf grauenvolle Weise den Tod.
Info und Kontakt:
https://www.facebook.com/people/Ingeborg-Mistlberger/100011903207839

Das e-book und das Taschenbuch sind im Amazon-Kindle-Verlag unter der ISBN 9781530831760 erhältlich.

Band 2 der Krimi-Reihe
„Die Fälle des Major Joschi Bernauer"

High Heels und Pisse

Major Dr. Joschi Bernauer, Leiter der Mordkommission
Salzburg, ermittelt auf zwei völlig gegensätzlichen
Ebenen, in der Welt des Reichtums und der der Armut.

Das e-book und das Taschenbuch sind im BoD Verlag
unter der ISBN 9783741267437 erhältlich

Band 3 der Krimi-Reihe
„Die Fälle des Major Joschi Bernauer"

Zum Sterben schön

Major Dr. Joschi Bernauer, Leiter der Mordkommission Salzburg, ermittelt international in allen Facetten des Glamours.

Das e-book und das Taschenbuch sind im BoD Verlag unter der ISBN 9783752877007 erhältlich

Band 4 der Krimi-Reihe
„Die Fälle des Major Joschi Bernauer"

VATER UNSER

Major Dr. Joschi Bernauer lüftet in seinem neuesten Fall die dunklen Geheimnisse einer angesehenen Salzburger Bürgerfamilie.

Das e-book und das Taschenbuch sind im BoD Verlag unter der ISBN 9783749433339 erhältlich

Band 5 der Krimi-Reihe
„Die Fälle des Major Joschi Bernauer"

LAURINS ZORN

Major Dr. Joschi Bernauers Recherchen in der Finanzwelt und im Diamantenhandel führen ihn bis in die Upperclass Bozens. Im Schatten der Sage von König Laurins Rosengärtchen zeigt es sich, dass die kriminellen Verflechtungen weit über die zu erwartenden Grenzen hinausgehen.

Das e-book und das Taschenbuch sind im BoD Verlag unter der ISBN 9783750415386 erhältlich.